格子间里的宫心计
——80后女生职场36计

张漫◆著

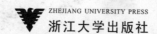
ZHEJIANG UNIVERSITY PRESS
浙江大学出版社

前　言

职海无边,你只在自己的船上。遇到风浪,只有你能营救自己,你的驾船本领,是你抵达目的的唯一保障。

每个人,都希望成为自己的船长,但没有谁天生就是船长。你只有,一点一点地适应和锻炼,从安全的岸边走到颠簸的船上,练习不晕船,练习游泳,练习掌舵,练习危险时的准确判断和处乱不惊,等等,直到可以游刃有余地驾驶一艘船。

我们都是平凡的人,将一生大半的时光放逐到职场里,在摸爬滚打中逐渐成长。再平凡的我们,也可以凭借自己的努力获得想要的成就,做好自己的船长,把握自己的航向,顺应潮流,激流勇进。

为了谋生、为了对得起父老乡亲,为了N年的寒窗苦读,我们削尖了脑袋挤进排名第××的公司门槛,怀着希望,充满信心地憧憬未来。公

司的办公楼是华丽的,大门是壮观的,前台小姐是高贵的,办公室是四季恒温的,上司同事说话永远是中西合璧的……白领的生活,看起来如此光鲜。

但我们知道其中的艰辛,夏天大汗淋漓地挤公车,冬天瑟瑟发抖地吃早餐。活动的区域永远只有1M×2M的工作间,擦多少隔离霜都遮不住脸上的辐射斑。每年工资的涨幅超不过CPI的涨速。更要命的是,公司领导之间的明争暗斗。指不定哪天就换了顶头上司,把自己当异党来排挤。同事的更新速度那么迅速,有时来不及认识就已经走了。工作重复单调,永远没有尽头……

这就是我们的职场生活,充满了意外和惊喜,永远不知道下一次迎接的是风和日丽,还是惊涛骇浪,唯有做好完全准备,方能将这艘船,驾驶到最想要去的彼岸。

目　录

楔子

第一章　与广东的第一次亲密接触

大学读完,就业的时候遇到金融危机,没有什么比这更悲惨了,勉强找个饭碗,颤颤巍巍捧着,可还是一不留神就鸡飞蛋打,这就是丁成程离开象牙塔之后的职场生活。虽然最后以被裁员而告终,但私营企业的半年工作,让她完成了自己的职场初体验,也为以后做了铺垫。

第二章　干物女的SOHO生涯

SOHO是个听起来光鲜，做起来麻烦的"行业"，你使出白粉的心计，可能只能得白菜的价钱。可是，上班的时候想SOHO，SOHO的时候想上班，谁的心里都有这样一个好逸恶劳又不甘平寂的小贱人，闲置在家的御宅生活让丁成程痛并快乐着，一边休养生息，一边蓄势待发……

第三章　成都，一座来了还想来的城市

开始时追的是一只蝴蝶，而找到的却是一座花园。为了那个目标她奋不顾身，却终于还是发现，在这些奋不顾身的日子里，有一些初衷早就改变了，回不去，只好继续往前走，看看前方还有何风景。还好，一切都会好的……

第四章　为自己的成长付出代价 *

没有百科全书，职场里的知识和经验需要自己摸索；没有万金油，职场里受的伤只能自己痊愈。有时候你会觉得若有所得，有时候又会觉得若有所失，个中滋味，也只有你自己可以权衡品尝。切记无论何时，都要保持内心的驱动力，才能应付接踵而来的考验。

第五章　不是结束的结束 ✳✳

职场这一条道路,机遇与挑战并存,玫瑰与荆棘丛生,有时候除了非凡的能力、高超的艺术,还需要一点点好奇和勇气。所有勇往直前的人,无非都是觇觎了远方,与其原地踏步,倒不如坚持走,把风景都看透,才能知晓哪一种更适合自己。

主要角色

唐添富： 丁成程第一份工作的大老板，私营企业主，喜欢炫富，与女下属晶晶有说不清的关系。

丽 达： 私营企业营销部主管，为人倨傲但有正义感，不屈从权势，曾为丁成程解围，在后来的裁员中第一个被迫离开。

秦经理： 丁成程第一个顶头上司，有点城府，有点小肚鸡肠，猜忌心重，对下属不信任。

晶 晶： 丁成程的同事，有点小聪明，万事通，喜欢八卦，喜欢议论他人是非。

黑羽相一： SG日本总部社长，喜欢中国文化与川菜，平易近人。

服部社长： SG中国公司社长，有高高在上的优越感，不喜欢太过强势的下属。

福田部长： SG业务部部长，看似执行无为而治，其实心里自有小算盘。

林 东： SG原项目管理课课长，工作方式严谨，对下属有很强的掌控欲，后离开。

何 流： SG原产品管理课课长，工作不积极，得过且过，后丁成程接任其职位。

代 叶： 海归女，典型的职场白骨精，甘愿为了工作前途牺牲自己的家庭幸福，偶尔会用"使诈"手段来排除异己，是丁成程的朋友也是劲敌，二人的关系时缓时急，后急流勇退。

王　魏：	丁成程下属，工作不出众，私下与代叶等勾结获取自身利益，被丁成程识破后被迫辞职。
朱　砂：	代叶下属，曾深得上司"宠爱"，因个性太强，被代叶辞退。
小　杜：	丁成程下属，工作粗心，对前上级何流不满，但对丁成程忠心耿耿。
周　娟：	丁成程下属，扎实肯干，工作认真，没有钻营之心。
王向东：	丁成程的得力助手，做事机敏，与行政部员工苏玫是"办公室恋爱"关系。
肖秋嫒：	丁成程下属，因弄虚作假而未通过实习期，离开。
茉　莉：	代叶下属，擅长交际与礼仪，与丁成程私交甚好。
郑叶彤：	丁成程下属，有点娇气，喜欢偷懒，一度让办公室同事不满。
许晴朗：	丁成程面试时结交的好友，深沉，看事透彻，曾是SG子公司技术人员，后跳槽。
雪　莉：	SG华东营销中心代表，看似强干其实也是小女人型，与林东课长私交甚好。
孙红林：	SG兰州营销中心代表，老谋深算，一心钻营，不惜与王魏勾结。
二　雪：	丁成程室友，经历过几年的广告文案生涯，几度跳槽之后，华丽转身成为一名公务员。

楔 子 **

那一年我正读大四，22岁的应届日语系学生，刚勾兑上一个男朋友，叫虫子。我知道黄昏恋危险，但爱情总像咳嗽一样想来就来，忍也忍不住。在金融危机的影响下，就业问题已经相当严重，我跟他互为拖油瓶，都有一点焦头烂额。

人满为患的人才市场，熙熙攘攘的双选会，成了大四的主旋律。第一学期，我一共经历过四场面试，被两家公司PK掉，第三家是臭名昭著的某某公司，据说历来都是干得多拿得好，但里面出来的人也个个面容枯槁。剩下的一个，就是我人生中的第一家单位。

这家单位的性质很难定位，名叫惠州XX多媒体电子有限公司，原本是民营企业，但在香港属于上市公司，所以算作合资企业，后来它又跟日立合作，引进几十个日本的技术顾问，因而又有外资成分。当然，民营还是它的主要性质。

我还记得面试的时候，那个不懂日语的人事主管，煞有介事地叫我们进入复试的四个人分成两组，一个随便说日语，一个翻译成中文，于是屋子里一片鸟语花香，但孰好孰坏他也无从判断。

他大概是要观察我们的流利程度，但我们各自都耍了小聪明，有些说错或者翻译错的地方，也巧妙地蒙混过关了。内行看门道，外行看热闹，人事主管看完了热闹，终于使出了撒手锏，提出三个让我永生铭记的问题：

● 谁有农村户口？

● 谁家里种过地？养过猪？

● 谁耕过犁？

两个女生羞愧地连说了三个"没有"，表示从小生活在城市，只吃过猪肉没见过猪跑。而我颤巍巍地解释，小时候家在农村，虽然没亲手喂过猪，但也算见过活生生的猪，虽然没亲手耕过犁，但也见过铁铮铮的犁。

在场唯一的男生一直少言寡语，现在终于找到了用武之地，开始吐槽说自己是山里娃，凿壁偷光看书考上高中，咽着咸菜考了两年大学，家里的猪都卖光了，全家老小就指望他来挑起生活的大梁了。

他说得热泪盈眶，我们三个女生听了差点感动得自动退出。这时候，他忽然缩了缩脚，我低头看到他鞋子侧面那个大大的对号，Nike限量版，貌似不是假的。我心里暗骂一句，这么有钱还来抢这么个穷乡僻壤的单位。

后来，面试官们说回去等消息，我要离开的时候，那个坐在左边的瘦子忽然把我拉到一边，给我一张名片，说有关公司的事情如果想了解可以问他。我一边莫名其妙，一边暗自窃喜，看来还有戏。

果然，第二天就收到了录用通知。

后来，等我工作后，人事经理曾经跟我提起录用我的原因，他说我的日语说得不错，而且看起来勤奋踏实，衣着简朴，更重要的是在面试过程中我一直谦让，让对手先选择了题目。

听到这个答案，我很庆幸小学时的思想品德没白学，根深蒂固的传统美德帮助我赢得了面试官的好感。但随着职场生涯的序幕一点一点拉开，我也渐渐知道，有时候，谦让也会成为你前进的绊脚石。

PART 1 **

与广东的第一次亲密接触

✳ "就业"不等于"择业"

其实,签下那个工作的时候,我很有一些犹豫。

虽然我的身高只有1米55,平时全靠高跟鞋撑场面,但好歹也是个正宗的东北人,已经穿越祖国版图的对角线——从鸡头直蹿到鸡屁股,跑到大西南读了四年大学不算,还要奔赴大陆最南边工作,这样的背井离乡,终归需要一点勇气。

虫子说,有些事情需要你自己决定;我远在家乡的娘亲说,只要你愿意,我会无条件支持。于是,我在这宽容自由的气氛里举棋不定,恨自己没有个专制霸道的亲友团强行下一道命令,去哪里不去哪里,一目了然,一锤定音,省得我自己考虑到肝肠一寸一寸断,还在左摇右摆荡秋千。

公司隔三差五打来电话,问我到底签还是不签,好像生怕我跑了,害他们白来一趟。人事主管还神秘兮兮地对我说,放心吧,薪金包你满意。

那些日子,我连做梦都在左右为难,梦里,一堆敌人围着我,威逼利诱,前一秒面孔狰狞地问,你到底是降还是不降?后一秒笑靥如花地劝,来吧,来吧,鲜花美酒等着你。

当时的情况是,学校的毕业双选会接近尾声,我后来又面试的那几家公司要么没有音信,要么想叫我去做一些同我的专业风马牛不相及的工作。原谅我,我只是个特较真的小青年,不忍让学了四年的日语形同虚设。

我内心的天平倾向于签的时候,压死骆驼的最后一根稻草来了。远在河北的闺蜜师姐据说到一个很灵的庙里为我求了一只很玄的签,签文如下:笋因落节方成竹,鱼为奔波始成龙。

其实这是一句见仁见智的话,但我当时义无反顾地解读为:我应该不远万里,不辞劳苦,奔赴艰苦第一线,揭开人生新篇章,从此鲤鱼跳龙门。

于是签约，铿锵得视死如归。辅导员帮我寄三方协议给单位，意味深长地对我说，你做得很对，符合学校"先就业，后择业"的方针政策。

"先就业，后择业"，学校每年都会拿这六个大字慰藉毕业生，也是从这里，我认识到了"就业"和"择业"原来是两个截然不同的概念。"就业"是找个地方先安顿着，薪水、待遇等极有可能不尽如人意，是单位来挑你，你得千方百计讨好着；"择业"，才是你来挑单位，比较它们的薪水、待遇等等，择优而签，你占有主动权。

恭喜我，终于就业了，暂无择业的资本。

我跟虫子说，你等我两年，两年后我就回成都陪你。他签了一份成都的工作，但我前脚去惠州后，他后脚就被家里像唤宠物一样召唤回了老家，赔了6000块的违约金，去捧了广西柳州的铁饭碗，从单位走路到家，匀速只需要15分钟。

广西柳州，广东惠州，看，我们的爱情距离其实只有两字之差。一东一西，一柳一惠，我说我们各自做好柳下惠，不要变心啊，虫子像个应声虫一样嗯嗯嗯，说山无棱，天地合，还是不敢与卿绝。

题外话，让我愤慨的是，我抵达惠州的第一个晚上，就接到师姐的短信，说那条签文其实是她为自己求的姻缘签。当时，她看我在那磨磨叽叽无法做决定，就把那句含糊的签文甩给我，让我自己去参悟。她说：一个人，会按照自己心里最真实的意愿解读一切所谓的"玄妙"，你看，普普通通一句话，就让你顺利地把自己搞定了。

师姐在电话里意犹未尽地问，你说，这两句话到底暗示了我怎样的姻缘呢？

我义愤填膺地挂断，大骂自己交友不慎，被一个不靠谱的女人用一句不靠谱的话戏弄了一个学期、几千里路。作为一名受教育多年的无神论者，我不该一时迷信；作为一名有仇必报的江湖侠女，我诅咒师姐再当几年剩女。

不过说起来，工作签得还算顺利，已经谢天谢地。相比半年之后我再就业时所经历的，这一份工作，简直就是得来全不费工夫。

✳ 工服颜色决定工作性质

初到惠州，是在签约半年，我正式毕业之后。

之前，人事处说会准时派车到车站接我，但我在惠州车站徘徊了一圈，没发现有貌似或者神似来接我的工作人员，耐心地等了十分钟，然后打电话催，一个娇滴滴如鼻涕一样的声音告诉我，稍等。

这个稍等，等出去三个小时。我想起大一军训的时候，每次教官说稍息，我们都等在烈日之下保持那个姿势听他训斥半个下午。看来，"稍"这个字，真的是个极为玄妙的时间副词。

来之前，朋友曾危言耸听地告诉我说惠州治安不好，以致我有一点神经紧张。这一次，我算是真的独在异乡为异客了，整个城市没有一个认识的人，与所有的亲友相隔千里，看火车站里到处都是送别或者迎接的场面，我心里像倒进去一整瓶碳酸汽水一样翻滚，还是家庭装超大量的，咕噜噜冒着酸溜溜的泡泡。

我为自己的命运做了N次悲惨设想，比如遇到小偷或者飞车党，甚至人贩子，被迫害妄想症都快出来了，终于接到司机电话，气势汹汹地问我在哪里。约好见面地点，我找到那个人高马大的司机，像找到了失散多年的亲人，泪眼婆娑，亦步亦趋地跟着他，走到一辆大卡车面前。

司机同志解释说，单位的车都派出去接送领导了，于是委屈我坐货车去……

地势不平，我坐在卡车的副驾驶座上东倒西歪地晃荡，司机饶有趣味地问："怎么样，像在坐船吧？"我无语，只好嗯嗯地答应着，因为车还在继续翻滚，所以我每次发音都是颤声。

第二天，开始工作。经过了象征性的三天军训后，进行一月轮岗，以翻译职位被招聘来的我，成了一名车间女工。我像个普通的女工一样，穿白色的工服，戴粉色的帽子，站在工作台前"体验生活"，焊一种电子表里用的物件。

旁边有监工，穿白色工服，戴白色帽子；还有车间主任，穿黄色工服，戴黄色帽子；主任助理穿白色工服，戴黄色帽子，每次一进门，扑面而来的就是满屋子姹紫嫣红，煞是好看。

在车间里，工服的颜色就是你身份的代表。我是最底层，所以每天睡大宿舍，吃大食堂，像一只忙碌的猪一样跑来跑去。有一天我勤奋无比，焊了1000多个部件，自鸣得意了一番，觉得好事情不应该自己独享，就忍不住跟旁边的专业女工显摆，她轻蔑地看了我一眼，说她焊了4000多个，当时我就震惊了。

后来才知道，我的工资是计天的，她们的工资是计件的，立即想到马哲课上学到的剩余价值和劳动强度问题。我恍然大悟，怪不得面试时他们要问户口问题，怕城市孩子受不了苦，不过单以这一点来断定谁吃苦耐劳，也确实有失偏颇。

我第一个月的工资，1431块，这就是一个按天计费女工的价值。

一个月后，我恢复翻译身份，开始跟在日本大叔屁股后面跑，把大叔奇腔怪调的日语翻译成中文，再解释给满口粤语的工程师和老板们听。我的工服，已经换成了蓝色衣服和蓝色帽子的翻译装，有时候去车间，能感觉到女工们五味杂陈的目光，羡慕，还有不平，在我背上刷刷地扫过，让我心里有一点可耻的得意。

一方面，我为自己十余年寒窗苦读换来的羡慕眼光而自豪——我虽身穿蓝衣，但一直当自己是个白领；另一方面，也觉得生活无奈，为那些日日辛勤的女工觉得心酸，有一点莫名其妙的悲哀和惭愧。

也就在这个时候，我经过不懈的努力和协调，终于申请到了一间单身宿舍。没有卫生间，每次洗澡，我只能去外面拎一桶热水，去公共卫生间折腾着洗。宿舍里不能上网，一回去就觉得与世隔绝，我还总能听到门口阿姨的警告："小姑娘，没事别出去，外面坏人可多了。"

经过那些道听途说，我对惠州最深的"印象"，就是满大街江湖纷争，让曾一度自诩女侠的我望而却步。那时候，我很希望自己能穿越到古代，出生在古旧世家，从小学习女红针线，婚后认真相夫教子，一颅腔的脑细胞唯一的用处，就是跟偏房那个小妖精斗智斗勇。

老板姓唐，第一次跟我谈话的时候，说，原始积累的时候，吃得苦中苦，方为人上人。我疑心他猜到我在腹议面试时候他们花言巧语的欺骗。那时候人事主管告诉我，工作条件中上，待遇会让我说不出的满意。

可实际情况是，待遇相当一般，撑不死饿不着，是让我说不出的不满意。

有一次，我在电梯里遇到人事主管，也就是面试时候那个问谁家种过地的人。我问起面试的事，他说是他拍板要的我，因为我矮矮胖胖的，看起来特吃苦耐劳，让他情不自禁想起来《闯关东》里的鲜儿。

我非常无语地告诉他："我家祖上确实是从山东闯到辽宁的。"

人事主管继续说："当时觉得你名字真搞笑，丁成程，听起来像个男的，你爹妈是不是看《上海滩》看的？"

我闭口不言，抿嘴微笑，算作默认。

他又问："你资料里好像写有个姐姐，叫什么？"

我用蚊子一般的声音说："丁丽。"

主管目瞪口呆，然后说："嘿嘿，哈哈。我都不知道该怎么笑了。"

当他问及我对工作的感觉、对待遇是否满意的时候，天助我也，电梯到了。我二话不说蹦出去，回头用春天般的温暖语气说："主管再见！"

虽然我只是个职场菜鸟，也知道，作为一位日理万机的人事主管，他不会无缘无故跟我闲扯，也不会把我的资料记得滚瓜烂熟，这场看似唠家常的电梯邂逅,很有可能是有备而来的考察——他事先翻阅过我的简历,预谋一场访谈,想要套出我对工作、公司的真实态度和工作现状。

一身冷汗,心有余悸。

职场法则:

千万不要跟人事部的人倾诉你工作上的问题,他们会抓住一切机会了解员工状况,极有可能同决策部门分享这些信息,你对公司的不满、对上司的非议,等等,都有可能通过他们,传达到老板、经理那里,然后后果不堪设想。

鱼缸里的欲望始发站

两个月后,我终于拥有了一张办公桌,可以用自己的私有财产——一台惠普笔记本,了解一下世界局势、国内现状,以及我亲朋好友的近日动向。

我隶属翻译课,顶头上司是翻译项目经理,我们这些小喽啰散布在大办公厅,经理在隔壁的一间独立办公室。经理秦大有,眉目和善,言语不多,一副老实憨厚的样子,很容易被人忽略的一个人。据说他在日本工作了六年,因而见谁都点头哈腰,虽然是顶头上司,但他从不对我摆出高高在上的架势,这让我很庆幸。

沿着办公室的走廊一直往里走,走到深处,就是我大老板的地盘了。

大老板叫唐添富,这名字不错,赤裸裸地喊出内心渴望。我初次听说的时候心里笑成一朵花,表情仍能一丝不苟——人在职场,表里不一是一门基本功,就像习武之人的扎马步一样。

文员晶晶姑娘私下告诉我,老板娘叫李增宝,说完我俩几乎笑岔气。俗话说得好，不是一家人不进一家门，这对夫妻的名字都这么有缘分，对仗工整，意蕴契合，简直是天造地设的一对，不在一起的话连老天爷都会大喊遗憾了。

老板娘经常来办公室串门，时时跟在唐老板背后，很有气场地盯梢，看起来像他的一幅背景。这让我很佩服唐老板，走哪都自带背景也是一项艰巨的任务。

唐老板非常喜欢充文化人，总做出一副"虽然我因为各种原因耽误，没读多少书，但我文化底蕴一点都不比你们差"的姿态，给人的感觉是学贯中西古今，喜欢用典，但翻来覆去也就那几个人物，古有孔子，今有鲁迅，中有李嘉诚，西有比尔·盖茨，日本有川端康成。

听他开会，操一口很不普通的普通话，每三分钟出现一次日本，两次北海道，外加大量的哈伊，好似东京就在他家后院，而大阪是他屋前花园，一抬腿就到。偶尔骂人时，他喜欢用日语里那句经典的"八格牙鲁"，骂得非常字正腔圆，抑扬顿挫。不过，他不敢这样骂日本人，用一句日语骂中国下属，他觉得这就是国际化、全球通。

唐老板还有一个特点就是喜欢忆苦思甜，渲染从前的不幸，炫耀如今的幸福。我们所有的员工都对唐老板的事迹了如指掌，比他爹妈都了解他。听说，唐老板初中辍学，自学成才，一个人走遍大江南北，换过百来种工作，困窘的时候，连买把面条都要找人融资，还要计算半天性价比，这样屡经磨难，最后终于取得了骄人的成就。

唐老板说，我特别想写一本书，一本自传，一本白手起家的血泪史——他很喜欢用铿锵有力而缓慢的声音，吐出一系列的排比句。那段讲话，我平均每周听到一次，非常为难，要知道，为一件事情营造出一回热泪盈眶不难，难的是为同一件事情每周至少营造出一次的热泪盈眶。

托老板的福，我泪腺练就得无限发达，想盈眶就盈眶，想垂泪就垂泪，收放自如，不用仰头45°也可以悲伤逆流成河，让他觉得我是个特能理解他的人。

有一天，在办公室，唐老板巡视一番，重点观察了我们几个女职工的气色和皮肤，然后体贴地说，听他老婆说，仙人掌等植物可以防辐射，为了保护我们的姿色，请我们每人去买一盆放在电脑旁，月底给我们报账。

我们立即配合地做出颇为感动的表情，说老板您太为我们着想了。老板说，唉，你们女人家再怎么工作，也不如嫁个好人家啊，要注意自己的外形。我听了，忍不住满脸黑线，晶晶也一脸抑郁。

老板的指示不能不听。下班路上，我特意绕路到附近的花市挑了一盆仙人球。第二天捧着上班，在楼梯里遇到两盆仙人掌，一盆仙人球，很壮观，各个耀武扬威地显摆长长尖尖的刺。

它们的主人同我一样小心翼翼，我没由来滋生了一种攀比心理，生怕自己的孩子比不过人家似的，偷偷瞟了别人家的孩子一眼，从色泽、高度、刺长上反复琢磨比较。一不小心，发现旁边姑娘也在悄悄打量我家孩子，咬着下唇一副不甘愿的样子。

> **警告**
>
> 嫁得好的难度，远远高于工作好。前者是你即使努力都不一定成功的，后者却可以帮助你实现前者，所以职场女性，白天千万别做灰姑娘的梦。

仔细一看，原来她的仙人球没那么脆生，有点黄恹恹的，不如我的好看，我立即自豪起来。

一盆仙人掌放在桌子上，死气沉沉的气息一扫而光，总觉得似乎还差点什么，中午的时候我恍然大悟，有了植物，还缺一点动物。

趁吃饭的空，我自作主张买了五条金鱼，小鱼缸是赠送的。我给它们起了名字：粉色的叫"桃花"，金色的叫"旺财"，剩了三条黑的不知道起什么名字。坐在我旁边的晶晶特别俗气，说要讨吉利，一个叫"有车"，一个叫"有房"。

这下我们财、色、车、房都有了，剩下一个不知道叫什么好，总不能叫"有子"吧，多封建。想了想，咱们可能有没有想全面的地方，剩下一个就是兜底条款，就叫"都有"吧。这样，五条宝贝算是给安上户口了。

第二天晚来了几分钟，晶晶告诉我"旺财"和"有房"死了。悲哀！不过，晶晶貌似比我还悲哀。我安慰她："咱们年轻，现在还不用急着挣多少钱。而且现在房价不稳定，有房子也不保险。"

第三天，"有车"的尸体凄凄惨惨戚戚地漂浮在鱼缸中。我说："反正我们也没有驾照，有车也没用。"晶晶也很冷静，说："我们不是还有'都有'嘛。"

这肯定是卖鱼的老板娘给我们开的玩笑，鱼死得就像定时器一样，第四天，"都有"死了，只剩下"桃花"。

晶晶沉不住气了，说："这下完了，难道预示着我们的希望全部都落空？"我也郁闷，果然便宜没好货，这堆鱼中就"桃花"价值4元，其他的都1.5元/条。

"桃花"孤零零地在鱼缸里游来游去，晶晶说："'都有'都没有了，光有桃花运有什么用？"我觉得这个时候，应该说一句振奋人心的话，想了很久才想到。

"那句名言是这么说的：男人靠征服世界征服女人，女人靠征服男人征服世界。"说完我哈哈大笑，觉得自己的引用符合了唐老板"工作好不如嫁得好"的英明指导，不过，这些话绝对不能让虫子知道。

但晶晶的面色有点讪讪的，脸上的笑至少有七分是假的，我心里好像划过了一条细细的线，有一点不适，但也没在意。

事情的原因，直到后来我被裁员，晶晶顺利留下的时候我才明白过来。原来，晶晶就是那条用征服唐老板来征服世界的"桃花"，而我在惠州的一举一动，也都被她监视并及时反馈给了唐老板。

怪不得，办公室人人都衣着正式保守，只有她敢穿吊带裙，染棕红发，每天都像要开屏一样，看起来热情奔放。

其实，晶晶对我还算不错，我刚在办公室有了自己的"一桌之地"时，她教我如何布置一个"专业化"的办公桌。

职场知识：

办公桌布置小方案

1 不要太凌乱。办公桌并不是私人地方，而是个人价值的直接体现，在职场，它就是员工的第二张脸，太乱的桌面让人觉得这个人工作没有条理，生活不能自理。

2 不要太整洁。整洁到空洞的办公桌，让人觉得这个人无事可做，而且颇有心机。

3 不要有太多装饰品。一开始，我总在办公桌放着挂着这样那样的小吊饰、小摆设，还自以为很温馨很有创意，晶晶说看起来像个礼品店，直接暴露了我的幼稚，像非主流女生的脑袋一样花哨。

4 不要放跟工作无关的书籍。我自诩文艺女青年，总喜欢看些七七八八的小说。晶晶说，学生气非常让人讨厌。

经过晶晶的一番调教，我的桌面看起来乱中有序，大方得体，非常有职业水平。白天，它上面永远摆着几份文件资料；下班之前，我会小心整理放进抽屉里，再上锁。虽然那些玩意并没有什么保密价值，但这一系列动作做起来感觉非常神圣，也很专业。

有一次，我忘记带宿舍钥匙，离开之后又返回，发现唐老板正在空空的办公室里走来走去，还面无表情地拿起一个办公桌上的书看，顿时渗出一身冷汗。因为，我看到那本书名叫《如何找个好工作》，看来，是有人想跳槽了，倒霉的人。

我跟唐老板打个招呼，去拿钥匙顺便重新检查，还好，我的办公桌上没有任何昭显叵测居心的物件。不过他还是叫

如有另谋高就的打算，一定要做好保密措施，不到最后时刻，绝不透露分毫。有句成语叫骑驴找马，找到马之前，你得确保至少有头驴子骑。

住我，皱着眉头说："小丁，以后不要这么丢三落四了，咋不把你自己丢了。"

后来，我心有余悸地告诉晶晶，她得意地一笑，说："老板就这样，下班转一圈下属的办公桌，看看有没有公司重要资料没妥当处理，再顺便看看能不能窥探出他们最近的动向。"

那天晚上，我就把孤孤单单的"桃花"和它的鱼缸抱回宿舍了，以免让唐老板觉得我玩物丧志。

✳ 客串一回销售人员

原本，我们公司的产品销售主要是面向国内市场，唐老板一直妄图冲出中国，走向世界，于是当那批日本客户有意向投来橄榄枝的时候，他和以他为代表的领导层给予了相当的重视，要求全公司上下齐心，配合销售部的工作。

销售部过来借翻译，秦经理非常爽快地就把我拨了过去。销售部的女经理叫丽达，装扮很像《魔女由熙》里最开始的韩佳人，虽然漂亮，但是气势凌人，叫人不寒而栗。

丽达对我不是很满意，直截了当地对秦经理说："她个子太矮，资历尚浅。"

我为丽达的豪爽愣了一下，正寻思要不要反击，倒是秦经理帮我解围，说："小丁表现很不错，一定能胜任的，个子是小，样子漂亮，也够机灵。"

丽达再次打量了我一番，勉强点了点头，我忍不住默想，对不起，我这根鸡肋让您为难了。

接下来的日子，我就跟着丽达经理应付那帮听说很有来头的日本客户。丽达说，他们是日本某某企业的人，财大气粗得一跺脚地球都要哆嗦，我立即肃然起敬，恨不得多跟他们说几句话，就能增加点商业头脑。

丽达没跟我客气，虽然我是以翻译的身份被借调来的，但她就把我当个销售使，不仅日本那个项目，其他的项目有了用人之处，也让我打打下手。我第一次接触销售知识，有一点手忙脚乱。同时，翻译科那边好像也有点忙不过来，秦经理又拿了一堆资料叫我翻译，据说要的很急。

有一次，丽达叫我去翻译一份拿给日本人看的数据材料，我

插播：

二八定律，表示少量因素、投入或事件对最终结果产生非常大的影响，因此不要平均地分析、处理和看待问题，企业在经营和管理中要抓住关键的少数客户，加强服务，要把主要精力花在解决主要问题、抓主要项目上。

正在那整理翻译科要的资料，耽搁了一个多小时才送过去。丽达的脸色有点不好看，说我分不清轻重缓急，还煞有介事地教给我一个"二八定律"。

这对我来说，是一个新鲜词，虽然心里有点不服气，我还是受益匪浅地向丽达承认了错误，表示以后一定纠正，把关键项目放在第一位，抓大放小。

我心想，丽达这是在暗地里跟秦经理较劲呢，借出来的翻译泼出去的水，她认为我应该全力忙活销售科的事。可是，秦经理自然也不会放弃对我的领导权和使用权，我这枚棋子，还真有点辛苦。

一个人如果有一只表，他可以知道现在是几点，但如果他同时用两只表，就无法确定了。两只表并不能告诉一个人更准确的时间，反而会让人失去对准确时间的信心。以此类推，上司也是，一个下属由两个不同立场的上司来同时指挥，必定无所适从，我渐渐有点苦恼。

唐老板来销售部视察的时候，还专门关心了一下我的工作，态度和蔼，言辞亲切。我一感动，把一些工作上的感悟都讲了出来。唐老板一边听一边点头，很认可的样子，临走前还拍了拍我的肩膀，嘱咐我好好干。

他走之后，我一回头，恰好看到不知何时过来的丽达那张脸，才察觉到闯了祸。她的神色犀利到几乎可以杀猪，我一下子就被吓清醒了。

我犯了个低级错误，叫做跨层汇报。

首先，我不是销售部的人，却跟大老板交流销售部的是非；其次，就算我有事情，也需要首先向丽达经理汇报。我意识到，自己是中了唐老板的迷魂阵，他以唠家常的方式跟我聊天，却让我情不自禁地把工作上的问题反映上去了，虽然我并没说什么实质性的东西，却也犯了工作上的忌讳。

丽达并没有说什么，只是之后的日子就表现得很亲疏有别，对销售部的其他员工关爱有加，有说有笑，对我就像对个偏房一样，带着一股客气的冷漠。

真是个多事之秋，秦经理又来找我谈话，隐晦地暗示我，就算临时去销售部帮忙，也不能忘了本职，忘了自己的身份。

经过晶晶的透露，我才知道，是丽达教导我的那些所谓"二八定律"的话，传到了秦经理的耳朵里，他认为自己交代给我的工作更重要，不应该排在后面，再说凡事该讲个先来后到。

消息灵通的晶晶还说，让我跟唐老板保持距离，秦经理选择把我"送"给销售部暂用，是给我的一记下马威——他觉得我作为一个最底层的翻译，跟唐大老板走得有点过于密切了，简直没把他放在眼里。

原来，秦经理没表面那么老实巴交，嘴上什么都不说，心里暗自盘算，又小气又记仇，最擅长斤斤计较。我暗自腹议一句，为什么同小说电视中一样，男老板多闷骚，女老板又太强势，全让我撞上了。

我第一次觉得，这办公室就是一个小型江湖，看似风和日丽的，其实到处都是杀气，就像周星驰《功夫》里那栋烂尾楼里的住户，人人都高深莫测。

在两位顶头上司的虎视眈眈下，我知道，自己目前的处境有点尴尬，简直

警告

所有的办公室闲聊，都有可能暗藏玄机；就算当真没有玄机，也极有可能会有人给你挖掘出个玄机来。言多必失，就是这么个道理。

危机重重，当务之急是必须想一个好办法，一边圆满完成工作，一边化解这场危机。

职场法则：

1 上司不可怕，可怕的是有多个上司同时领导你，你不能厚此薄彼，也不能一视同仁。某种程度上，处理多个上司的关系，比处理多个情人的关系更叫人头疼。

2 一位消息灵通的同事，绝对可以给你不小的帮助，但也要提高警惕，他可以给你提供你需要的消息，自然也有可能把你的事情作为消息提供给别人。

3 谨言慎行，没有什么比这四个字更重要。

中日友好还是日中友好

日本人在公司的这些日子，一直是我在负责他们的衣食住行和出游计划。说实在的，惠州没什么可玩的地方，不是旅游胜地，不是发达城市，还好他们对吃喝玩乐也没多大的要求。

有位叫铃木的国际大叔，对公司的车间非常感兴趣，几次要求我带他参观。每次，他都要抬头看一下挂在墙上的红色横幅：中日友好，携手共进。

我以为他是被公司的热情好客感动了，谁想到，有一天他忽然告诉我，那"中日友好"，应该换成"日中友好"。

我礼貌地向他解释："因为是在本国，所以习惯上会把本国放在前面，就像两国邦交在中国被称为中日关系，而在日本则被称为日中关系一样。"

铃木大叔似有所指地说："你知道的，这里是日资企业。"我回答："但却在中国的领土上，况且，我们只是合资，不是日本独资。"他不再说话，一张脸阴得像要下雨。我心里一边讪讪的,一边觉得自己像个民族女英雄一样。

铃木没有像我担心的那样,跟我的上司告状,或者在某个地方给我小鞋穿。相反,他跟丽达说,小丁不错,我感动得心里跟开了几朵香喷喷的水仙花似的。

近来,我一直表现得相当老实本分,对丽达表示出带有敬意的亲近,她对我也还算客气,不过我也知道,在她眼里,我毕竟只是个外人,站在销售部的花团锦簇里,像格格不入的一株仙人掌。

趁着午间休息的时候,我假意回翻译科看晶晶,磨磨蹭蹭地等到秦经理来了才做出要走的姿态。秦经理自然问到我在销售科的工作状况,我做出为难的样子说:"跟日本人直接对话,才发现自己口语实力不够,有一点吃力,每天都感觉大脑缺氧。"

然后,我以一本正经的态度撒了一点娇,说:"经理,真希望那边的工作赶紧结束啊,我都有点想咱们翻译科了。"

秦经理点了点头,没说什么。我心里敲响了七八面小鼓,叮叮咚咚地,非常热闹。

我知道,销售科不会收留我一个翻译,丽达那关就不会通过,如果再因此让翻译科的人,尤其是秦经理跟我生疏了、生分了,那以后我的位置就悬空了。

做职员的最怕这样,夹在利益争斗之间,爹不疼娘不爱,里外不是人。

在职场上,必须清楚自己的立场和位置,并且旗帜鲜明地坚持。协助销售科工作是我的工作任务,我需要对丽达这个临时上司表示出十二分的努力,但十二分的忠心必须留给秦经理。

这跟中日友好还是日中友好是一个道理,我生是翻译科的人,就算到了销售科,也要在心里把翻译科放在前面,身在曹营心在汉。

职场法则:

"站队问题"是职场中经常会遇到的两难选择,在两个以及两个以上的领导,或者平级之间,三五好友之间,都有可能会出现这种情况:两条甚至更多的队伍,你跟着谁站?

要解决"站队问题",首先要清楚自己的立场,即你应该属于哪一个"阵营"?

其次,要尽量避免跟另一个"队伍"的成员激化,职场向来纷纭变化频繁,今天被你得罪的人,明天就有可能成为掌握你"生杀大权"的人。

第一次跨国性骚扰

没过多久,丽达倒做了一件非常叫我震撼的事情。其实日本人原本对合作项目很有兴趣,这次走访不过走走过场,我们顺利地拿下了单子。

就是在那次庆功宴上,虽然用的是小酒盅,但也抵不过频繁举杯,觥筹交错里难免各自都有点飘。俗话说得好,人在职场飘,哪能不喝高。主陪是丽达,唐老板虽像个镇店之宝一样坐在那,却像件装饰品,只在酒席开场时象征性喝了一杯,就坐山观虎斗。

那是我第一次见识丽达的酒量,称得上大仙级别。那一群日本人常来中国出差,早就适应了中国的酒桌,个个实力非凡,不一会儿,就有几个走起凌波微步了。

我也小有酒量,都是大学里练出来的。而且,酒量这事跟遗传基因也有关系,我爸就是个酒鬼,经常自斟自饮,每天两斤白酒,喝出一身的病。初中时,我为了劝他戒酒,还曾经"以身作则"把自己灌得酩酊大醉,试图以一个女儿醉酒后的丑态,唤醒一个父亲的愧疚。

可是，老爸却抢下我手里的酒，一个人跑到卧室锁上门喝去了，还放出厥词：这是你们逼我的。后来，每次三杯两盏下肚，我就会想起他和他的这句话。

这次也是，我借着酒劲泪眼蒙眬，平时想不起的苦都想起来了，许多情绪蜂拥而至。我想我一介女流，背井离乡，辛苦地打拼，不敢得罪任何人，寻找别人指缝中落下的机会，母亲远在家乡，男友远在他方，我怎么这么苦啊！

唐老板不断地示意我多跟日本人喝酒，我一沾酒就很听话，迈着丁氏凌波微步四下敬酒，偶尔瞥见映在玻璃窗上自己的脸，红扑扑的，刘海齐齐铺下来，一张脸笑得还蛮娇俏。丽达私下拉过我两三次，我小声地问她怎么了，她嘀嘀咕咕说什么，我却已经听不清了。

后来的事我却记得，我从铃木大叔身边借过的时候，他忽然伸出手把我拽住，硬往自己怀里塞，我一个站立不稳，就跌坐在他身上，他的手死死捆住我的腰，整个人就贴过来。

我一惊，七分酒意都吓跑了，慌乱地挣扎着想站起来，却仿佛在泥潭一样越陷越深，剩下的那三分醉，让我手脚嘴巴都很不利索，心里却莫名其妙地清晰可鉴。我想，糟了，我遇到传说中的性骚扰了，还是跨国性质的。

我狠狠地掐了铃木一把，趁势站起来，那时候心里全是屈辱和气愤，哪里还管得了什么工作为重和国际友谊，只想狠狠甩他一个耳光再踹一脚，我的手都抬起来了。

可是，正在那千钧一发的时刻，丽达不知道什么时候走了过来，端起桌子上的茶水，照着铃木那张面目模糊的脸泼了过去。

一时间场面乱作一团，丽达站在原地愣了一会，忽然捂住嘴巴飞快地跑出了包厢，跌跌撞撞的。原来，她也喝醉了，我便也跟着跑了出去，心想这兵荒马乱的场景，交给唐老板处理好了。

铃木骚扰我的时候，我当时的位置，恰巧可以看到唐老板，我注意到他下意识地别过脸去看别的方向了，余光却倒过来——我知道他一定把一切都收入眼底，却视若无睹，心里幽幽地寒了一下。

我没有找到丽达，胃里开始翻江倒海，跑到厕所吐了一会，心里难过得厉害。我寻思为啥我不是富二代小姐，如果我身家千万上亿，就可以不工作，不受气，天天在购物中心自由徜徉，买一大堆奢侈品，拍成照片发到猫扑和天涯，当炫富一族，我的品味会引领时代的潮流，我的言行也站在风口浪尖上，有人捧有人骂，越多人炒我越high。

可惜，这些事我也只敢想一想，自娱自乐，纸上画一张饼，哄哄自己。我的鼻腔瞬间变得很脆弱，哭得稀里哗啦，给男友虫子打了电话，他却在忙，轻描淡写地问我怎么了，我压着嗓子说没事，就是想跟他说话话，他敷衍了几句就挂了电话。

那一刻，我忽然觉得非常孤单。

第二天，酒醒了头还是疼得厉害，我按时去上班，心里却有点凉意。丽达还不在，我便在销售科的办公室等她，希望完成这次借调完毕的交接工作，也好当面向丽达道谢，为她昨天的挺身而出。

众目睽睽，却都无动于衷。只有她，为了一个无关轻重的我，不惜得罪日本人。

丽达是从唐老板的办公室回来的，冷着一张脸，跟在冰箱里待了几年似的。她对我还是一如既往的冷淡，检阅了一下我交上去的报表材料，就说你可以回你的翻译科去了。

我被她的冷艳冻到了，语无伦次地道谢，只说为她这些日子的照顾。丽达看着我，顿了一下，说："要学会保护自己，你的路还长着呢。"

回到翻译科，秦经理简单地安排了一下工作，晶晶倒是很热情地邀我中午一起吃饭，她一脸高深地看着我，偷偷说："丽达以前一定是受过什么刺激，昨天才会那么酒后失态，否则按照她的一贯作风，绝对不敢在日本人头上动土。"

我从来没跟晶晶提过昨天的事，她却主动说起来。看来，这种消息在职场向来跑得比刘翔还快，还能跨过重重阻碍。如果我是个局外人，一定鬼鬼祟祟神神秘秘地对此事参与讨论、发表意见，尽情八卦一番。

可惜，我是消息中一个重要角色，于是一整天都被人指指点点。唐老板从我办公桌面前进进出出走了几次，却什么都没跟我说，后来听晶晶说，他下午派人去机场送那群日本人，当然，他自动忽略了我。

下午的时候，手机收到一条短信，居然是铃木大叔，他用日本人的方式简单地道了歉，大致意思是酒后失态，做出无法控制的事情，希望没给我的人生带来阴影，给我的工作惹来麻烦。

我没有回复，删了短信，丽达的那句话似乎还在我耳边响着，以后的路还长着呢。

我忍不住开始想，这条路到底要怎么走，这次也算我运气，没遇到什么实质性的伤害，与那些长期被上司同事骚扰的人来说，我已经庆幸得多了。

那阵子，我像个祥林嫂一样，孜孜不倦地跟晶晶哭诉埋怨。晶晶开导了我许多，让我感觉到了春天般的温暖，可是，有一次我去卫生间洗脸，却听见她在厕所跟另一个同事窃窃私语，正在讨论我。

警告

职场性骚扰，是不少女性都会遇到的困扰，要如何处理是件麻烦的事情。面对麻烦，每个人都有自己的选择，既要保护好自己，又要确保自己顺利工作，稍有不慎便容易出闪失，何去何从，的确需要仔细斟酌了。

同事问："丁成程是不是挺在意那件事的？"晶晶用不屑的声调说："看她整天一本正经地装无辜，谁知道心里打什么主意？"然后，她又调到嘲笑的频道："再说了，她那么想出国，肯定巴不得跟日本人走了。"

我看着镜子里的自己，脸红气短心跳加速，跟初恋似的，正在考虑怎么办的时候，手机响了。我的来电铃声是初音未来的《甩葱歌》，晶晶无比熟悉，一时间，整个卫生间鸦雀无声。

我寻思这么下去也不是办法,就关了水龙头擦干手,一边接电话一边出去了,声音流畅,脚步轻松,跟没事人似的回了办公室。

不一会儿,晶晶也回来了,脸不红气不喘,继续跟我笑脸盈盈,我也巧笑倩兮地迎着。估计,我们心里各自都是一阵恶寒。

我忽然想起来一个很狗血的故事,说一只小鸟飞去南方过冬,可是天实在太冷了,它走在半路上就冻僵了,掉在一片田野上。它躺在那儿时,一头母牛走过来,在它身上拉了一堆屎。冻僵的小鸟躺在粪堆里,开始感觉到了温暖,牛粪确实使它暖和过来了。

它躺在温暖的牛粪中,异常高兴,开始唱起歌来。一只过路的猫听到鸟叫赶过来看个究竟,顺着声音,它发现了牛粪下的小鸟,并迅速把它拖出来吃掉了。

故事寓意:

(1)并不是每个在你身上拉屎的都是你的敌人;

(2)并不是每个把你拖出粪堆的都是你的朋友;

(3)当你深陷粪堆中的时候,最好闭上你的鸟嘴。

这个故事的终极意义在于说明,人生就是一部狗血剧本,你永远不知道遇到的人是好是坏,遇到的事是利是弊,因为是非之间根本就没有明确界限,只看你如何对待。

我也只能学唐老板,对有些事视而不见、置若罔闻、绝口不提。

涨薪,爱在心头口难开

转眼,在惠州工作已经接近四个月。

我记得刚入公司的时候,唐老板跟我谈过,说三个月后会给我涨一次薪水。我自然不好意思主动提,可唐老板也像没事人一样,没再说起过这茬。

我开始如履薄冰一般，担心自己哪里工作不够好，担心领导们对我有意见。在网上跟同学交流一下，发现我的工资水平居然还处于中上，更重要的是，惠州消费水平比较低，而我的单位又离市区太远，工作的这几个月，我的月消费比大学里都低。

有两三个在成都的同学，已经辞职开始找新的工作了，叫我回去一起奋斗。我有一点动心，但想毕竟大城市人满为患，像我这样初出茅庐的黄毛丫头，凭什么跟那么多人竞争上岗呢？

我只想薪水稍微上调一点，这也是公司曾经对我的许诺而已。

晶晶看穿我的心思，又开始了每天一次的讲故事时间。

一个销售员、一个办事员和他们的老板步行去午餐时发现了一盏古代油灯，他们摩擦油灯，一个精灵跳了出来。

精灵说："我能满足你们每人一个愿望。"

"我先！我先！"办事员说，"我想去巴哈马群岛，开着快艇，与世隔绝。"

倏！她飞走了。

"该我了！该我了！"销售员说，"我想去夏威夷，躺在沙滩上，有私人女按摩师，免费续杯的冰镇果汁朗姆酒，还有一生中的最爱。"

倏！他也飞走了。

"OK，该你了。"精灵对老板说。

老板气定神闲地回答："我要那两个蠢货午饭后马上回来工作！"

故事寓意：永远让你的老板先开口。

晶晶说："作为一个职员，如果开口闭口谈涨薪，会给老板留下不好的印象，认为这个手下太功利，不安分。你只需要努力地工作再工作，付出再付出，等到老板终于满意，自动给你加薪的时候，才是对你从物质到精神上的肯定。"

我问晶晶："你现在的工资是多少,进公司多久涨的?"晶晶面色不悦,说:"哪有人直接问这些的,我跟公司是有保密协议的,不能随便透露。"

我识趣地吐了吐舌头,不再问,心里却想我的保密协议里怎么没有不外泄自己工资数额这样的条款。

不过,我还是决定试着跟秦经理开口。周一例会结束后,趁着给秦经理送文件的时候,我试探着说:"秦经理,我在咱这工作也满三个月了,什么时候给我涨一次工资啊。"

心跳加速,跟做了坏事一样,明明觉得理所当然,却还是连声音都带着颤,我在心里恶狠狠地骂自己,瞧你那点出息。

秦经理眼皮都没抬一下,说:"回去把你这三个月的工作和成绩整理出来,以文件形式交到我这里来,我通过之后,再进一步向上面递交。"

我讪讪地笑着说:"成,谢谢经理。"离开的时候腿都有点软,才知道原来自己的胆量和脸皮都需要训练。

三个月以来的工作和成绩,这个要求真的很含糊。走回办公桌我幡然醒悟,刚才应该向秦经理具体问清楚,不至于现在两眼一抹黑,不知道该如何总结才好。

只好像在学校里奖学金申请书一样,一项一项地列出自己在这三个月里都做了什么,这个圆满完成,那个顺利达标,从中又获得了众多体会,学会了无数技能,今后将再接再厉,争取更大的成就。

几天后,我的加薪申请被驳回了。唐老板的批示是,申请报告轻描淡写,无实质性内容,工作无实质性成绩,有待继续考验。

我愤愤不平,感觉自己被忽悠了,像一头蒙眼拉磨的驴子一样,面前吊一个胡萝卜,我就欣欣向荣地步步向前。结果,这个胡萝卜却只是哄我的道具,只能干瞪着,压根够不着,无实质性果腹作用。

晶晶幸灾乐祸地说:"怎样,都说你不要做无用功了,他们抠门得很,每次开会不是都强调勤俭节约艰苦奋斗么?"我词穷。的确,每次开例会的时候,秦经理都要强调唐老板的政策,从开关空调到打印文件,从办公室的灯到洗手间的水,都需要省之又省,也不明白这到底能省下多少钱。

唐老板在职工大会上也时不时地提,不要总算计自己从公司拿到了多少,应该考虑你为公司付出了多少,公司给你的不止是工资,还有宝贵的经验以及素质水平的提高,这笔财富是无价之宝,是给你自己镀了一层24K的金,镶了一颗12克拉钻,是可以享用一生的。

我没办法,只能铆足了劲干吧,争取为公司作出一点实质性贡献,好为自己换取一点实质性的奖励。

老板都喜欢勤奋而有规划的员工,痛定思痛,我觉得自己就是太随意了,没什么条理,日复一日手忙脚乱地工作,三个多月下来,居然连自己做过些什么都记不得,也难怪唐老板说我浮光掠影。

列了一个日程小计划:

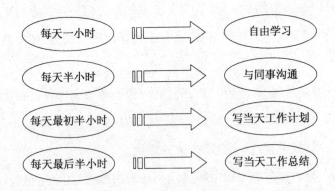

每天一小时	➡	自由学习
每天半小时	➡	与同事沟通
每天最初半小时	➡	写当天工作计划
每天最后半小时	➡	写当天工作总结

每天的工作总结里,我把每天做过的事情都记录下来,等攒够了一周,再写一份周报告,看看这一周都做过什么工作,成绩如何,哪些地方还需要改进。

庆幸的是,一个月之后,秦经理私下告诉我,唐老板主动提起给我涨薪。虽然只是三百块的涨幅,我还是心花怒放,三百块,一个月多一条裙子钱。

看来,用实际行动来逼老板主动开口,才是职场上上策。

金融危机猛于虎也

我初出茅庐，总觉得努力工作，总会职位步步高，薪水年年涨，从来没想到自己的第一份工作，只在做了半年之后，就迎来一场浩大的挑战。这一切来得太快了，像一场突如其来的暴风雨，侵袭了没有带雨衣雨伞的我。

最初得到消息，是从秦经理脸上的气象看出来的。那不到半个月的时间，公司领导开了三五次高层会议，每次秦经理回来面色都不是很好。没过多久，公司要裁员的消息就悄悄地蔓延开来，像得了传染病一样，大家的脸都渐渐阴了下来。

晶晶不以为然，说裁员的传言每年流传好几次，员工还是只多不少，再说公司毕竟也算家大业大，哪能说赶人就赶人。

我拿着晶晶的话安慰了自己，又去安慰别人，可是几天之后，我们都知道，这次是要动真格了。

丽达走了，说是自己辞职，但我在公司门口看到她的时候，却发现她眼睛红红的，带一股幽幽的怨气，跟《大话西游》里的白骨精似的。

我在班级群里跟同学诉苦，同学们说，这叫"被辞职"，领导用委婉的方式和语气让你写一纸辞职信，对外宣称你去另谋高就了，实质上，却是变相解雇。我们一个班不到三十个人，已经有两位被辞职了，我听了，忍不住打了个冷战。

我们都没有想到，公司会从丽达这个中层下手，听说，公司还撤掉了一个驻外地的营销点，而丽达销售科经理的位子，就由那位从外地归来的营销代表顶上了。据说，丽达这人太直，几年前，曾经因为唐老板的某些超越了上下级关系的"关心"，直接打电话给老板娘告状，导致唐老板爆发了一场骇然的家庭战役。

唐老板因为丽达手中握有大批公司客户，以及她出色的工作能力，当时留下了她，但这次，却还是把她当了弃卒。

一时间，公司人人自危，上层还是没有发话，但裁员的苗头已经是一个人尽皆知的秘密。

只有晶晶，脸上好山好水好风光，看不出丝毫担惊受怕的神色。她说："没什么好担心的，大不了解甲归田园。"我暗自佩服她的洒脱，也恨自己没有那样的魄力，生怕自己捧不稳饭碗，又怕跌下来砸了脚，每一步都如履薄冰。其实，之前的我对自己并无太多担心，翻译课的人，学历高的没我勤奋，勤奋的没我学历高，单说上下班，谁能像我这样，持续地第一个来，最后一个走？可是，丽达的离开却给了我当头棒喝，销售经理都一朝下台，何况我一个小小翻译。

结果，那一天终于还是到来了，像旱天雷一样非常突然。公司的保密工作做得很好，之前从未以正式形式作出任何通知，但每个人都能明显地感觉到，职员内部暗流湍急，有不少力量在偷偷地运作。职场就是这样，每个人都敏感得像鬼一样。

我心里有点发慌，忽然不知道该怎么办才好。我在公司五个月，刚涨薪不足两个月，忽然就面临着可能被裁员的噩耗。而且，我在这里伶仃一人无依无靠，没什么关系可自保，那心态，大致就类似于死牢里的犯人，知道会获罪判刑，只等着日子到来而已。

有一次，秦经理让我送一份保密文件给唐老板，我趁一个人的时候，捏着薄薄的文件袋，举过头顶透着光看了看，只看到一张对折的A4纸，小小的，但可能就装了无数人的前途和命运。

交给唐老板的时候，他下意识地抬头看了我一眼，我却觉得那目光里藏了许多信息，揣摩，怜悯，有一种不可名状的复杂。

就是在那一时刻，我开始隐隐觉得不安，觉得不能坐以待毙，如果那张A4纸上有我的名字，我注定要离开，那么，用什么方式可以走得更坦然一点？我临时抱佛脚地开始苦读《劳动法》，尤其是跟合同与解雇有关的条案，背得滚瓜烂熟，自我感觉似乎从法盲一下子变成了法硕。

我总以为，在解雇之前，各部门经理至少会透出一点风声，或者找"被辞职"的员工谈话，以隐晦和委婉的方式表达出这个信息——连员工辞职都要提前一个月递交申请，更别说公司大幅度裁员了。可是没想到，后来的场面却让我觉得，自己像一头牲口一样，刚好赶上过节了，不管长得高矮还是胖瘦，先赶去屠宰场再说。

事实证明，我心里隐隐的不安还是应验了。是圣诞节将临的某天，我跟翻译科的三个员工忽然接到传讯，九点到会议室，关于即将发生的事，我们心知肚明，四个人在其余人既庆幸又有点嘲弄的目光里，很铿锵地朝着目的地出发。

晶晶不在办公室，也不在传讯名单里，其实步上"慷慨就义"道路的时候，我倒是很希望能在临行之前见她一眼，毕竟在这个办公室里，她是对我最好，与我最贴心的人，虽然也有过隔阂，但也算交过心，总有情分在。

秦经理倒是从他的小办公室里走出来，跟我们说了一句话，那句话，我高考之前班主任曾经对全班同学讲过：一颗红心，两手准备。当时的班主任，是为了让我们减缓压力，轻松上阵，而从秦经理嘴里吐出来，却使得我知道，大局已定了。

一路上，我们四个人都没有说话，等走到会议厅门口，却被那场面雷倒了，浩浩荡荡的，足足一百多人，个个面色凝重。会议室的左墙上，贴了几张纸，我奋力挤过去，在人群里晃晃荡荡地大致看清了那上面的字，是说，因金融危机，市场不景气，公司需要与一部分员工和平解除合约，会给予合理的补助，并列出了一些具体的条款，按照员工在公司的时间长短，各自会得到不同级别的补助金。

另外，通告的最下端，还有一行以备注格式出现的小字，说每个员工可以进行十分钟的陈诉，有什么疑问，都可以提出来，让人事经理予以解答。

主持这场浩大工程的，正是人事经理，我心想，一年前在他的首肯下我决心毕业后来惠州,一年后,居然又由他来送我走,怪不得总有人说,人生如同画圈圈,兜兜转转,回到原点。

被解约的员工,需要在门口的大箱子里抽一张号码,排号入场,我抽到的号码是56,从上午等到下午,终于轮到我。我已经身心俱疲,只是没想到,接下来我居然用我临时抱佛脚的《劳动法》知识,足足跟人事经理争执了一个来小时。

估计,57号被解约者当时心神不安地站在门外,不停地揣摩,一直地等待,一定非常郁闷,她一定既害怕看到我出来,又怕我一直不出来,内心充满了矛盾和困惑。

而门内,我看着已经被55位愤怒的职工搅得焦头烂额的人事经理,为了各种细节问题争执不休,很有成也萧何败也萧何的感觉。

职场法则:

> 俗话说,知己知彼,百战不殆,身在职场,你必须了解整个职场的生存法则。除去公司的规章制度,中央到地方的《劳动法》,是你必须有所了解的。因为要学会保护自己,你就必须拥有自己得心应手的武器,才有作战的权利。否则,手无寸铁的你会在走到困境时非常窘迫,才知法到用时方根少。

✳ 会议室里的硝烟四起

进了会议室,发现人事经理加两个副经理,坐得像三堂会审一般,个个面目威严,很有震慑力。

人事经理递给我一张纸,我第一次见到解聘书,居然那么简陋,像古代的休书似的。解聘书上大致写着:丁成程自愿同我公司解除劳动合同关系。估计其他人也是这样，只是名字不同而已，我心想公司真是很有规模化风范，连解聘都这么大手笔。

人事经理故作一副悲恸姿态，看起来比我还伤心，用略带沙哑的声音说："现在，给你十分钟的陈述时间，你可以为自己在公司的表现，和这次的解除合同处理做一次简单的总结。"

我寻思，反正都大局已定了，干脆也不用顾忌什么了，就开门见山地说："你们这样大规模地裁员，符合法律规定吗？"经理愣了一下，说："你不用操心这个，我们既然能裁员，就是征求过律师的意见，按照正规的路径走。"

那天裁员的人数大概在120，我说："按照《劳动法》，裁员总数超过100，是要上报劳动局的，这一点你们做到了吗？"经理有点不耐烦，说："你不必管这么多，至于内情我也不会告诉你。"

我一看，从人事经理那里也问不出些什么来，况且争论这些确实对我没有任何帮助，干脆就开始谈利益问题。我要求工资给两个月的，按照临时抱佛脚的《劳动法》，我工作满半年，解聘时候应该得到一个月的失业金，加一个月的补偿金。

但是，人事经理坚持只给我一个月的失业金，半个月的补偿金，他说："因为你的工龄还差三天才满半年，我们只能按照规定来补偿。"我说不可能，然后掰着手指头算给他听。他嘴角翘了翘，说："按照公司的规定，你军训的那三天可不算在工龄里。"

我一时间有点哑口无言，这军训是公司硬性安排的，他们以为我闲着了非要去操场上一二三四吼几天啊？我说，这得按照我当时签合同时写的入公司的时间开始算，人事经理说："看你挺机灵的，这么短时间把《劳动法》和公司制度背的那么熟练，你来说说，公司规章里哪一条说了军训要算进你的工作期限里？"

我简直怒火中烧，人事经理又见缝插针地说："小丁，公司有公司的方针政策,我们也不过是执行者而已,你也不要太较真,以后大家都有好前程。"

这张脸在我面前就跟张画皮似的,一会圆的一会扁的,我忽然很脱线地想起张爱玲小说里的一个人,笑起来像猫,不笑像老鼠。人事经理几乎就是在变相地告诉我,冤有头债有主,如果你有怨气,冲老总发去,不关他什么事。

我强压下火气,问:"那你们裁员的标准是什么,为什么裁掉我,留下另外一个三本的翻译?"人事经理继续当笑面虎,说:"我们是综合考虑各方面的原因,她虽然学历差了点,但做事认真肯干,很有潜力。"

我说:"那裁掉我的原因又是什么?是我好吃懒做还是江郎才尽?"

人事经理的脸黑了一下,语重心长地说:"小丁啊,你是我亲自招进来的,对你的能力我还是很认可,但是一个人不能只靠业务能力,更重要的是人际关系,你确实为公司作了不少贡献,但未免有点锋芒太露了,不懂得含蓄,你看你今天这态度,是对一个上司说话应该有的态度吗?"

我咬牙切齿地说:"行,我也知道公司决策一下,驷马难追,我也就在您这闹一闹顺顺心了。"又乱七八糟说了一些其他的问题,尽管我把陈述时间拖了近一个小时,还是跟之前之后的难友们一样,被裁掉了。

出门的时候自觉四肢无力,倚着墙靠了一会,就围过来一堆人问我里面的境况,我有气无力地解释了几句。难友七嘴八舌地告诉我,争执什么,根本没用,唐老板的小舅子是惠州市委书记,而翻译科留下的那三本翻译,是副总经理的亲戚。

据说,人事经理拿军训期那事卡掉了不少人的赔偿金,有一个老翻译,干了五年,愣是被算成差三天五年,只赔了不到一万块钱。

有个同事告诉我,他跟唐老板的儿子关系不错,发邮件给唐公子说股票涨了,结果错发到了唐老板那里,唐老板当即喊了人事经理,说:"这人是谁?干掉!"于是他直接被停薪留职了。他略带得意地告诉我,他有公司的股份,就是不工作也照旧有钱拿的,我听了忽然觉得好笑,一时间心情也没那么低沉了。

职场知识：

有关辞退解约的补偿法律条款

1 如果被单位直接解除合同,应该支付一个月待通知金及经济补偿。

2 待通知金只有在单位没有提前一个月通知的情况下才给予补偿。

3 经济补偿视工作期间而定,如工作不满六个月,补偿半个月工资,超过六个月不满一年,补偿一个月工资。

离开也是一种勇气

早在听闻要裁员之前,我就给虫子打过电话,说觉得心里慌,估计情况不妙,想去他那里待几天。可是,我去请假的时候,秦经理却不放人,说要等一个重要通知。

公司做得的确够绝,不到最后一天不放话,这样给我们一个措手不及,想反抗都没有足够的准备时间。而那些已经获得内幕消息的,自然都不是省油的灯,早就各自私下运作,给自己谋划好策略了,想走的趁机另谋高就,想留的四处打通关节,只有我们这些无权无势无关系的,愣头愣脑等着被裁。

有人哭得很惨,试图用眼泪战术感化上层建筑,自然未果,人事经理们对这些场面早就司空见惯,兵来将挡水来土掩,眼泪来了铁面无私伺候。

终归还是要走,我用了半个小时就把办公桌上的东西收拾好,桌上那盆防辐射保健康的仙人掌送给了晶晶,跟她的那一盆放在一起,看起来惺惺相惜。而我为了督促自己的那个时间表总结本,也灰溜溜躺进了包包里层。

晶晶看着我,欲言又止,她躲过裁员危机留下了,据说公司还给她加薪10%,我临走的时候抱了她一下,感谢这半年来她对我的照顾。晶晶换了新香水,是一股很淡的味道,既含蓄又招摇,很符合她的气质。

晶晶说:"从你来的第一天,我就知道这里不适合你,你应该有更好的环境,更好的发展。"我强颜欢笑着说:"晶晶,你真是我的伯乐,真可惜你不是我的上司呢。"她就红了眼眶,我一心酸,差点哭了,暗骂自己鼻腔太脆弱,要哭也要等离开了这里再哭。

把一些工作上的文件报表呈交给秦经理,他努力让自己笑得体贴入微,又不至于把场面弄得太伤感,于是一张脸像被人捏了似的,看起来哭笑不得,拍着我的肩膀说:"一路走好,祝你有个好前程。"

祝你有个好前程,绝大多数公司对离职员工都会说出这句话,听着有多么温馨,意义就有多么冷酷,就好比情人分手的时候互相说,分手快乐,祝你幸福。其实,各自指不定把对方恨到哪里去了。

在走廊,遇到唐老板,他倒仍旧是那一副平易近人的表情,看不出有什么异样,只淡淡说了一句:"小丁,对不起。"

我笑了笑,不知道要说什么好,这是我第一份工作,第一次被裁,不知道应该表现出怎样的姿态。不过,跟他擦肩而过的时候,我忽然闻到一股熟悉的味道,淡淡的香,有点含蓄又有点招摇……

我心里一惊,想起来这是晶晶的香水味。

我忽然明白,唐老板为什么有事没事喜欢来翻译科转转,明白晶晶看似无依无靠为什么得以顺利留下涨薪,明白为什么她总是可以获得第一手的消息……许多问题迎刃而解,我却有点不知所措。

我想起晶晶曾经对我说的话,每个人都有自己的选择,只要自己觉得自己过得好,就不要计较别人说什么闲话。我当时以为她是淡定洒脱,谁想到暗中竟藏着这样吓坏我的玄机。

很快,我的猜测得到了证实,曾经跟我一同军训,又一同被裁的一个同事告诉我,他曾经追求过晶晶,甚至偷偷跟踪过她,发现她鬼鬼祟祟地上了唐老板的车。我记得,晶晶不是勤奋的人,却每隔几天下班的时候,就拖拖拉拉不肯走,非说有这样那样的事情没做完,让我自己先走。

我想,晶晶忙着不走的时候,大概正是唐老板闲着的时候吧,从老板娘那里和办公室里逃出来,直奔晶晶的温柔乡。

虽然这件事情,对我来讲并没有什么重要的意义,我却觉得,心中一种美好的感觉被弄丢了,再也找不回来了。晶晶教过我职场规则,也私下说过我闲话,但我仍当她是至情至性的知己,我无权指责她的生存方式,却为自己的后知后觉愤恨不已,竟然直到最后,才洞悉她的这个秘密,迟钝,果真是菜鸟本色。

无暇想这些,毕竟我要走了,抛下身后半年的回忆,走向我叵测的未来了。这一切发生得太突然,我对自己的将来完全没有任何设想。我想起《如果爱》里的一句话:过去的唯一意义,就是提醒我不要再回到过去,也许,这一页真得该揭过去了。

外面的世界很精彩,我还有许多未来。

离开惠州直奔柳州的火车上,我百无聊赖地翻杂志,看到一个心理题目。

职场测试: **你最渴望在职业生涯中获得何种挑战?**

如果你是一个马戏新手,你会首先挑战以下哪个项目:

A. 空中飞人

B. 驯兽

C. 扮小丑表演杂耍

我毫不犹豫地选择了B,理由是我喜欢动物,尤其是大型动物,而且跟动物在一起会让我觉得比与人相处简单得多。

然后翻看答案:

选择**A**的人适合与别人合作,渴望自己的职业生涯不断提升不断冲向更高的位置。你虽然不担心风险,但是更希望在困难和危机到来的时候,在自己的身边左右会有援助的手伸出;同样在朋友同伴遇到麻烦时你也会毫不犹豫地挺身而出,因此在你的职业生涯中你渴望获得的是不断的进步,在职业生涯中最需要的是家人、朋友的支持。

选择**B**的人在职业生涯中渴望通过战胜巨大的困难而获得别人的肯定和赞誉。你不喜欢平淡的打卡上下班,不喜欢做需要太多耐心和细心的工作,而喜欢做一些不是人人都能够做的工作,你很有天赋,性格中也不乏投机性和冒险精神,一生中往往也因为自己的性格和大事业比较有缘。但是希望你能够扬长避短,得到更多人的支持。

选择**C**的人不喜欢有风险的工作,也不喜欢板着脸做事,往往喜欢将职场的气氛变成家庭一般随和亲切而欢乐多多。广告词中说的“大家好才是真的好”或许是你心中的渴望。你在同事当中起到润滑剂的作用,充当和事佬的角色;虽然不想在人群中过多地突出自己的重要性,但当你偶然不在的时候,很多人会觉得真的少了些什么呢。在职业生涯中,你最大的渴望是平稳祥和地度过每一天。

虽然,我向来觉得大部分测试题都含糊其辞,让人觉得说得有几分在理的地方,还是情不自禁地兴奋了一下,又用B答案里的话安慰了自己一下,我很有天赋,有冒险精神,与大事业比较有缘。

这样一想,再加上马上就要见到虫子的兴奋感,一时间忽然觉得生活还没有太糟糕。

我望着车窗外疾驰而过的风景,默念一句,再见了惠州,也许是永别。

PART 2 **
干物女的 SOHO 生涯

为了爱情向我开炮

抵达柳州。

虫子来接我，在返回他单位宿舍的公车上，我俩嘻嘻哈哈旁若无人，非常没有公德地打闹成一团，很有难过之事一扫而光的气势。

闹累了，我顺手又拿起那本杂志，给虫子做一个跟爱情有关的测试：

从选择古生物骑乘测试你的爱情取向：

如果你有一个机会从下列三种古代生物中选择一种作为自己梦想中的坐骑，你会选择哪一种呢？

A. 带着一对奇长而且卷曲的象牙，身高体壮，身披长毛的猛玛象。

B. 翼展可达16米的巨型翼龙。

C. 具有巨大的鹿角，肩宽2米的大角鹿。

虫子选的C，毫不犹豫，他说大角鹿看起来漂亮又温顺，骑上去一定威风凛凛又不逊风骚。

答案：

选择**A**的人在爱情的取向上最看中的是对方能否和自己同甘共苦，在各种艰苦的环境和可能的困难面前对方是否会始终守候在你的身旁。你需要的是天长地久的承诺，需要的是无需言语表达的默契和永远的信任。因此你的爱情取向：人品和忠诚度至上。

选择**B**的人在感情方面看重对方是否有事业心和上进心。如果对方能够和自己一起开创一番事业，不管是以自己为主还是以对方为主，只要双方能够一同达到前所未有的人生高度，你就会心满意足。因此你的爱情取向：事业心和上进心至上。

选择**C**的人在对爱人的选择方面最看重对方是否具有温和的性格。你知道性格在漫长的人生当中比其他的事物要重要得多,你欣赏平凡的生活中的点点滴滴,感受其中彼此的关怀和温暖。因此你的爱情取向:好性格和细心至上。

不得不说,我有一点担忧。我没告诉虫子,我选的是B,爱情取向,事业心和上进心至上。

虫子什么都好,细心又温柔,他自己完全符合大角鹿的爱情取向。但是,唯一的缺点对我来说,却是致命的。他有点唯唯诺诺,没什么事业心和进取心。说得难听一点,他有点得过且过。

工作半年,跟我们一起毕业的他班上的一个哥们,月薪已经拿到7500元了,虫子的工资还不到2000元,在柳州倒是够了,反正他每天晚上都回家吃饭,只有值班的时候才住在单位宿舍。

虫子的宿舍是两室一厅,跟一个同事合住,那几天,我成天窝在家里,每次都是等他下班顺路买菜再回来做饭,饭上桌了,我再极不乐意地过去吃,被伺候得跟老佛爷似的,他则像个任劳任怨的小丫鬟。

那是我第一次去柳州,虫子好说歹说,拉我出去逛了一次,我对这里更没好感。重工业城市,本来环境空气都一般,再加上听不懂的方言,更让我觉得陌生。

我说,我们一起回成都吧。虫子沉默了一会,说现在还没到时候,我想先在这里锻炼几年,三年之内回去,行不?

这个话题,我工作一不顺利的时候就跟虫子说起,每次他都顾左右而言他,实在不行的时候就拿以上那个理由打发我,耳朵都听出老茧来了。

我心情烦躁地厉害,想,等你再留几年,根都长出来了,更走不脱了。

换话题,我又说,你家里知道我们的事情了吗?什么时候带我去见见叔叔阿姨吧。

虫子沉默了更大一会,说,他们最近挺忙的,等过阵子吧。

我立即气不打一处来,再也憋不住了。我跟虫子恋爱也一年多了,他家里知道,但一直不看好不同意,嫌我家远,嫌我不来柳州工作,他们从没见过我,也不提出要见我,只是从虫子那里道听途说一些,发表了一通意见,大致意思就是说虫子跟我不可能,让他抓紧时间更新换代。现在,我又丢了工作,更配不上他们家虫子了。

我说你能不能有点出息,跟我谈恋爱的是你,不是你的家人,你就不能强硬一点? 你让我觉得自己像在跟你偷情一样。

虫子一脸无辜,说,那你让我怎么办? 一边是你,一边是我家人,我也很为难。

我反问,那你让我怎么办? 就这么一直没名没分拖着,我将来也是你的家人。

虫子就不说话了。我最恨男人这一点,一争执不过就沉默不言,三棍子打不出一个屁来,任我如何叫嚣痛斥,他也不吭声,我感觉自己拳拳打在空气上,脚脚都踢风,好像一个人在发疯,非常愤恨。

终归还是不欢而散,已经是年底,我不能再耽搁,只好先订了回家的机票。在柳州待的这一周,终归没能让我们的爱情有任何进展,我一直想得到他父母的认可,可这个愿望仍旧像挂在蠢驴额头的胡萝卜一样,看得见,吃不着,还得一圈一圈拉着磨子跑。

✳ 休养生息的开始

回到鞍山的那些日子,我过得很低三下四。

鞍山是个很传统的城市,我的亲友又都是些传统的人,过年了,免不了拜访亲友,各个都问我在哪工作,每个月拿多少钱。我说,我在惠州工作半年,被解雇了,他们就瞪大溜圆的眼睛,说好好的,怎么就被解雇了呢,仿佛我犯了什么天大的罪过被单位开除了一样。

我自然心烦得很,大部分时间闭门在家,把家人也郁闷得够呛。

姐姐丁丽抱着不满一岁的女儿朱大宝来找我,说了许多欲盖弥彰的安慰,最后言归正传,说已经托人给我打听一份合适的工作,希望我可以安下心来,扎根家乡。

我斩钉截铁地说:"姐姐,我已经跟虫子约好了,我先回成都等他三年,三年之后蜀都会和。"

姐姐一边拍着朱大宝,一边语重心长地说:"你怎么就不明白呢,你跟虫子没有结果的,你是典型的北方姑娘,他是特色的南方小伙,光性格就合不来,你是满族格格后裔,他是广西壮族传人,民族也迥异,再加上不在一处工作,他家里又那么不待见你……"

都是老生常谈,我左耳进右耳出了,权当没听到,姐姐也无可奈何。大四那年的五一,还是七天假期的时候,我带虫子回了趟家,家里人虽然对他的南方小生长相不是很满意,但还是用了十二分的心来招待,差一点把满汉全席都搬出来了,处处都是笑脸迎着他,让我觉得自己的家忽然成了一片花园。

不是吹的,咱东北人对待姑爷那是绝对一个上心,光看酒席上那架势就知道了,我的叔叔伯伯七大姑八大姨们,个个不论长幼不分尊卑地过来敬酒,把酒量小得骇人的虫子灌了个人仰马翻,连打了三天吊针,直到返回的飞机上还在晕酒。

虫子大概从来没被人这么重视过,兴奋得小脸红扑扑,跟熟透到随时都会砸到牛顿脑袋的苹果一样。想起我在柳州遭到的冷遇,我也有点愤愤不平,不过,我相信只要我俩情比金坚,一定能融化他爹妈的铁石心肠。

等过完年,处理完七七八八的事情,我开始认真规划自己的人生蓝图。

我承认，我是一个没有什么规划的人，总觉得走一步看一步，车到山前必有路，现在看来，自己真是吃了这毛病的亏，才让自己面对变故的时候很是不知所措。

职业生涯规划，这个词我在大四的时候就已经经常听到，却从来没有认真地想过。第一份工作，像盲人骑瞎马般的找到和进行，又夜半临深池地失去了，一切都来得太快，让我措手不及。

我忽然明白过来，职业生涯规划和管理，是作为职业人士所面临的首要问题，它是对个人职业发展的远景规划和资源配置，但很大一部分人都像我一样，忽视或者仅仅在表面上关注这一问题，以至于在职场中毫无目标，误打误撞或者手高眼低，不断地失去机会。

是时候改变了，让自己变成一个条理分明的人，不打无准备之仗。

我的职业生涯小规划：

类　型	任　务
短期规划 （3年内）	找一份合适并且满意的工作，日企是主要目标，翻译是主要方向，学习足够的专业知识，掌握充盈的业务能力。
中期规划 （3~5年）	获得满意的薪水和职位，在工作中取得一定的成绩，并且对自己的未来有明确的目标，努力为之前进。
长期规划 （5~10年）	做到经理及以上的职位，有自己的事业，具备丰富的职场经验和管理知识，成为所在公司的中流砥柱。
人生规划	事业有成，家庭美满，工作与生活比翼双飞。

职场知识:

合理的职业生涯规划的意义

所谓职业生涯,是一个人一生的工作经历,特别是职业、职位的变动及工作理想实现的整个过程。职业生涯的规划与管理,就是具体设计及实现个人合理的职业生涯计划。

1 以既有的成绩为基础,确立人生的方向,提供奋斗的策略;

2 突破并重塑充实有力的自我;

3 准确评价个人的特点和强项、弱项;

4 评估个人目标和现状的差距,准确定位职业方向;

5 重新认识自身的价值并使其增值,增强职业竞争力;

6 将个人、事业和家庭联系起来。

失之东隅,收之桑榆

失业之后,我从来没想过自己会变成SOHO一族,我甚至连SOHO是什么都不知道。

是一个机缘巧合的转机,在学校的时候,我曾经帮一个在翻译社工作的师兄翻译过一些东西,赚一点生活费。现在,他听说我的事情之后,主动在QQ上找我,问我有没有意向给他做兼职。

我正疯狂地在各种求职网站上搜信息投简历,因为目标只指向成都,所以招聘信息有限,我的信心也相继变得有限,心想,闲着也是闲着,等待的时候不如做一些事情吧。

于是,师兄开始时不时传些稿子给我翻译,多是机械、医学之类的,看上去枯燥极了。不过,他开给我的是每千字60元的价位,作为一个忽然失去经济来源的人,我当然求之不得。我手里捏着工作半年攒的几千块,再加上裁员时补偿的六千块,心里慌得要死,虽然短时间不会饿死,但难免会担心坐吃山空。

第一个月,我疯狂地翻译了几十万字,简直是奋不顾身地干,字典都快被我翻烂了,收入是四千来块,攥着它们我心花怒放,高兴地恨不得凌空翻几个跟头。

我知道,我是为自己雀跃,欣喜失业的时候也可以赚到钱,这样,我就不必担心如果再遇到变故的时候,会过得太潦倒。看来,掌握一门特长,真的是一件十分必要的事情,如果这个特长偏偏又是自己的爱好,那简直是太美的幸福了。

因为天天坐在电脑前,我的网聊事业也发展地如火如荼,许多很久没有联系的朋友,也渐渐恢复了往来。

插播:

> SOHO族(Small Office/Home Office),指在家办公的一类新人,是自由职业者的一种类型,他们选择这种自由、开放、弹性的生活方式,掌控自己的时间,利用网络资源工作,为自己办公,没有朝九晚五的困扰。SOHO们所进行的工作通常具有一定的创造性,工作领域不断扩大,主要包括网页制作、网上贸易、网上设计、网上写作,等等。

我印象最深的,是那位曾经说到庙里求签其实是欺骗了我的师姐,她是中文系毕业,在一家小报跑社会新闻。师姐听说我失业在家做笔译了,热情似火地说,你也当SOHO了,我一直想辞职做专职写手呢,不过一直没有那么大勇气。

我听师姐讲了她认识的一些SOHO族的成功经历,不由心里更欢喜,想就一直这样也不错,收入不会比在职的时候少,日子也过得逍遥,一时间很有点飘飘然,得意地跟家人宣布,我要当一个很自由的自由职业者。

先家人之忧而忧的母亲大人立即吓坏了,她一直担心我夜以继日地坐在电脑前,会坐出毛病来,现在又听说我要以"家里蹲"为职业,更是忧心忡忡,给我讲了很多大道理,大致是女孩子,还是捧一个安稳的铁饭碗比较好,有五险一金,有年终奖金,不能这样不务正业。

我嘴里嗯嗯嗯地答应着,继续问师兄要稿子翻译,不过,也渐渐觉察到这一行业的不足来。其实,我不愿意做一个宅女,天天关在家里,一个月也就算了,要是长年累月地这样,我非变成一只家养的野人不可。

看看镜子,对面的那个我衣冠不整,披头散发,眼袋昭然若揭地垂下来,黑眼圈更是耀武扬威地笼罩着。这个月,毛孔粗大、油脂旺盛、痘痘粉刺等皮肤问题齐刷刷义向我亮起了警灯,而且,秀发去无踪头屑更出众,我向来引以为傲的一头黑长发,看起来很是不健康,更恐怖的是,月经不调和痛经也趁机揭竿而起。

我心想,我可是没有医疗保险的人啊,这么下去,赚多少钱都得交给医院了。

而且,头一个月是尝尝鲜,如果让我一辈子都这样闭关锁国地躲在家里做翻译,我对自己有没有这样的自制力很是怀疑。

不由得暗自发誓,如果有合适的机会,我立即重新奔赴到职场中,有朝九晚五的生活,有活蹦乱跳的同事,比这里要有生趣得多。而翻译社的活,看来也只能作为业余爱好和兼职来做,才比较有意思,调剂一下生活,充盈一下钱包。

要知道,当一个人的爱好成为谋生的资本时,难免会给这爱好蒙上一层不太好看的阴影,这阴影就叫压力。

我不想玷污了我的业余爱好。

职场测试： 你适合SOHO吗？

1. 你的专业知识、技术能力是否足够？

2. 没有上司或者老板的监督安排,你的自我掌控能力是否够强？

3. 你对于家庭和工作是否能面面俱到？

4. 你对时间有没有概念？

5. 你工作时喜欢独当一面,不喜欢参与讨论？

6. 你不喜欢很正式的工作环境,不拘小节？

7. 你对自己有十足的信心,自认为绝对成功？

如果7个问题,你的回答都是"是",那么,也许SOHO对你而言是不错的选择。不过,你必须忍受孤独,一个字母之差,SOHO就变成SOLO（孤单）,大部分SOHO族都是独自奋斗的,而SOHO久了,难免孤单,成功无人分享,失败无人安慰,这一些,都是SOHO一族生命中不能承受的生命之重。

所以,SOHO族,入行要想好。

✳ 来自成都的橄榄枝

不得不说,在一个自己喜欢的城市找一份自己中意的工作实在是难度不小,我等得心都熬成灰了。

网上投出去的简历,基本都石沉大海,连个响声都没有,托朋友们帮忙打听的,也基本没什么进展,我开始有点毛躁了,像穿久的毛衣起了许多小毛球一样,心里疙疙瘩瘩的。

母亲大人做了一辈子的家庭主妇,不知道从哪里听说了失业保险金这个词,嚷嚷着让我去办失业证,看来已经做好了接受我可能会长久闲置在家这个狰狞的真相。姐姐则想方设法劝说我考公务员,她是中文系出身,在我们家小县城的宣传部做文职，小日子过得优哉游哉。我却只好告诉她，这不是我想要的生活。

失业保险金

失业保险金，是指失业保险经办机构依法支付给符合条件的失业人员的基本生活费用，是对失业人员在失业期间失去工资收入的一种临时补偿，目的是为了保障失业人员的基本生活需要。失业保险金依法从失业保险基金中列支。

具备下列条件的失业人员，可以领取失业保险金，并同时按规定享受其他各项失业保险待遇：

1. 按照规定参加失业保险，所在单位和本人已按照规定履行缴费义务满1年的；

2. 非因本人意愿中断就业的；

3. 已依法定程序办理失业登记的；

4. 有求职要求，愿意接受职业培训、职业介绍的。

正四面夹击的时候，成都一家中日合资企业终于有了回音，让我2月底回去面试。我欣喜若狂，总算得来了一个转机。虫子接到我的报喜电话，倒是有点闷闷不乐，说，你决心不来柳州了么？

我说我从来都没打算过去啊，不是说过了，在成都等你三年吗？

虫子一直死心不改地希望我能够去柳州，但柳州，实在是没有适合我的公司，也不是我喜欢的城市。

我给在成都的朋友们打电话，寻觅一个暂时可以落脚的地方。大学里的朋友二雪热情地告诉我，可以暂时住在她那里，她跟几个姑娘合租了三室一厅的房子，她的床很大，可以供我们两个的身体自由翻滚。而且，其中一个姑娘做到月底就辞职回家考研去了，我可以把她的房间续租下来。我听了，顿时有种天时地利人和的感觉。

我几乎是迫不及待地要回成都,家里人觉得不可思议,说你犯得着为这个不知有无胜算的面试大费周章吗?我不回答,心里铆足了不成功则成仁的劲,如果去,兴许会有好结果,如果不去,就只能跟这好不容易得来的机会失之交臂。

插播：

> 越来越多的"初出茅庐"者适应不了突如其来的职场生涯,走上了继续考研等进修之路,这虽然不失为一个好的选择,但在作出决定之前,也需认真权衡,如果单纯地为了逃避就业压力而继续求学,几年之后,先前同学都在职场中有不错成绩的时候,你仍然是一个刚出校门的求职者。而埋头学业里的这几年,在给了你更多理论能力的同时,也从另一个方面耽搁了你的实践体验。

几天后,我乘上了飞往成都的班机,在一万英尺的天边,我看着窗外层叠的云和巨大的飞机翅膀,心里忽然无限感慨,去年7月份离开的时候,我就想过以后有机会要回到成都工作和生活,却从来没想到这么快就回来了,以一个失业者的身份,重新寻找我的生机。

二雪在机场接到我,给了一个大大的拥抱,说欢迎你回来。

这姑娘长得结实了,再加上本身自带一股稳重自如的气场,看起来很有母仪天下的范儿。她从大四下学期就在一家私营广告公司做兼职,累死累活每个月只拿500块的实习费,毕业之后顺利留在那里,工资开到1800,基本混个温饱。

二雪带我回她租的房子里,我正式见了总听她说起的几个室友,叮当和叶小苑。叮当是二雪的同事,人如其名,说话叮叮当当的,像敲响了七八面小鼓。叶小苑说话少一点,但看起来也是个机灵的姑娘,她是成都一家知名美术公司的儿童插画师,我觉得她倒蛮适合这个行业,整个人看起来就很Q很漫画,言行举止里一股童心未泯的样子。

那时候并没有想过，我接下来几年的生活，都会跟这栋房子、这几个人紧密联系在一起。

二雪的床的确很大，晚上，我们并肩躺着说了一夜的话。那时候，二雪的男朋友是潘登，他们一对，加上我和虫子，都是很好的朋友，一起跷课去旅游，一起喝酒唱通宵。

潘登比我们小两届，还没毕业，据说已经有了读研打算。我和二雪都是姐弟恋的忠实爱好者，区别是，她是有意识地喜欢弟弟，我是无意识的巧合。我的前任男朋友比我小7个月，劈腿被我撞到所以分手，现任男朋友虫子比我小2个月，但我总觉得，从心理年龄上讲，他至少比我小个七八年。

我和二雪在忆往昔的过程中，声音渐渐变弱，模糊不清，后来就不知不觉睡着了。我做了一个梦，成都居然打仗了，到处是硝烟，虫子在兵荒马乱里奋不顾身地奔到我身边，而潘登也终于重回二雪的怀抱，我们四个，倾城之恋了，在梦里，我不顾国家危难笑得如花痴乱颤。

醒来后，二雪她们已经去上班了，屋子里静悄悄的，暖暖的阳光透过薄薄的窗帘温柔地撒在床上，撒在我慵懒的眼皮上，我在心里情不自禁地喊，久违了，成都的太阳。

我爬起来梳洗，打开电脑，开始修改自己的简历，准备几天之后即将上演的那场重要面试。

✳ 新崛起的面霸小姐

要面试的那家公司叫SG，总部设在东京，在成都有两家分公司，一家是日方独资，一家是中日合资，习惯上，独资那家被称为SG中国总公司，合资那家则是SG中国子公司，我今天要去的，是那家合资的分公司。

面试时间，是我回成都的第三天。

　　我紧张到一夜都没睡好,不过气色看起来还不错,脸上看起来风和日丽的。认真地化了一层聊胜于无的淡妆,再穿上八厘米的高跟鞋,我匆匆赶到SG面试的会议室,一看外面已经排起了长队,有一个居然是旧相识,不禁感慨这世界真是太小。

　　那小伙叫王斌,还是我在惠州时认识的,当时他在索尼的子公司做QA(品管员),一副心比天高命比纸薄的姿态,自诩为不得志的有才青年。王斌看到我,也非常诧异,走过来寒暄了几句,感叹天涯何处不相逢,然后他话锋一转,说:"没想到,我们今天变成了竞争对手。"

　　我没心没肺地说:"是啊,哈哈,还请公子您手下留情,给小女子留条活路。"

　　王公子面露难色,说:"华山论剑,自然是成王败寇,何来谦让之理。"听得我心里嗞嗞冒冷汗,一句玩笑,竟让他如此担忧。

　　王斌向来自视甚高,当初在惠州,就很有虎落平阳之感,我跟他在一次培训课上认识,闲谈过几句,他曾跟我透露出自己时刻准备着另谋高就的打算,没想到英雄所见略同,我们竟在同一座城市同一个面试间外面狭路相逢。

　　他神秘兮兮地把我拉到一边,说:"你看这一堆人,三点钟方向那个男人婆,五点钟方向那个娘娘腔,都是海归,从日本回来的;十点钟方向是个硕士,他旁边的人是神钢总公司过来的,说不定是面试官放出来的密探!"

　　我眼珠子都快掉出来了,问他怎么知道这么多。王斌得意地告诉我,这叫知己知彼,百战不殆,他刚才人群中闲聊几句,趁机偷瞄对方手中简历,已经把敌情刺探个八九不离十。

　　佩服之余,我也为自己的此行担忧,看来这些面试者里是卧虎藏龙,哪里有我的立足之地呢?来不及多想,面试开始,又是群面,五个人一组,我跟王斌被分到了一组,再加上对手甲乙丙,排在了第一组。

　　简单地自我介绍后,那三个看起来很威严的面试官让我们去抽一个选题,然后展开自由讨论。没等我们反应过来,王斌已经一个箭步冲过去,从纸盒里掏了一个折叠的纸片出来。

展开纸片,题目是:你是一名铁路扳道工,一辆火车马上就要开到一个岔路口,有两条路,A和B,A路上有6个小孩,B路上有1个小孩。火车计划是从A路走,千钧一发的时候,你会怎么办?讨论时间15分钟,通过的话才有可能进行单独面试。

传阅完了题目,群面开始。我是个好学生,以前每次考试遇到题目,都会按照老师教给的方法,先考虑这个题目考察的是什么知识,又有什么陷阱会误导答题者的思路,现在也一样,面试官一定是从中看我们是否具备某些他们想要的思维。

我正左思右想不得其解的时候,王斌已经主动出击了。他镇定自若地说:"既然大家都不敢为人先,我就先抛砖引玉了。我觉得这个题目非常不错,一边是6个小孩,一边是1个小孩,很像我们中央台的一个节目,'非常6+1',局势很叫人紧张和为难啊。"

他这么一说,我们几个人都忍不住笑起来,气氛也缓和了很多,不过我心里却捏了把汗。看来王斌的确很有调动集体情绪的能力,是个有力的竞争对手,而且,他在表现自己的同时,也不痛不痒地给了包括我在内的其他面试者一记下马威,暗示我们"不敢为人先"。

王斌继续说:"火车原本是应该走A路段的,但是,A路上有6个小孩,这不仅仅是6个小孩,而是6个家庭的幸福,权衡之下,我觉得我会把铁路扳到B路段,虽然那边也有1个小孩,但毕竟我把灾难减少到最小了,对于那个小孩,我只能说声对不起,我会承担单位给我的处理,社会和舆论给我的或好或坏的评价,如果有可能的话,我还会尽量用自己的能力,对这个小孩的家庭给予帮助,以弥补自己顾全大局的行为带给他们的伤害。我对我的选择问心无愧,但对于这个家庭,我几乎可以说是一个罪人。"

说完，王斌自动默哀了几秒钟，低头做沉思状，表情凝重，整个面试间的气氛也随即凝重起来。对手甲是个文文弱弱的小姑娘，几乎被王斌感动到热泪盈眶了，随口附和道："是，如果是我，我想我也会这么选择的，毕竟A路上有6个小孩，如果让火车直接撞过去，我这辈子都不会原谅自己的。"

我心里敲响了一曲交响乐，咚咚咣咣的，想，我不能这么附和王斌，绝对不能，他在舍小保大这个观点上，可以说是论述得滴水不漏了，如果顺着这个观点讲，我不会有任何出彩的地方。

这时候，对手乙说话了："我们不能让火车停下来吗？一个孩子也是孩子啊，我觉得应该有两全的办法。"这是个人高马大的男生，说话也粗声粗气地，只是有点缺乏常识，容易被人钻空子。果不其然，王斌就立即接了一句："这位先生，你不知道火车不是想停就可以停下来的吗，得需要几分钟的减速期。"

对手乙显然没想到会遭遇这么不客气的反驳，立即闷声闷气地反击，说："我可以冲上去把孩子们都驱散出铁轨，哪怕牺牲我自己都在所不惜！"他有点吹胡子瞪眼，似乎对王斌很是不满。

好一个大无畏的精神，我们几个都震惊了，可我偷偷瞅了瞅面试官，三个里有两个皱了皱眉头，的确，如果我是面试官，恐怕也不能对这样的回答满意，一个言行莽撞的员工毕竟是不讨喜的，哪怕他再有爱心和奉献精神。再说，他的爱心和奉献在目前来讲也只是停留在口头阶段，根本无从考究，唯一能观察出来的就是他脾气暴躁，容不得反对意见。

五个人里有三个人发过言，我必须说点什么了。我试探着问王斌："火车原本是应该走在A路段上的，如果盲目地扳到B路段，会不会给整条铁路的运行规划带来不便呢？如果迎面正有火车开过来，岂不是会引发更大的灾难？"

王斌显然对这个提问有点出乎意料，顿了几秒钟，吞吞吐吐地说："我觉得，我可以在扳道之后，通知火车司机立即刹车，同时尽快通知人来重新调配火车运行计划。"

这个时候，如果我偃旗息鼓，就说明自己还没考虑成熟就随便责难别人。我豁出去了，干脆咬定青山不放松，紧追不舍地问："扳道到B路段，是你在瞬间作出的决定，你并没有预料这个决定会造成什么后果，如果因为一些无法控制的原因，B段上的其他铁路无法刹车或者改变路段，后果会是不堪设想的。而且，你这样的行为发生后，也会耽误很多乘客的旅程，一辆火车上那么多人，难免会有些人有急事，或者其他突发状况，他们的延时同时又会影响各行各业许多公事私事的进程，你可以对一个小孩的死去负责，但这些延误，你可以负责吗？"

我尽量让自己语气平和，因为心想，面试官一定不想看到一个斗鸡一样的员工，把辩论搞得像吵架。

王斌有点按捺不住了，眼瞪得溜圆，说："你简直是在危言耸听，强词夺理！哪会有那么多意外发生？这些都是你夸大化的推断，不能作为考虑因素的。"

我说："为什么不能？每个人都应该在一件事情发生之前做出最好的预想和最坏的打算，即便时间紧迫，我也会尽可能考虑到周全。再说，有一个词叫做蝴蝶效应，一点小的改动造成的影响极有可能大得不可估量。"

我们两个一唱一和地，其他面试者完全插不上话，而三个面试官也只是饶有趣味地看着，让我的精神变得异常紧张。

王斌忽然诡异地笑了一下，说：

插播：

> 蝴蝶效应（The Butterfly Effect），是指在一个动力系统中，初始条件下微小的变化能带动整个系统的长期的巨大的连锁反应。这是一种有趣的混沌现象，蝴蝶在热带轻轻扇动一下翅膀，遥远的国家就可能造成一场飓风。
>
> 这对我们来说，需要领会以下三点：一、着眼全局，防微杜渐；二、细节决定成败；三、抓住对生命有意义的"蝴蝶"。

"丁小姐,我们不要再绕圈子了,不如说说你的选择。你会让火车继续从A路段走,眼睁睁看着6个孩子死在铁轨上吗?"

我愣了,心想,我这不是自掘坟墓嘛,其实我最初的想法跟王斌是一样的,舍小取大,死1个总比死6个好。但是为了让自己的发言与众不同,我才故意钻王斌的空子,跟他对着干。可这么一圈绕下来,如果我再承认自己跟他持同样意见,那之前的一通辩驳简直就是没事找抽。

事已至此,只好坚持到底了,我斩钉截铁地说:"是的,我会选择让火车保持原状,走A路段。"话音未落,我就听王斌煞有气势地说:"请给我一个理由!"

那一刻,我觉得时势造英雄的确是一句真理,我苦思冥想了那么久都没想到一个走A路段的理由,却在电光火石的最后一秒想到了,我激动地说话都带颤儿,做我的最后陈述:"首先,我必须尽可能让所有这个路段上的铁路保持原本的运行规划,其次,临时的改道并没有100%的安全系数保证,再次,如果实在无法救出那些孩子,我还是会让这辆火车从A路段走,因为,是他们选错了位置,他们必须为自己的选择负责。而B路段上的小孩,他并没有做错什么,所以我把生机留给他。"

大家没料到我会给出这样一个答案,都有点懵,好像吃了一道奇怪的菜正在回忆余味,连王斌都哑口无言。

其实我知道,我自己的论述也经不起推敲,那些孩子都在铁轨上玩本来就都不应该,而且谁在A路谁在B路,估计也是巧合和运气问题,同选择无关,那么小的孩子哪知道什么选择。

不过我还是蛮佩服自己,毕竟群面讨论题从来就没有什么标准答案,只要言之有理就可以,我自我感觉良好,觉得自己的表现还说得过去。

这时候,其中一个面试官按了一下铃,丁零一声打破了刚才的平静,他说,还剩下最后三分钟,注意时间。王斌刚要开口,我立即抢先跟对手丙说道:"你呢,你对这个问题有什么看法?"

对手丙从始至终一直保持沉默，不是太紧张内向，就是太深藏不露，看我主动问起，他犹豫了片刻，说："这是一个残忍的题目，如果是我，我也会选择让火车从A段走吧，B段是生路，这就是规则，不懂规则或者违背规则的人是一定要出局的。之后，我还会提醒那个B段上的小孩，看看你6个伙伴的下场，记住这规则，不要重蹈覆辙。"

我倒吸一口气，虽然他支持我的观点，但说得比我专业多了，很有一针见血的犀利。

我们都沉默了的时候，结束铃声响起了。面试官彬彬有礼地说："谢谢大家，辛苦了，请回去等待结果。"

出面试间的时候，我们五个人个个面色沉重，像刚经历过一场庄严的洗礼一样。下一组的五个人小声地嘀咕着什么，整了整衣服，与我们擦肩而过走了进去，接受他们的考验。

规则之内，情理之外

出了面试间，我立即感到有气无力，扶着墙壁站着，此时才发现心一直在咚咚乱跳，这是我的老毛病了，一跟人争论就会心跳加速，尤其是表达自己与众不同意见的时候。

从小，我就被家长老师冠以"不走寻常路"的名号，总是有一些奇思怪想，思维有点天马行空，这一特征让我的作文不是最高分就是最低分，最高分是因为我的思路有时让人新奇而叫绝，最低分是因为偶尔我会管不住这匹野马，它驰骋出我的控制之外。

印象最深的，我的英语六级勉强通过全靠作文的功劳，满分。因为那次命题作文我忍不住用了书信格式完成，考完之后被老师批得狗血淋头，结果分数出来跌破了无数眼镜，六级满分作文，估计不是很多吧。

正忆往昔的时候,有人轻轻拍了拍我的肩膀,我抬头一看,是一个戴眼镜的男生,个子挺高,长相标致,表情淡漠里还带一点亲切,用好听的声音说:"你没事吗?"

我转向他,说:"没事,请问您是?"

他扶了扶眼睛,说:"你可真是贵人多忘事。"

我恍然大悟,忍不住有点窘,说:"是你啊,对手丙。"

他哈哈大笑,说:"原来我叫这个名字啊,走吧,一起吃顿饭,然后各归各家。"

我四下看了看,对手甲乙已经不见了踪影,倒是王斌,还在不远处虎视眈眈地盯着我,见我也看到了他,他走过来没好气地说:"小丁,你也太不厚道了,那么咄咄逼人地跟我唱对台戏。"

我连忙解释:"我也是被你话赶话逼得没办法,只好另辟蹊径地讲下去。"

王斌嘴巴动了动,还想说什么,对手丙打断他说:"这就是游戏规则啊,每个人都有权表达自己的看法,就算你没办法捍卫自己的主张,也不能要求别人为你提供论据。"

王斌斜着眼睛,一步三回头地走了,还挺恋恋不舍。

对手丙叫许晴朗,这名字蛮好听,让人感觉天朗气清。我们一起吃饭,他言简意赅地赞赏了我刚才的表现。我有点飘飘然,说:"你是不是不太爱说话,如果你先开口的话,我估计也只有随声附和的份了。"

许晴朗笑着说:"我是做技术的,故作稳重可能更容易吸引面试官注意吧,如果有太多自己的想法,没准会觉得我靠不住。"

我觉得他特靠谱,于是小心地让他对今天的面试结果做个推断,他想了一会,说:"不太好讲,但我们这一组里你应该是最出彩的,第一,你没抢先发言,但后来的辩论不错,是一匹黑马;第二,你有独特的见解,而且言之有理;第三,后半部分你掌握了主动权和引导权;更难得的是第四,你主动向没发言的我征求意见，说明你善于在团队中解决冲突，引导和帮助别人，不像刚才那个一样总是盛气凌人，巴不得把小组变成他一个人的舞台。"

我做出叹为观止状，最佩服这些人，即兴发言也可以一二三四罗列清晰。

他话锋一转，继续说："不过我们都没注意时间，按说一个群面小组都应该有一个人充当time-keeper的角色，可以引导大家在规定里时间里完成讨论，有可能的话，还要做最后总结陈述。"

我的态度，已经可以用五体投地来形容了。在我看来杂乱无章的那么一个多人讨论，居然被他分析得头头是道，而且他冠以我许多我从来没意识到的优点，让我神清气爽，整个人心情好了许多。

后来，我们分开的时候各自留了电话，他挥挥手跟我说："希望有机会可以再见。"我心里由衷地说一句，这也是我的心愿，不过缘分这回事，总是由不得人做主的。

回家后，我上网搜索了一下群面，才发现自己遇到的还算是小场面，有些讨论题简直是堪称壮观，比如那道经典的沙漠求生题，让你在十五件物品里挑选四件，并且对取舍必须有充分的理由，既复杂又艰难，就是在电脑上看都让我头大，更别说身临其境了。

我一边庆幸，又一边后怕，不得不恶补一下群面知识，以免以后遇到类似场景的时候会不知所措。

大多数公司的面试，都是针对员工的职场素质进行考察，也就是许晴朗总挂在嘴边的"规则"，我大致明白了今天抽到那条讨论题的用意，它的确没有标准答案，但不同的选择和发言可以看出很多，比如谁可能会感情用事，谁可能会独断专行，谁更沉稳，谁更顾全大局。我们五个人在那争论不休，但命运却在面试官手里捏着，他们对我们的论断才是整个面试间内的最精彩的暗战。

就像那个用小孩的命来做赌注的题目一样，职场只相信规则，不相信眼泪，稍有不慎，就是有血有泪的代价。

职场知识：

群面里的角色分配：

领导者。领导者用自己清晰而有逻辑性的思路引导团队成员，解决面试问题。作为一个团队里的领导者，必须首先分析出遇到问题的类型，总结出大家共同的目的，然后通过组织大家来配合，确定总体的解决思路。

群众。群众是指群面中跟着引领者思路走的人，要注意，如果单纯的附和他人的意见，会显得毫无特色，犯了面试最忌讳的中庸大忌。要想pass，就必须做有"逆反"意识的群众，积极提出自己的看法，甚至反驳引领者的思路，成为新的引领者。

汇报人。也就是最后做陈词总结的人，努力记下之前发言者的意见，按照逻辑思路进行汇报。

群面发言的注意事项：

1 不是说话越多越好，而是要精辟，有理有据，语言流畅并且深刻独特，有说服力和建设性。不要过于紧张，以轻松的心态面对，面试官会更希望看到在小组讨论中有说有笑，能够互动的人，这样的人，将来在一个团队面对压力时，有可能就是那个灵魂人物。

2 注意涵养，不要抢话插话，在积极发言的同时也要注意倾听和参考他人意见，给他人发言的机会，千万莫演单口秀，垄断发言；不要为了求胜心切而试图强势领导小组的讨论方向，忽略群体意见，那样只会让面试官觉得你急躁且个性太强，难以进行团队合作。

3 注意语速、态度与表情。群面讨论是相互协商解决问题，而不是争吵，切忌试图让所有人都顺从自己，太过感情用事，从而言辞激烈、态度强硬、表情过度，容易引发敌对情绪。

4 表现出诚意，积极参与讨论，不能嘲讽他人发言，也不要冷落发言较少的人，努力带动整个团队的气氛，会给面试官留下善于组织、长于合作的好印象。

5 抓住问题的实质，言简意赅。分析出问题考察的重点，说话以问题为中心，不要洋洋洒洒、口若悬河但离题万里，也不要纠结于细枝末节，或者一味地附和他人意见，要让面试官听到你独特的"声音"。

塞翁失马之后

经历过SG子公司的一面，我忽然觉得身心俱疲，打电话给虫子，说想去柳州，虫子犹犹豫豫地说，可是清明节快到了，我要回家，你怎么办？

我立即气不打一处来，二话不说挂了电话，他要回家，潜台词就是不方便接待我了，这句话像一只苍蝇拍，把我的一腔热情一下子拍死，没有丝毫的心慈手软。不过第二天，我就接到了复试电话，时间定在一天之后，我心想，还好被虫子的态度气得没跑去柳州，否则这一趟非折腾死我不可，我第一次对他惹我生气这件事感激涕零。

欣喜之余，我首先想到的居然是许晴朗，给他打了个电话，得知他也顺利进入二面，他还告诉我，那一组里面只有我们两个人通过了一面。我有一点意外，本来以为王斌也会顺利入围的，没想到是这样的结果，估计他知道了也会气得火冒三丈，我都能想象出以他那火爆脾气和自以为是的劲头，知道自己落选之后会是怎么一副冲冠一怒的样子。

二面之前的那一天，我窝在家里一天狂搜各种面试题，还特意跟师兄师姐们打听有没有在SG工作的前辈可以给予指点。找到一位叫冯微的先辈，不过人家是在SG总公司，她说二面其实很简单，就是问一些很常规的问题，比如薪金要求、工作期望之类的，走走过场而已。这让我心里安稳了许多。

忐忑不安地迎来了新一轮的考验，这一次，面试场所换了一个地方，比上次的大会议室小了很多，可能是平时用做会客室的地方。面试官也只有一个人，必然是人力资源课的头头，看起来蛮精明，一双眼睛不大，但炯炯有神，似乎像X光那样能扫进人骨头缝里，我忍不住遐想他像孙悟空一样眨动火眼金睛的样子，一眼就能看穿面前坐的是何方妖物。

我俩面对面坐着，他翻了翻我的简历，问我之前离职的理由，我坦白自己是大规模裁员的受害者之一。他面无表情地继续翻,然后说:"你之前的薪金是多少,在公司主要负责哪方面工作?"

我如实回答:"薪金四千,做的是翻译,跟翻译科的同事一起处理一些跨国项目的口译和笔译工作。"

面试官又问:"你们公司每年的赢利额多少?"我有点诧异,感觉有点不妥,如果不说,显得我对老公司不熟悉又对新单位不尊敬,但如果说了,恐怕显得轻浮,毕竟透露老主家的私密信息似乎是不怎么好的职业操守。

我只好打太极拳般的说:"我离开有一段时间了,对这些数据不是很了解。"

他终于合上我的简历,说:"如果签你,我们能开出的薪金水平恐怕也会低于你之前拿到的数额,对此你怎么想?"

其实我早有耳闻,SG开给翻译的工资不及3000块,不过我既然来面试了,自然就做好了心理准备。我态度诚恳地说:"在惠州的时候虽然薪水不低,但衣食住行方面的条件相对较低,我更喜欢成都这样的城市,节奏不会太快,生活水准又高,有更好的发展前景。"

面试官说:"可你家是辽宁的啊,有没有想回大连发展?"

大概几乎每个异地求职的人,都会被问到这个问题,言下之意是,你不是本地人,会不会工作一两年就跑路了?其实我觉得,劳动合同都签着的,就算要离开也要在期满之后,所以每逢遇到类似的疑问,都回答得有些疲惫。

我表明忠心说:"我是铁定了心要留在成都的,而且男朋友就在本地,所以打

警告

在面试的时候,切忌避免谈论先前雇主的产权性机密资料,否则会让面试官认为你不值得信任、不负责任。除此之外,对于之前离职的细节,也应该谨慎回答。

算下半辈子就在这里过了。"撒谎就撒谎了,我脸不红但是心跳了,想着反正虫子答应三年之内来成都,我的谎话迟早有一天会圆。

最后,面试官说:"翻译这个职位,我们打算在你和另外一个面试者里作出抉择,公司会多方面权衡然后给予通知的,到时候会尽快给你答复,辛苦了,面试结束。"

出来的时候,觉得有一点轻松,阳光不错,心情也不错,这是回成都之后的第一次面试,不管成败,我想我都可以坦然接受了。

✳ 结局总是出人意料

两天之后的周一,我接到SG子公司打来的电话,通知我没有通过最终的面试,被淘汰了。

虽然觉得没什么大不了,还是多少有点失落,晚上我跟二雪她们出去泡吧喝酒,好久没过这种日子了,放眼望去灯红酒绿,每个人脸上都有恰到好处的醉意,比白日里生动活泼了不少。我抱着二雪慢摇,舞步乱得像倩女幽魂,然后大喊大叫,说我要留下来,声音很快湮灭在震耳欲聋的音乐里。

第二天,我睡到日上三竿才被电话吵起来,是陌生的号码,接听,声音也是陌生的,说让我下午到哪里哪里面试。我有点懵,以为自己还没睡醒,含含糊糊地问对方是什么单位,那声音很没好气地说,SG总公司。

我诧异地说,我没有投简历给总公司啊。电话那端的声音几乎不耐烦了,说,是分公司的人力资源部推荐过来的,下午三点,过期不候。

挂了电话,困惑还写在脸上,我仔细翻了几遍通话记录,又上网百度一下那个电话号码,确定不是骗人的,的确是来自SG总公司。我从床上一跃而下,简直想先冲到分公司去拥抱那个看起来严肃无比的子公司的面试官。

下午,准时赶去面试地点。这次的面试过程却异常简单,这里的面试官姓徐，人力资源部的课长，只问了简单的几个常见问题，然后告诉我回去等通知。总公司的地址在科技园，离我住的地方比较远，我坐了一个多小时的公交，刚下车就接到电话，说恭喜你，被录用为我公司新的项目助理，请于下周一来公司报到并接受培训。

我目瞪口呆，项目助理，可是我应聘的是翻译的职位。我把电话打到公司，转接到徐课长那里，问是什么情况。他说，公司现在只缺项目助理，如果我觉得可以胜任，就签约开始工作，周一会跟我谈详细的工作内容和薪金待遇，以后有机会可以转成翻译，如果我不满意这个职位，自然可以另谋高就。

我有点恍惚，一时间觉得不知道该怎么回答，就说要考虑一下。徐课长可能觉得我不知好歹，语气有了微妙的变化，说："丁小姐，你可以仔细考虑，但请尽快给我准确的答复，不要耽误我们的招聘工作和公司的运行。"

我赶紧说："好的，我会尽快作出决定，不会给您和公司添麻烦。"我的声音听起来既谦卑又热情，应该不会让对方觉得我还没上任就闹情绪。

挂了电话，我恨自己恨得咬牙切齿，都跑去面试了，居然没问清应聘的是什么职位，理所当然地认为是翻译了。项目助理，这个称号我听过，还从来没有接触过，也不知道具体是做些什么的。

跟姐妹们商议，她们一致同意我先过去工作，看情况再做进一步计划，毕竟这年头找个工作不容易，SG又总算是家大企业，应该不会亏待我。

SG的确不错，尤其在成都的日资企业中，算得上数一数二的了。我记得我大学里曾经拿过一个奖学金，就是SG赞助给日语系学子的，上台颁奖的是SG某位领导，我已经记不清他样子了，毕竟那时候，也从来没想过自己有一天会来这里工作。

我看着简历里获奖记录里写着的那条，曾获得SG一等奖学金，觉得一切都是天意啊，于是更坚定了我混进SG的信念，项目助理怎么了，要勇于面对新挑战,连公司都敢用我,就是觉得我可以胜任,我为什么不敢去?

打电话给家人朋友报了喜,就安心准备进驻SG了,反正从前海投的简历和求职信也都没什么回音。

周末,去买了几件看起来比较职业的套装和包包,请姑娘们吃了顿大餐。终于,我马上就重新杀回镜湖,恢复成一名职场中人了,没工作的日子总给我一种流离失所的感觉,即使住在家里的那两个月,也感觉无依无靠,孤苦伶仃的。

周一,我按照提前从公司打听来的路线,先赶某路公交车到九眼桥,然后坐班车去科技园,差不多一个小时抵达。

签了合同,我的工资低得超乎想象,底薪只有一千出头,加上绩效工资也不到两千,不过福利还不错,年终奖、住房基金、住房补贴、伙食补贴、交通费、带薪休假,应有尽有,非常周到。我已经打算既来之则安之,接受这份误打误撞得来的工作。

我隶属业务部,项目管理课,直属上司是课长林东,三十岁出头,微胖,在日本待过几年,日语说得挺标准。他简单地介绍了一下我的工作内容,就叫课长助理李秀带我去办公室熟悉环境。李秀,看着像个冷美人,一脸的高傲,踩着细高跟鞋婀娜多姿地走在我前面,一边还敷衍地给我介绍,这里是部长室,这里是课长室,这里是大办公室,这里是你的办公桌,声音是刻意的有距离的亲近,已经仔细雕磨好的感觉。把我"安全"送到之后,她优雅地转个身,又步步精致地走回自己的位置去了。

我盯着她的背影,心想这才是我心目中达标的白领形象。

下午,李秀又婀娜多姿地走到我面前,微笑,朱唇轻启,说:"小丁,跟我去见一下部长。"

业务部部长叫福田,看相貌在40岁左右,但实质上还不到35岁,日本人,从东京总部调职过来的。他乐呵呵地跟我打招呼,说:"你就是新来的陈桑(日语称呼方式,姓名后面加さん,罗马音桑)啊,欢迎欢迎。"

我尴尬中,正要开口的时候,李秀巧笑倩兮地说:"您看您部长,中文说不好就说日语嘛,人家小姑娘姓丁,丁桑。"

部长继续呵呵地笑着,说:"丁桑,好的。"

见过部长,也不过走走过场,打声招呼,我唯一的收获就是看出李秀和部长的交情匪浅。后来,果然听到传言,李秀是部长的"中文启蒙者",从调职来成都的时候,她就开始担当起这项艰巨而讨喜的任务。

我的办公桌在临窗,靠近角落的地方。项目助理,我从合约书上看到,

在职场上,每个人都在想尽办法跟上级"套近乎",无论是公事上,还是私交上。只要在合法合情合理的范围内,你可以用一些特别的方式向上级靠拢,要知道,有句古话说,"背靠大树好乘凉"。职场不排斥这些小智慧,你要懂得借力用力。

大致是承担大小项目中制作标书、准备商务文件、起草各种合同等基础工作,说白了就是负责制定项目执行进度表,并按照进度表对所负责的项目全程执行,处理日常事务,确保工作有序地开展和进行。

林课长很风趣地对我解释,我是公司的一块砖,哪里需要哪里搬,在项目助理这个位置上,我需要统筹兼顾,协调好各方面的关系,协助上级开展和组织工作,完成从成本控制到产品审核等各种工作,任务艰巨,不可或缺。

对我来说,这是一份全新的工作,以前在惠州,我主要做的是各种文件的翻译,对公司的运作流程并不是很了解。新鲜的工作很好地激发了我的求知欲,我开始努力让自己接受这个职位,多一份经历就多一份经验,多一份经验就多一份机会,多一份机会自然就多一份成功的可能。

此时,我的愿望其实很简单,希望好好工作,早日加薪,偶尔升职,做一

个想跳槽的时候是好公司主动来争取我，而不是我焦头烂额四处求职的优秀人才。

SG，丁成程的职场第二站，正式起航！我默默地跟自己说：加油啦！

职场知识：

你应该知道的福利

福利、假期等事情，是众多求职者时刻关心的民生问题，也是职场人永远晒不玩的话题。就像企业在衡量员工的工作绩效时，会想方设法用数字来量化一样，反过来，员工在衡量企业的时候，也会尽量把所看重的职业发展、公司规模、企业文化等众多因素折算为数字，也就是薪金和福利、补贴——真金白银永远是最现实的。

1 车贴、饭贴等。国家并没有明令规定企业必须提供此类福利或设置最低福利标准，所以，车贴、饭贴等并不是每一个企业都具备，在数额多少上也各有差异。

2 你的假期谁做主。按照国务院办公厅发布的放假安排来说，现在的节假日的确不少，但平时繁重的工作却使得许多员工不能带"事"休假。劳动法规定，休息日安排劳动者工作又不能补休的，支付不低于工资200%的工资报酬；法定休假日安排劳动者工作的，支付不低于工资300%的工资报酬；劳动者连续工作一年以上，享受带薪年休假。

3 不得不说的加班。劳动法规定每天工作时间不得超过8小时，每周不得超过44小时的工时制度。用人单位由于生产经营需要，可以经过协商延长工作时间，每日不得超过3小时，每月不得超过36小时，并支付不低于工资150%的工资报酬。

PART 3

成都，一座来了还想来的城市

✱✱ 不完美的新开始

人在拥有一个新开始的时候，总是热情洋溢的，想每一步都走得漂漂亮亮，打响第一炮，从此一帆风顺。不过也有句话说，万事开头难。

我新工作的开始不是很愉快。首先，我发现自己在的是一个很"排新"的办公室。除了我是新招进来的，其他人都是老员工了，我试图搞好人际关系，可是四处碰壁。吃饭的时候，我跟周围人打招呼邀请大家同行，可她们说，这边还有事没做完，你先去吧。等我前脚离开办公室，就听她们开始商量吃什么，然后就三五成群簇拥着走了，只我自己形单影只。

还是男同事比较容易相处，偶尔带我一起午饭，不过几天之后就不行了，因为那些姑娘们总在工作之余打趣那些男同事，呦，看来了新漂亮妹儿就一窝蜂拥过去，不理我们这些老家伙了。于是乎，男同事也不怎么好意思主动跟我一起走了。这就是女人，总是擅长四两拨千斤，随便三言两语，就能改变时局。

而且，她们总要等到我走了之后，屁股才肯离开办公椅，搞的好像每次都是我第一个急着去吃饭似的。有时候我也忍着不走，于是全办公室一起加班，个个在那按兵不动，像长出根来了一般拼耐性。

有一次，我一出门口刚好遇上林课长，他很自然地邀请我一起吃午饭，我看不出他是真心还是客套，反正也不好拒绝，就大大方方地答应了，下一秒钟，身后冲出来一群人说要一起，于是一顿简单的午饭就变成了办公室聚餐，食堂里热闹非凡。

大家热情地恭维林课长与民同乐，林课长的脸笑得像一朵沐浴在阳光里的向日葵，他很随口地说，小丁刚刚来，大家帮我多照顾她一下，小丁也要努力，争取工作早日上手，也要跟大家打成一片，融入集体，能在一个办公室工作,大家就像一家人一样。

经理就是经理,一眼洞穿我正为难的事。我想,看了那么多职场小说和电影,主人公总是顺风顺水地攀上高位,如有神助一般,可我怎么觉得这么难,连跟同事之间的交往都让我倍感压力,这就是故事跟生活的差距了,故事要求精彩,悬念迭起,生活却总是琐事连篇,闷得有点沉重,不身临其境,永远不能体会个中真实的滋味。

各种琐事都让我觉得很不爽快。办公室的打包机坏了,我到隔壁办公室去借,那边的小姑娘问我:"是你自己要用,还是你们办公室用?"我以为她担心在工作时间用单位的东西做私人的事情,就赶紧说:"是办公室有一些东西需要打包。"小姑娘嘴巴一撇,说:"如果是你私人用,我就借给你,如果是你办公室用,你自己找领导申请去,每个办公室都有自己专用的,坏了申请换一个就是了。"

我汗颜,就这么大一块地方,怎么还党派林立的,一个打包机都有这么分明的归属权。

最后,我只好徒手上阵,用塑胶袋把需要打包的资料捆好,套上铁圈,再用钳子小心地固定夹紧,几个小包裹打得歪歪扭扭地总算也是那么回事,只是手被勒得通红,还起了个晶莹剔透的水泡。

一开始那阵子,我都没做过什么实质性的工作,感觉像个打杂的一样,整理文件,疏理材料,做个报表,大多数时间都闲着,空空地望着电脑熟悉公司的各种业务。磨刀不误砍柴工,我拿这七个字安慰自己,心里却隐约开始有点着急了,这跟我预想之中的工作,未免差的有点远。不过话说回来,看那些职场前辈,哪个不是从端茶倒水开始的?一屋不扫何以扫天下呢?

那天下午,我要随林课长陪客户去子公司一趟,临走的时候,快递公司送来一个包裹,是丁强的,可是他不在办公室,我看那个快递小子着急要走的样子,就给代签了,放到市场督导朱砂的桌子上,并跟她说了一声,让她等丁强回来就转交给他，朱砂很爽快地答应了。

可是下班之前我赶回来的时候，丁强气呼呼地冲过来，说："小丁，我的包裹呢？是不是你收了？"我不明就里地回答："是啊，我放到朱砂那里了。"

丁强大声问："在哪里？她说没见过。"

我慌了，跑去问朱砂，她一脸无辜地说："我没见到啊，你自己看，我办公桌就这么大，哪里有什么包裹？"

我说："我明明放在你这里了，也拜托你转交给丁强，你当时答应了的啊。"

朱砂继续做无辜状，说："没有，我不记得有这样的事，你自己记性不好也不能乱冤枉人啊。"

最后，事情不了了之，丁强一脸不信任地看着我。我憋着一肚子委屈也无从说起，毕竟包裹单是我签的，也没有人证明我把东西给了朱砂。

回去的班车上，朱砂居然主动坐到我身边，我没搭话，她倒是主动找话，说："我告诉你，别人的包裹是不能随便代签的，而且签了就要保管好，这次丁强丢的不是什么重要的东西，如果真弄丢什么不能丢的，就没有这次这么简单了。"

我看着她那么真诚的表情，忽然搞不清自己到底有没有把包裹给她，当真开始质疑自己的记性了，一时间非常恍惚。到最后，干脆不再去想，反正亡羊补牢为时已晚，以后小心注意就好了，把自己替人保管的东西都锁在抽屉里，别再出现死无对证的情况。

我变得很困惑，因为工作后就一直被一系列的琐事困扰，我应该在大事业中驰骋，而不是在鸡毛蒜皮中徜徉，我不想这样度过我的职场生涯。

人总是会在挫折中渐渐学乖的，其实有些小麻烦，只要自己细致一点，就可以避免。这是日本文化的特色，一种接近繁琐的细致。

SG的规章制度可谓严格到极致，严谨认真，条条框框都有明确规定。比如，每周一次的全体员工会议，每周一上午九点整，每个员工必须逐个汇报上周工作,由领导逐个训话。每周周报,每月月报,年底年报,每个客户的跟进都要上交客户情况汇报,再加上仓库库存汇报,代理商样本回报,等等,就连复印传真的数量也要回报,繁中有序。

同时,跟汇报制度有一拼的就是申请制度,出差要申请,印名片要申请,给各处发资料根据发放的数量、发放的媒介(电子的、印刷的、样本类的还是物品类的)要申请,办公用品购买要申请,免费提供的常备材料、纸杯、矿泉水同样都要申请。而任何材料因为任何原因作废,都不能直接撕掉,要在上面盖个作废的章,然后保存在特定的资料柜里,就算它们以后再无用处,也会在那里躺到天荒地老。

当然,公司的纪律也很严格。单从迟到来说,1~30分钟的迟到,要扣掉半小时的年假,30~60分钟的迟到,要扣掉半天的年假,如果超过60分钟,就扣掉一天了。在SG,普通员工一年的年假是5天,主管7天,部长级别10天,如果迟到次数太多,那恐怕会牺牲掉一年的年假了。而上班时间,如果无故离开位置15分钟以上,你会收获一次与领导面对面单独谈话的"机会"。

这就是日企,看似温和,细致中又带着严密的规章,讲求合作,也讲究等级清晰的汇报制度。我每天让自己适应这些细节,跟之前二十几年的生活习惯作战,一边疲惫,一边也觉得乐在其中。

✱ 起点不必高,但要懂得跳跃

没有天赋异禀,没有显赫背景,没有名牌大学的标签,没有海归一派的光圈,甚至没有美丽动人的容貌,我看着镜子里自己普普通通的眉眼,暗暗地想,即便是这样一个平凡的自己,只要我愿意,我也可以得到我想要的东西,站到我想站的位置。

态度决定一切,这句话其实很没说服力,但却可以用在自我鼓励的时候。

态度不能决定一切,但一切都是从态度开始,只有先端正了态度,才能确定方向,才能开展工作。

事情往往就是这样,你的心在哪里,你的世界就在哪里,没有人可以偷走我的梦想。

我还记得之前自己列过的短期计划,找到一份合适的工作,在三年之内具备足够的专业知识和业务能力,成为一名职场达人。梦想不是用来仰望的,我必须脚踏实地地靠近它,从现在开始。

起点低,底子薄,做的又不是本行,我算是从零开始了,用一周的时间把公司的主要项目都熟悉了一遍,不是蜻蜓点水地了解,而是像准备高考一样地恶补,狠狠地把能背的背下来,能记的记住,用个教育专业术语就是填鸭式,我也不管自己做这些有没有用,反正闲着也是闲着。白天在公司里看,晚上回家有时候也看,比准备高考还勤奋,对那些项目报表标书之类的东西,我几乎可以说是了如指掌了。

每次林课长出去谈项目,我都厚着脸皮凑过去,问需不需要我当个随从。林课长也乐于带上我,让我在实践中自行摸索,免去他费口舌教导的工夫。他这个人,虽然让人捉摸不定,但还是很乐于言传身教,以此来彰显他的久经沙场。有次遇到业务部部长福田,问我工作是否适应,我由衷地说:"在林课长的诲人不倦下很快上手,自觉进步神速。"林课长谦虚地说:"小丁是个勤奋刻苦的好同志,好好干,会有大出息的。"

之后,我跟在林课长背后自觉信心大涨,他也对我刚才的说法很满意,步履轻快,言语轻松,气氛很是融洽。

跟林课长见客户的时候,我的功能大致相当于一个人型文件夹,对方需要的资料和数据,我可以分毫不差地背出来。每次遇到长篇大论讲解的时候,林课长就让贤,让我上阵,有理有据、有条有理地谈,其实我所说的内容,已经以书面形式交给客户了,但再以口头方式讲述出来,就会显得专业化许多,如果连我们自己都对项目不甚了解，就不能说服对方支持和信任我们了。林课长日理万机，自然不会费心记牢这些东西，他那个叫李秀的助理乐于守在办公室接电话，所以这苦差事就让给我来做。

李秀人如其名，非常优秀。我听朱砂说过她的"传说"，在校的时候就参加过众多全国性演讲辩论和主持比赛，而且此人家底优渥，据说，有一次评比省级优秀毕业生，此女父亲特地宴请她所有的同学，声明只要到场给李秀加油，每人发一个优盘。当时，还是优盘刚刚出现的年代，一个怎么也得两三百块。

这些多是听说来的往事，真假是非我无从得知，我只知道，她每天都是开车来上班的，银白色宝来，在我眼里已经是几年甚至十几年的奋斗目标了。这种姑娘，自然是养尊处优惯了，能不跑腿就不跑腿，于是，许多东走西顾的工作，就落到了我的头上。

其实，我倒是乐于此，我是那种闲不住的人，让我每天坐在办公桌前守着一部电话一台电脑，我会觉得浑身像要生根发芽了一样不自在，这一点，也是我拒绝做SOHO的原因之一，我需要并且渴望与人交际。

我知道，跟别人相比我没有任何优势，唯有勤奋这件事，是天底下最公平的，只要你愿意并且有毅力，你就可以拥有这项品格，并且转化为你的优势。

没过多久，人人都知道业务部出了个姓丁名成程的愣头青，像头任劳任怨的老黄牛一样，拿全办公室最微薄的工资，干最辛苦的活。办公室里的人私下给我的评价是，爱显，讨好领导，意图不轨。

我不得不在休息的时候，故意大声抱怨出我的"意图"："什么时候涨一点工资啊，我连房租都交不起了。"我几乎看到大家都在心里松了一口气，一个"唯小钱是图"的同事对他们而言，是相对安全的。朱砂还亲近地告诉我，等三个月试用期结束，公司会给你涨一点工资的，放心吧。

那时候，我的办公电脑桌面是网友PS出来的一张李嘉欣靓图，广告词：想嘉欣，想加薪，赤裸裸喊出我渺小的愿望。自然，我的愿望不止这些，但加薪是最原始最基本的，首先摆脱"赤贫阶级"，再实现我梦寐以求的三级跳，从此扶摇直上。我甘愿这样当众"示弱"，表现自己是不知鸿鹄之志的燕雀，也许能为自己的办公室交际省却一些麻烦。

不想做将军的士兵不是好士兵，原谅我野心太大，我迫切地希望改变现状，即使知道这是一项浩大而漫长的工程，但如果不开始，它就永远是零，只要开始了，哪怕只是微小的改观，也是我天大的进步。

公司的组织机构，从一线的业务员，到我们这些办公室职员，再到经理、主管、总监，都有明确的职位权责描述，像一个等级森严的金字塔。薪水和职位是直接挂钩的，虽然我不知道这一层与一层之间的差距会有多少，也猜到应该是个叫人惊讶的数目。我希望自己能沿着金字塔往高处爬，爬得越高，具有的资本就越多，只有让自己的能力升值了，我的薪水和职位才可能顺利升值。

插播：

"马太效应"(Matthew Effect)，指强者愈强、弱者愈弱的现象，与"平衡之道"相悖，是十分重要的自然法则。任何地区、群体或者个体，一旦在某个方面获得成功和进步，就会产生一种积累优势，就会有更多的机会取得更大的成功和进步。

穷者越穷，富者越富，位高者因为容易接近高层领导、容易取得显著成绩而更加容易升职，这跟马太效应有点相似。

出身是不能选择的，但是道理可以选择，只有我自己，有能力通过各种努力让自己跻身于强者的行列，我清醒地认识到了这残酷但并不可怕的现实。

✳ 把自己融进一片森林里

三个月的实习期,很快就结束了,人力资源部的办公室里,徐主管正式宣布我的转正通知,工资略涨,2200元,拿到手的大概只有1800元,职位不变,仍是项目助理。

我跟徐主管简单地汇报了自己这段时间的工作和体会,也委婉地表达出想做一些跟日语本行关系更密切的工作。徐主管说:"林东经理对你很赞赏呢,你先在这个岗位上锻炼一段时间,不过,在认真工作的时候,也要注意一下跟同事之间的关系,不要只顾着配合上级,就忽略了周围的人。"

我暗自揣摩,估计这是哪位同事私底下对我有意见,并且故作无意地有意反映到领导那里去了,于是微笑着说,知道了,我会注意的。

徐主管又把我夸了一通,什么适应能力强,工作能力好之类的,之后就让我回去工作了。

我回到办公室,趁着午休的时候大声宣布:"终于转正了,晚上请大家吃饭!"办公室的人还蛮响应,象征性地鼓了一阵掌,还提议吃完饭一起AA唱歌。

晚上,大家浩浩荡荡地吃了火锅,又浩浩荡荡去了KTV。原来在办公室里正襟危坐的同事们,玩起来还是有点疯,两个麦霸,三个酒鬼,吃喝玩乐起来个个都不是省油的灯。

第二天,我终于获得跟大家一起吃午饭的资格,朱砂她们主动喊我一起,我做出受宠若惊的样子,心想,总算可以跟大家打成一片了,以后要努力让办公室交际关系更上一层楼。

实习期这三个月,虽然我的工作进展得还算顺利,但总感觉缺一点什么。后来我渐渐认识到缺的是什么,有句俗话说"孤木不成林",我在办公室平级同事中，一直处于被"隔离"的状态，他们不孤立我，但也不亲近我，这种不冷不热的关系让我如坐针毡。

在工作的同时，我渴望能有办公室密友跟我互通有无、交流信息，要知道，如果同事之间的关系都处理不好，别的不说，都对不起我求职简历上写的善于沟通、长于合作、有团队意识等优良品行。

有句话说得好，同事的帮助就像氧气，它存在的时候你感觉不到，等到有一天失去了，你就知道厉害了。我可不想失去我的氧气，于是刻意想搞好同事关系，我发现，在办公室交朋友也是需要智取的，对症下药，关键在于"擒贼先擒王"。

朱砂是整个办公室交际圈的中心人物，此女子活跃无比，是那种八面玲珑的姑娘，撒娇技术极其高超，而且不留痕迹，无论是严谨的中年人还是二十岁出头的年轻人，都难以拒绝她那张扮无辜装天真的娃娃脸。她就是有那种魔力，让人明明知道她在矫情做作，也甘愿顺着她的意假装上当。

只要把她拿下，其他人应该不是问题了。朱砂性格有点自我，很喜欢对人指手画脚。我隔三差五拿工作上的问题去请教她，其实都是些很简单的事，她表示不屑但也给了我指教，我真心地道谢，顺便称赞她两句，久而久之，她对我就没以前那么冷漠了。

我们的关系渐渐缓和起来，谁也不再提当初的包裹门事件。

我原本就是个喜欢交朋友的人，再加上有了朱砂的带领，跟整个办公室的关系都融洽起来，想想刚进公司那段时间的诡异气氛，反而觉得不可思议。那时候我那么勤快地扫地、端茶、倒垃圾，也没有人肯多给一个笑脸，现在，这些问题很容易就迎刃而解。

我觉得当初采用的策略是正确的，顶住同事之间的压力，先集中力量解决主要矛盾，站稳脚跟，然后主动示好，让大家感觉到我也是他们中的一员。

有些事情，其实就是这么简单。

职场知识：

在新的环境中处理好同事关系的小窍门

1 向老同事学习经验。老同事的成败得失里，有许多值得你参考的经验，可以避免走许多弯路，同时，向老同事讨教的时候也可以表示你的尊重和友好，促进交际。

2 主动示好。有时候，人际关系的转机只需要你先递出一支象征友好的橄榄枝，不要被动地等着同事来接纳你，而是你积极主动地适应和融入他们。

3 不要斤斤计较。在新的工作环境中，不要逞一时的口舌之快，不要计较过多一己之利。万一让同事们先入为主地对你留下坏印象，以后想要让他们改观可就困难了。

✳ 菠菜法则里的小智慧

每一个企业都有自己特殊的企业文化，SG以严谨著称，管理无论巨细，务求以书面形式通达，先主后次、先急后缓，整个办公室就像是车间里的生产线，必须有条不紊地进行，力求保证任何一个环节都不出现差池。

林课长对我强调过几次，不论事情大小，都要遵守我们的基本的办事模式，概括起来就是六个字：报告——联络——相谈，简称"报联相"。在日语里，"报联相"三个字的发音，与"菠菜"的日语发音相同，所以中国人喜欢叫它"菠菜法则"。我倒觉得，它真得像株菠菜一样，听起来普普通通，但要真正执行起来，又像要亲手种一株菠菜一样，需要慢工出细活。

刚进SG的时候，我工作起来有点想当然，觉得一些无关紧要的小事不必那么麻烦，就放手自己去做，以为这样会被夸奖聪明、能干之类的。可是，很快我就发现，林课长不吃这一套，他经常我把拎到办公室，一本正经地训：小丁，某件事情你为什么事前不报告？你为什么一个人为公司做这个主？如果出了问题，你能一个人担起这个责任吗？

我心里觉得他小题大做，在我看来，那都是些芝麻绿豆的事，我自己完全可以解决，如果事事报告，简直是在影响效率。可是，还是需要慢慢地适应。业务部每个员工，不论职位高低，办公桌上都有个"来件"文件筐，每天都需要填写报告联络相谈表，下班前几分钟要交到课长的文件筐里，然后才能回家。第二天，课长助理会把这张表重新发到职工的文件筐里，里面有课长的指示，我们得按照指示开展新一天的工作。如果遇到需要紧急处理的事情，课长又不在，还需要填带着红字的紧急联络表，放到课长的紧急联络筐里。

其实，这种繁琐的模式倒也是好的，尤其是到了周总结和月总结的时候，自己做过什么事情一目了然，都在文件筐里那一堆的表格中记录在案。

我渐渐发现，除了作风严谨，林课长是个情绪不稳定的人，心情好的时候，春光满面，整个办公室也就其乐融融；心情不好的时候，大家都能感觉到山雨欲来风满楼的气息。

有一次，周一上午的例会一结束，他就把一份没什么价值的新闻简报丢给我，说："小丁，立即把这份文件翻译校对，我要在中午之前传真给日本总部！"我看了一下时间，已经十点三十了，按照时差比，东京本部此时已经接近午休时间，根本不可能在上午把文件发到那里。

我正想说出自己的疑问，他却不耐烦地制止，一手拨电话，一手冲我挥了挥，说："立即去做，我不想听到任何托词。"

林课长是受不得别人反驳的，我只好转身回去埋头苦干，硬是在四十分钟之内把文件翻译好，立即送到他的办公室里。林课长正挂断电话，也不知道是不是四十分钟之前的那一个，看到我进去，一愣，脱口而出一句："这么快呀。"

　　说完之后，他也感觉到自己失语，便又夸张地看了一下表，说："还是晚了十分钟，小丁，工作效率有待提高啊。"然后，他把文件往桌面上一丢，准备午休了，到底还是没有在中午之前把它发到东京总部。

　　看，就这样，因他的一句话，我午休之前一直神经紧绷，像在战场一样，其实也不过是徒劳一场。

　　不止我，格子间的同事们对林课长的"精神蹂躏法"都深有体会，说他有时候简直到了鸡蛋里挑骨头的地步。他还有一个特点就是多疑，有一次，我外出访问客户，因为谈得比较久，下班前已经没办法赶回公司，按照公司不成文的惯例，外出公干，事毕之后都要返回公司。于是，我赶紧给林课长打电话，说明自己的情况，请求跟客户洽谈完之后直接下班。没想到，林课长将信将疑地问："是吗？你把电话给客户。"

　　我反应过来，他是疑心我在撒谎，企图偷懒，一时间有点窘，也有点羞愤，无奈地把电话给了客户。林课长客套了几句，确认了我的确正在跟客户相谈，才又对我说，结束后可以直接回家，但第二天一早必须立即补交一份详细的商谈报告。

　　其实我也明白，这只是他的习惯使然，并不是对我有偏见，但还是觉得处处受束缚。

　　不过还好，对林课长，只要乖乖听话，忍耐再忍耐，就不会出什么大问题。作为领导，他的好处就是，工作上恨不得手把手地教你，哪一步应该怎样做，哪一步不应该怎样做，像一部活的教科书一样详尽。

　　而且，他对新进员工尤其热切，我进公司的这一段时间，就不少次被他"开小灶"，从企业文化到处事态度，从工作方式到人生观价值观，林课长谆谆善诱的脸比我十余年学校生涯里任何一位老师都慈祥。

　　而我，也以求知若渴的姿态，像一块海绵一样积极地吸收水分和营养。

顶头上司，让我欢喜让我忧

实习期的时候，林东课长虽然苛刻，但对我也可以算得上是爱护有加，可是转正之后，我却察觉到一种微妙的变化——他对我的态度开始变化了，关爱还是有的，但却是隔了厚厚的一层，是上司对下属客套式的相处方式。

但愿是我敏感，因为他毕竟是我的直系上司，得不到他的认可，我不仅加薪升职无望，连目前的地位也难以得到稳固。按说，我没做什么不应当的事情，还是一如既往地干劲十足，苦差累差从不推脱，可他居然主动给我找空闲，说，小丁，这些事情你就先放一放，或者，小丁，今天你就留守办公室自己充电吧。

我私下里向朱砂抱怨，她煞有介事地推断："不会是怕你谋权篡位吧？"

我心想哪里至于，我一介草民，初来乍到，像只刚学飞的菜鸟一样四处碰壁，怎么都不会威胁到他的地位。

我觉得自己在那少得可怜的职场经验中，得到的最好的磨炼就是脸皮厚了，换做从前当学生时，自讨没趣的事情我就绝对不会做的。但换到职场里，很多时候如果你不主动开口，永远不会有人告诉你哪里错了，需要如何改进。

我瞅准林课长心情不错的时候，主动出击，跑到他办公室里问我最近的工作有没有什么需要改进的地方。林课长态度正常，和颜悦色地说："小丁，我是很看好你的，整个办公室里只有你最有冲锋陷阵地劲儿，像足了我年轻的时候。"

我说："经理，您现在也不老啊，我再过二十年也未必有您今天的成就，还靠您多提点和指正呢。"

林课长继续笑，忽然话锋一转，说："你们私下聊天的时候，有没有留意过谁对我有什么意见？"我愣了一下，不知道答什么好。他继续说："如果有什么意见,你可以及时地反馈给我,我也好及时改正嘛,群众的意见是最珍贵的,可惜我不能及时听到大家的心声。"

我想,他不会是想让我当卧底吧,把办公室里的私聊内容透露给他。其实,这世上大概所有下属都对上司有意见,有的是真意见,有的只是私下的玩笑,不过无论哪种,在没搞清林课长真正意图之前,我是无论如何都不敢说给他听的。

林课长又问了我一些办公室里的事,哪些人最近都在忙什么,哪些人是否与大家相处愉快,在我听来,都是些无关痛痒的小事,于是都轻描淡写地捡好话说了一些。

后来的茶余饭后,我听到小道消息,好像是有人给大领导写匿名信,说林课长管理作风有问题,喜欢给下属小鞋穿。此时正值中层领导考核期的敏感时段,估计这封突如其来的匿名信,就是他忽然草木皆兵的原因,不止对我,他对所有的下属的态度都变得淡淡的。

我庆幸那天被他询问的时候,没说太多的闲话,否则会让他以为我是个背后里搬弄是非的人,没准就把匿名信的黑帽子扣在我头上,那可就麻烦大了。如果得罪顶头上司,就意味着我之前的努力都前功尽弃。

按说,我们业务部是不负责直接销售的,而是负责指定产销存计划,对各地销售执行过程实施监控、协调和跟踪。不过,林课长手里却攥着些客户,这是他人际脉络极广的表现之一,有一些合同,只有他在场才能拿得下,所以连营销中心的人都对他忌惮几分。

最近的那个项目,是一个合作多年的老客户,本来只要走个过场,续一下合作合同就OK,没想到却还是遇到了麻烦。林课长把我做的标书呈交给客户之后,对方不是很满意,说我们的机器设备太陈旧,还是几年前的型号,性能比不上别家,零碎着挑了一大堆刺,最后阐明主旨:需要慎重考虑后才能给我们是否继续合作的答复。

林课长听到客户的回馈意见，气不打一处来，在办公室把文件甩得叮叮咣咣的。我很理解，自己公司的设备就像自己的孩子一样，所有的父母都喜欢埋汰自己的孩子，但都容不得外人来说孩子不好。

林课长把我叫到他办公室，把标书扔到我面前，说："看一下，都有什么毛病，机器的优势没写详尽吗？"

我心里敲着鼓，拿起标书草草地扫了几眼。这份标书是我一手写出来的，它的内容没人比我更了解。我翻阅过之前的合作记录，这家客户向来都挺痛快，而且几个月前还从我们公司买走了大批机器，几个月后忽然嫌机器老，闪烁其词地说了那么多挑剔的话，估计是有什么隐情。

我把自己的疑问说给林课长，他用手托住下巴，微微颔首，作出思考者的样子来，说："你觉得呢？"

林课长有一个口头禅，就是："你觉得呢？"配上恰到好处的声调，平易近人的表情，很容易让人感觉到如沐春风般的温暖。遇到一个肯询问和聆听下属意见的顶头上司，的确是一件值得庆幸的事，不过，绝对不要被外表蒙蔽，从而掉以轻心。

你觉得呢？这四个字，他不一定是真的需要征求我的意见，而是把问题抛给我，看我如何处理和对待，在我陈述看法的时候，我的工作能力、立场、态度都被他尽收眼底，这一点让我觉得很惊悚，每次他一吐出这四个字，我就有如履薄冰的感觉，生怕自己何处说得不妥当，又引来他的不满和连番的训导。

既然林课长主动发问征求我的看法，我"盛情难却"，骑虎难下，也只好硬着头皮说："老客户忽然发牢骚，应该跟我们的机器质量设备性能没多大关系，可能有两个原因，一是他们内部的经营策略有了变化，二是他们不过是想找理由压低我们的报价。"

我回答得很心虚，但故意用肯定的语气说出来，尽量省略了"我觉得"、"我认为"之类的词汇。这些词，都是打语言太极时候的招数，会让他觉得我不够自信,暴露我的胆怯。我是宁愿说错,也不愿意让他认为我没主见、没底气的。

林课长表情凝重,有点像纸牌里的老K,硬硬地板着,没有什么表情,不接

职场知识:

与顶头上司相处的策略

在职场这个复杂的人际圈中,如何处理好跟顶头上司的关系尤为重要。他/她是你跟公司上层之间的纽带,你的工作表现需要靠他来向上传达,加薪升职的愿望也需要依靠他来完成。因此,跟顶头上司相处,你需要充分的策略:

1 忠心是重中之重。虽然听起来像古代官僚阶级,但在现代职场中,上司仍然需要你对他的忠诚。这是获得上司信任和好印象的必备条件,要知道,没有一个上司愿意养虎为患,重用一个看起来"身在曹营心在汉"的下属。

2 聪明和机智不可或缺。你需要适当地展示自己,让上司觉得你"有用",可以给他一定的帮助,可以成为他有力的左膀右臂。不管你是绣花枕头,还是军师先锋,都要努力地让上司在某一方面需要你。

3 偶尔难得糊涂。可以聪明,但不要过分聪明,要知道机智和滑头其实只有一步之遥,如果事事抢风头争着表现,会让上司对你产生"不可靠"的印象。所以,偶尔装一下中庸,扮一下糊涂,也是一项重要的生存法则。

4 把你的野心藏进口袋里。"野心"两个字,千万不要在上司面前显露出来,在同一部门,你升官发财的迫切愿望会直接威胁到他的地位,这样的你,恐怕会是永不被重用和提拔的一个。所以,不要急功近利,不如适当地用言行表现出这样一种愿望:希望上司升职级级高,进而提携自己。

5 不做上司的眼线。他/她可能试图通过你,了解部门内部有无"异动",不要知无不言言无不尽地把各种小道消息报告给他,会让他觉得你心怀叵测,没有专心工作,另外,历来所有的"内奸"都没有好下场,不是被群众孤立,就是被上司灭口。

话，也不评价。

我心一横，继续说："还有一点，对方既然提出权衡之后再做决定，说明他们手里有了'底牌'，除了我们公司外，他们有了其他选择——新的可能成为合作伙伴的公司。换句话说，我们有竞争对手了。"

林课长的手终于离开了他的下巴，说："我也是这么想的，看来形势很严峻啊。"

形式当然严峻，丢了这个合作几年的大客户，林课长在公司的地位估计会动摇，我们这些手下，没他站得高，因而不会比他摔得惨，但也会面上无光，奖金受损。

＊＊ 我是一棵无人知道的小草

职场就像一场暗战，没有人知道谁是敌人谁是朋友，或者说，职场没有界限明显的敌我关系，当然，也没有纯粹的朋友关系。所谓的合作伙伴，互惠互利都是场面上的话，私下里，各方都在想方设法从对方手里争取更多一点的利益，像拔河一样。

不要以为成大事者不拘小节，大企业就不会斤斤计较，其实，越大的公司往往会在数字上抠得越细，那些不是"蝇头小利"，标书报价本上，小数点后面一个微妙的数字变化，都会带来巨额的变化。

事实证明，我那天在林课长办公室里的"即兴发挥"蒙对了，对方公司跟我们做了多年生意，忽然开始认为我们不厚道，觉得以这份"交情"，于公于私我们都应该给出更大的让利，于是一边广撒网寻找新的供应商，一边敲山震虎，通过发牢骚来给我们预警，观看我们的反应态度。

我不知道林课长从哪里得知了这些情报，总之他以极快的速度弄清了整件事情的内幕，我猜，对方阵营里一定有被我方成功策反的"内奸"。

这就是领导之所以成为领导的制胜关键之一，除了能力等一些硬性的条件，还需要有广博的人际网，不仅仅局限在台面上、私下里，他们也有四通八达的脉络，因而比一般人灵敏得多，能够知人所不能知。

我感觉到自己加薪升职的梦想，忽近忽远，近的时候仿佛触手可及，远的时候，像天上的星星一样可望而不可即。还不知道要修炼多久，才能够在这适者生存的职场里活下来，不仅是活下来，生存不是我的目标，我需要精彩的生活，出色地活下来。

林课长开始跟对方客户交涉，此时此刻，如果我们不积极地采取措施，很有可能会真的失去这个大主顾。客户开始打太极，大搞拖延战术，一会说我们机器有问题，耗损太快，一会又说售后服务不周到，可如果真有这么多不如意的地方，他们之前就不会千挑万选选择我们了。

林课长特意开了会，简明扼要地说明了情况，然后用期许的眼光横扫一遍会议室，说："你们觉得应该如何处理？"

会议室一片鸦雀无声，静得诡异。林课长见状，摆明了就是把我们往梁山上逼，开始点名，跟高中课堂上老师提问学生似的。大家开始被动地各抒己见，主要倾向于朱砂的说法，适当调低价格，并增加更多的售后服务条款，以此来留住客户。

很奇怪，林课长没有点我的名字，把我绕了过去。差不多转完一圈，他还没有把我拎出来的迹象，我按捺不住了，我就这么没有存在感吗？其实，我是反对以让利这样的做法来保住合作关系的，感觉跟清政府割地赔款一样，是对客户挑衅的妥协。

任何时候，妥协都不是最好的办法，妥协是让出主动权，而且，一次示弱很可能会招致下一次挑衅，一味地妥协就成了自寻死路。

我忽然想起，在新进职工培训班上听说过一个类似的案例，不过，如果拿来应对现在的境况，似乎还缺点什么。散会之后，我立即跑去翻阅近几年公司的资料和交际记录，还喊来朱砂帮忙。我在那些让人眼花缭乱的文字和数据里大海捞针一般，寻找我的救命草，看得几乎成了斗鸡眼，不过，总算看到了让我眼前一亮的信息。

我胸有成竹地去找林课长，谦逊地表示，我有一点不成熟的意见想让课长指正一下。

对方公司现在需要的，也就是目前卡住的这场生意，是一批小型挖掘机，但他们同我们不仅只有这一方面的往来。根据我查阅的记录，他们公司其他设备，很多都是从SG子公司和兄弟公司引进的，而且，SG在郊县的新厂区建设正在招标，这家公司也是竞标者之一。

商海里的两军对峙，永远是手里底牌最大的那一方能够出奇制胜。没错，对方公司可以找到新的合作伙伴向他们提供挖掘机，但如果SG以其他的设备以及新厂房招标的事情来牵制，他们断然不敢轻举妄动。如果SG以及子公司、兄弟公司联合起来对他们公司表示出终止合作的态度，他们必定得不偿失。

大规模地更换供应商，是一件极划不来的事情，不仅会耗费过多的人力物力和时间，而且能不能取得更优惠的价格也是个未知数，还有可能会因此影响公司日后的运作经营，其中的利弊，是人就可以权衡的出。

我把自己的想法说给林课长听，他默许地点了点头，说："成程，不错，成长得很快！"

林课长对我的称呼从小丁变成了成程，我有点受宠若惊，害羞地笑了笑，说："都是课长教导得好，跟着您工作，耳濡目染地怎么也得学会点皮毛，我需要认真改进的地方还多着呢。"

林课长拍了拍我的肩膀，说："出去忙吧，好好加油！"

我以为他会叫我跟他一起处理这件事情，可是，没有任何动静。几天之后，林课长叫李秀跟他去，把合约顺利地签了下来。福田部长在开会的时候，特意大肆表扬了林课长的能干，林课长轻松地耸了耸肩膀，说："小事情，很容易就搞定的。"

我高兴之余，也有一点失落。怎么说呢？就好像辛辛苦苦播种、施肥、浇水，等到果子快成熟的时候，却没有我的份儿了，连参观收获的资格都没得到。虽然，在这件事情上我也并没立下什么显赫战功，但至少也尽我所能地给出了适用的解决方案。说白了，我觉得自己算个功臣，却没有享受到应有的嘉奖，连口头表扬都没有。

朱砂私下跟我说："看到了吧，你简直在为他人作嫁衣裳，白忙活了一场，林课长心安理得地就把功劳领走了，至少也该跟福田部长提一下你的名字。"

我装作无所谓的样子，说："谁叫我只是不知名的小草呢，当一片绿叶衬出红花有多红，已经是我的荣幸了。"

在职场，要想当红花，首先就要当好绿叶。一开始，我只有衬托别人的份儿，能当绿叶也好，没有绿叶，花儿怎么能那么红？

其实，林课长久经沙场，他怎么可能对付不了那些事情，所谓的集体会议，所谓的征求意见，应该都是他试探性的举动，以此看清手下们的处事能力、对他以及对公司的态度。这是我思量之后得出来的结论，我觉得，我已经成功地向他展示了我想展示的东西，给他留下不浅的印象，这样就足够了。

有许多领导，都不喜欢直接表明自己的立场，而是多方面观察下属在面临问题时候的反应，其实心里打着小九九，暗自揣摩下属的心思。这个道理，就像老师不喜欢直接告诉学生答案，而是慢慢地引导大家自己思考和解决问题一样，有些学生很容易开窍，有些慢慢会懂，这样，所有学生的学习状况，老师都可以尽收眼底。

我想，无论面对如何的境况，沉得住气都是一个极好的品性。

警告

不要轻易跟上司争功，历史上许多自诩为功高盖主的忠臣都下场凄惨。只有耐得住暂时寂寞的人，才能活得更长久。

✳ 期待时机，秀出你自己

每一个像我这样的"菜鸟"，刚到一个公司，都会觉得公司高层就那么高高在上，是我们如何都攀登不上的顶峰，只能仰望。

来自业务部的福田部长，我们私下里经常说他长得有点像《名侦探柯南》里的暮目警官，连胡子都如出一辙。福田部长在公司的时间不多，有时候接近中午了才踱着方步过来，没到下班时间又慢慢地踱了出去，看起来异常悠闲。可每次他从身边路过，整个办公室都立即作出热火朝天的姿态来，打电话的打电话，发传真的发传真，谁也不敢让自己显得无所事事。

SG中国公司的社长叫服部，40来岁，带着一副有点过时的眼镜，个子高瘦，看起来很有精神。我们这些基层职工很少有机会见到他，所以他给我们一种"养在深闺"的感觉。

我见到他的机会不多，只有在每周送销售周报的时候才有机会见一次。而且，他基本上连头都不抬，最多轻声说一声谢谢，所以大多数时候，我只能在公司的照片墙上才能看清他的一整张脸，扁平、阔阔的额头，是电影里常见的日本大叔形象，还是事业有成的大叔，严谨严肃，让人不好接近。

在公司里，倒是经常能看到负责生产、负责财务的几位部长、课长，每一位看起来都气派十足。我忍不住偷偷地想，什么时候自己也可以达到这样的高度，名字后面挂一个气派的头衔，带领一帮手下，冲锋陷阵，在职场杀出一片天地。

中国有句古话说，酒香不怕巷子深，我渐渐地不敢苟同。倒不是自夸自己这缸酒有多香，但我也发现，一个人究竟做过多少事，和别人觉得他/她做过多少事，是完全不能画上等号的。说白了，很多时候，你绝大多数的努力都无法被人看在眼里，这是职场的一大特征，很残酷的特征。

根据"墨菲法则"来说，你每天努力工作超过8个小时，却无人看见，可能就聊了五分钟MSN，逛了五分钟淘宝，就被发现了，这扎眼的五分钟，就会成为上司对你的不良印象。你每天来得最早走得最晚，不会有人发现，但你若迟到一次，很有可能就成为被批评的目标。

记得还在大学的时候，有个暑假我找了一家私企单位实习，我坐在格子间里靠近走廊的那边，后面就是大大的玻璃墙和走廊。有一天经理找我谈话，说路过的时候看到我在玩游戏，我万分委屈，因为我是个游戏白痴，在家在寝室都不会玩游戏，为啥要"不辞劳苦"地转两路车到办公室里来玩游戏，而且还是明知道背后就是领导们上班必经之路的前提下。

当然，我的解释无效。那时候我的职位是网络采编，每天要写两篇稿子。自从游戏门事件发生之后，我的工作量提高到了每天四篇。我仗着年少气盛，直接跟经理说任务太重我完不成，经理说那就减至三篇，总可以了吧。他脸上一副"反正平时你那么闲"的表情，让我义愤填膺。后来，整个公司的活动策划、广告文案全部都被加到我头上，他们只请了两个人负责文字工作，另一个也是学生兼职，负责校对排版。我们两个每天都忙得马不停蹄，还是要受经理的催促埋怨，后来，我俩就商量好揭竿而起，一起辞职了。经理慌了，说了一通好话挽留我们，我很清楚自己在他眼里的价值———一个性价比高的职工，低薪高劳，所以坚决地编了个理由离开了。工作满一个月，当初说好工资是1200元，但经理破例给了1300元，我为那来之不易的100元哭笑不得。

来到SG之后，我每天兢兢业业地工作，但心里也免不了犯嘀咕，这样，要到什么时候才有人把我当块金子挖掘出去呢？伯乐不常有，我得积极去寻找，不能只是埋头工作，期待领导忽然良心发现慧眼独具，那样估计要等到天荒地老了。工作业绩=五分成绩+五分表现，只有巧妙地把自己的实力和成绩表现出来，才能让自己迅速上位，占据有利形势。

一开始，我也没有什么好办法，只好勤快一点，借工作机会多跑一下领导们的办公室，混个脸熟也好。我很有报国无门的愤慨，比岳飞还憋屈，巴不得立即被领导挖掘赏识，立即充分陷阵到商场第一线去。

与那位高高在上的服部社长相比，我们业务部的福田部长还算比较和蔼可亲一点，身材胖胖的，脸庞也圆圆的，天生一副笑模样。

每次遇到他，我都恭恭敬敬喊部长好，有一次，福田部长笑眯眯地点头，张口说了一句："陈桑好。"我像踩到针尖上一样难受，低声地说："部长，我叫丁成程，是业务管理部新来的项目助理，请多多关照。"福田部长不愧是久经职场的人，面不改色，说："哦，丁桑，抱歉。"

我为自己汗颜，怎么说都来SG业务部有一段日子了，业务部例会上也曾积极发言，可居然都无法让部长大人记住我的姓氏，这真是一件令人尴尬的事，而且，这已经是他第二次叫我"陈桑"了，其实，我倒是宁愿相信李秀那个中文教师偷了什么懒，也不愿意相信福田部长真得记性烂。

当时，路过的同事也目睹了部长的"指鹿为马"，说："小丁，你不应该直接指出部长的错误啊，这样太不给他留情面，传出去，也会让大家觉得他不关心下属，如果他生气了，你就得吃不了兜着走。"

我说："那也好过他以后随机地叫我陈桑、李桑、王桑好，纠正他，也是让他记住我的方式吧。况且部长日理万机，哪有时间为这些小事生气啊。"

果然，下一次遇见，福田部长的声音提高了八度，大声地回应我的问好："丁桑，早上好，努力工作！"

就这样，我终于成功地捍卫了我的姓氏，而且还从部长嘴里多得到"努力工作"四个字的鼓励，可喜可贺。

于是，我绽放出自己最美丽的笑容，大声说："部长放心，我会的！"然后，大步向前。

每周例会，我充分利用每个人十分钟的时间，把自己这一周来的工作和心得体会条理分明地汇报出来。不要小看这区区的十分钟，可是我精心准备之后的成果展示。

经过之前的几次例会，我发现大多数员工都有点敷衍塞责，把开会当休息，随便说一下工作进度计划安排，就开始"聆听"领导讲话。偏偏福田部长又是个说起话来一套接一套的人，引经据典举例分析，一堂会议从时间上来说开得相当丰满，可会议室里的人大多六神里有四神不在这里。

不过，我却是从始至终都认真地听着，哪怕部长说的话题大多都离题万里，也认真地用纸笔做好笔记，有时候，连负责会议记录的同事都要来要我的笔记作为参考。当然，也有一些同事背后里议论我以实际行动溜须拍马，我不以为然，认真是我一直保持着的态度，而在上司面前表现我的认真等品质，并不是什么羞愧的事情。

职场知识：

"秀出你自己是你个人的责任，你必须让人家知道你是谁，以及你做了些什么"，佩姬·克劳斯在新作Brag中写道。她给了四个建议：

1 时刻准备着。每天提醒自己四件事，将它们的内容挂在嘴边，随时有说出来的准备。这四件事分别是：自己的姓名、职衔、负责任务，以及眼前进行的工作积极肯定的一面。

2 聚集在茶水间。吃午餐的圆桌、茶水间、咖啡机或者贩卖机旁边，只要是即兴聚会的地方，都是让大家认识你的重要据点。

3 别光靠数字说话。不要以为工作就是达成数字上的要求，大家都想从别人身上吸取教训，看看人家是如何克服障碍的。所以，不要只报告你的工作成果，应该多与大家分享你成功的经验，失败的体会。

4 利用公开的社交场合认识重要任务。这些重要任务通常很忙，也很难得有机会见面或者有聊天的机会。所以，在一些公开的社交场合，比如公司尾牙、盛大集会的时候，就是你积极展示自我的好机会了。

在职场,如果想表现得与众不同,就要注意到其他人注意不到的细节,留心别人留心不到的事情。而作为一个下属,要想得到更多的机会,首先要做的就是让诸位领导注意到你的存在,注意到你同别人相比的优势地方。

✳ 每一位上司心头都有一杆秤

我所在的业务部,分为产品管理课和项目管理课,大致分布如下图:

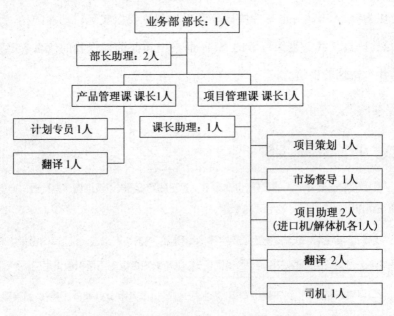

其实,产品管理课和项目管理课的职权根本没有办法泾渭分明地分开,就连公司职位手册上列的一条一条的职责范围,都有不少重合的地方。

比如,产品管理课的职责综述里,有一条"负责产品年度产销存计划的编制,每月根据实绩进行修正调整",而项目管理课的职责综述第一条则是"负责产品的年度/月度产销存计划制订及月度滚动计划调整与实施"。

我中文底子不错,高考时候作文成绩满分,最擅长抠字眼找病句,可是这两条,我反复读了几遍,还是没发现有什么本质性的不同。如果非要给两个课室划分不同，最明显的区别应该是，产品管理课主要负责合资产品产销流程方面的工作，而项目管理课主要负责进口产品，也就是独资产品。

产品管理课的老大叫何流，长得有点神似近几年很流行的一个字：囧。何课长的眉眼天生如八字般略微向下垂，鼻子高高，嘴巴阔阔，四十来岁，看起来总给人愁眉苦脸的感觉，很多人都在背后管他叫"囧子脸"大叔。

何课长不苟言笑，很严肃的样子，可奇怪的是，我们看到他总是没由来地想笑，那一张脸虽然是苦相，却极有幽默感。性格上，他与林课长可以说是大相径庭，举个最简单的例子说，同样是去取一份文件，林课长会说："那个谁，你去把文件拿来给我，快一点"，而何课长则会说："请你把那份文件拿给我，可以吗？"

这还是忙的时候，如果手头闲着，何课长就已经自己身体力行地去取文件了。

综上所述，林课长觉得官架子是领导不能丢的威严，而何课长呢，他压根不知道官架子是何物。虽然同样是课长，可是何课长手下其实只有两个人，一个计划专员和一个翻译，各自辛苦一点，倒是也够用。

作为项目课长的林课长在何课长面前，向来是自命不凡的，虽然没有公然表示过这种自负，但这是整个业务部人尽皆知的秘密。每次业务部的全体职工会议上，都是林课长气势凌人地发言讲话。而何课长寡言，迫不得已的时候也说个三言两语，有个成语叫沉默是金，如果沉默真能换成金子的话，何课长一定立即富甲天下。

两位课长之间微妙的不合，导致我们两个课室的职工之间也存在着淡淡的敌对气息，刚来公司的时候，拒绝借打包机给我的那姑娘，就是产品管理课的翻译小杜。小杜的长相很秀气，斯斯文文，个头也小巧，看着像是古装剧里总是跟在大小姐身后的小丫鬟。不过，她可不是一盏省油的灯，牙尖嘴利，口头官司从来不吃亏。小杜自我感觉在闷包一般的何课长手下干活是受了委屈，总想找机会跳到别的课室，可惜一直未遂。

一开始，我不能明白福田部长为什么架构这样一个下属阵营，纵容手下的两个课室如此力量失调。林课长虽然是个厉害角色，沉稳中隐隐透着一股张狂劲儿，比何课长小个十岁左右，进公司的年岁也比他浅，但做出来的姿态完全是公司重量级元老的样子，时时处处地压制何课长。

福田部长年纪比何课长小几岁，对他尊重中带着客气，但跟林课长，在私下聚会的饭桌上可以称兄道弟。福田部长对林课长的"偏爱"，明眼人都看得出。也难怪，林课长撑起整个业务部的半边天，比何课长更懂得人情世故，大事小事到了他手里，就算费一点周折，最终也能顺利地完成。

有一次，我们项目管理课的两个翻译职员都被派出去做口译了，偏偏有一堆急用的资料需要翻译，我跟林课长毛遂自荐，说自己日语系毕业，而且以前就是做翻译的，可以胜任笔译工作。

林课长说："你不是专职翻译，不用你来，你去找何课长，把那边翻译借过来用用。"

我感觉不妥，不过也不敢违背他的意思，就试探着去跟何课长说这件事。何课长没什么表情，带我走出他的办公室，跟小杜说："林课长那边有东西需要翻译，想借你过去用用，你觉得如何？"

小杜脸色瞬间变了，说："我这还有很多工作没做完呢，哪有时间管别人？"

我心里一惊，在上司面前她也敢甩脸色，何课长真是不愧他"老好人"的称号。而林课长的"手下"我也在场，小杜居然不怕我回去告状，丝毫都不避讳。

最后，我只好灰溜溜地回去了，告诉林课长，小杜手头有太多事情了，所以走不开。林课长哦了一声，我说要不就让我试试吧，他摆了摆手，说做你自己的事情去。

这其实不是什么大不了的事，我以为就这么过去了。可是下午，福田部长过来的时候，我听见林课长很无奈地跟他抱怨，说这里急用的文件都找不到人翻译，他低声下气地去求何课长那边的人帮忙，结果碰了一鼻子灰。

说完，他还真用手抹了抹鼻子，好像试图要把那一层灰擦掉。福田部长听了有点急，那文件是他需要的，就说："我去找老何说说，他不像这么不懂轻重的人啊。"结果可想而知，十分钟后，小杜灰头土脸地坐在我对面，表情凶狠地翻译那一堆文件。

据说，福田部长语重心长地劝说何课长以大局为重，要分清轻重缓急，不要因为一些小事就置集体利益于不顾，何课长越解释越像辩驳，干脆多一事不如少一事，让小杜放下手头的活过来了。

我觉得，被林课长摆了这一道，何课长简直弄得里外不是人，既落下不能"保护"好下属的名，又被上司以为挑起内部纷争。这样的事情陆陆续续地上演过几次，其实，如果位置互换，加上课长也只有三个人的产品管理课需要外来人手帮忙，项目管理课是绝对不会放人过去的，而何课长一定不会跑去跟福田部长哭诉，第一，这有关他的尊严；第二，他知道，哭诉也无用。

福田部长心头的那天平，向来是偏向林课长和项目管理课这边的。我心里觉得不公平，但也有一丝可耻的侥幸，还好，我身处占优势的这一边。

插播：

你的直属上司，对你的职场生涯发挥的影响是不可估量的。有一个在"办公室争斗"中处于上风的上司，你的环境会相对好一些，而相反，如果在一个相对弱势的上司手下，你就要认真考虑自己的前景了。

连打杂的都会外语

SG中国总公司设在成都，全国各地都设有营销中心和代表处，这些驻扎在外地的主管个个都是公司的台柱子，谁都不敢得罪。

华东营销中心的主管叫Sherry，但大家都很中国特色地叫她雪莉，是个不到三十岁的女人。我第一次看到她，是林课长带领我和李秀去机场接机。雪莉身材苗条，皮肤白皙，带一副墨镜，领着个叫郑明的助理，步子迈得优雅而有风韵，我都不知道重工企业里能有这样的尤物，不敢想象她是怎么跟客户就起重机、挖掘机等大谈特谈，轻松签下一张张单子。

雪莉来成都待两天，其实不过是走走过场，看看公司生产销售状况，跟老板们报告一下华东地区的状况。

我像欣赏天鹅一样欣赏她，心想自己如果有一天，也修炼成她这种姿态就好了。雪莉简直符合我心目中关于成功女性的所有遐想，我能想到的所有美好，就是她这个样子，自信，优美，事业有成，遭人艳羡。

我觉得她可以去拍广告了，时装或者珠宝，光鲜地站在镜头前微微抬起手，唇角轻扬，说，我喜欢享受嫉妒。没错，我嫉妒她，以仰慕的形式。

雪莉的酒店是我订的，她还算满意，说房间装修得很有格调，我心里忍不住为自己和她有一项共同的喜好而沾沾自喜。雪莉跟林课长似乎相交不浅，第二天上午办完事，下午就到他办公室里做客。中途，林课长打了个内线电话，让我冲杯咖啡送过去，他是习惯了喝茶的，看来是雪莉喜欢咖啡。

我端着咖啡敲门进去，听见雪莉正跟林课长用日语大谈福田部长的半秃的脑壳，两个人笑得前仰后合，丝毫没有避讳我的意思。我把咖啡放到雪莉面前，她顺口用日语道谢，我就也用日语接了一句不客气。

雪莉抬头看了我一眼，没说什么，等我转身走开关门的时候，听见她对林课长说："不错啊，这里连打杂的都会说日语。"我一阵恶寒，机场帮她拎包，酒店帮她开门，我跟她至少见过三次了，如果她记住我的脸，自然就知道我不是个打杂的。

不过转念一想，可能在她眼里，我这样的项目助理，不过就是个打杂的。我对她的好印象立刻大打折扣，心想，你牛个什么劲啊，在中日合资企业，用着英文名字,喝着国产咖啡,背地里嘲弄着上司的秃头。

原本,按照日程表雪莉是该乘第三天上午的班机离开的,我都做好了去送行的打算,可是,林课长却神秘兮兮地说先不着急,把我一个人叫到办公室。雪莉也在,劈头盖脸地问我有没有见过她的优盘,让我发懵得很。

原来,雪莉随身带的优盘找不到了,她说一直插在笔记本电脑上没有拿下来,但早上的时候却发现不在了。优盘不重要,重要的是里面有公司和华东营销中心的机密资料,如果外泄,后果不堪设想。

我们三个闷头苦思冥想,把她小小的行李包翻了好几遍,还是没有找到。我忽然想到了什么,问雪莉她带的那个助理去哪里了,雪莉说,派去酒店找了。她看透了我的心思,说郑明是信得过的,不会做出吃里扒外的事。

雪莉的目光里有不安,也有狐疑。人总是有这种心态,如果丢了什么重要的事情,首先想到的不是自己放错地方了,而是想一定是被什么人给偷走了。其实,我也是第一次遇到这样的事情,感觉跟谍战片似的,那个小小的优盘,关系到整个公司的利益,当然,尤其是关系到雪莉的地位,如果机密从她手上外泄,估计她主管的位置差不多该拱手让人了。

雪莉接了个电话,挂断的时候仍然愁眉不展,看来郑明在酒店也一无所获。我心想,事情应该没有我们想象得那么严重,有时候人得往简单里想,不然老这么一惊一乍的,不被敌人打死也该被自己吓死了。我自己是个马大哈,经常丢三落四的,在学校的时候一年能弄没四五个优盘,基本上都是丢在了……

虽然我觉得可能性不大,但还是试探着问雪莉,你有没有打印过东西?不会是丢在打印机那了吧?话音未落,就看雪莉风一样地飞了出去,直奔打印室。我跟林课长也尾随过去,就看雪莉手里捏着个Hello Kitty的粉红色优盘一脸尴尬的惊喜。

汗,居然跟我一样,打印完材料总是忘记把优盘拔下来带走。

经过这一场虚惊，雪莉对我亲热多了，走的时候还牵着我的手，叫我有机会上海出差的时候找她玩。我轻松地谈笑，看来，她也不过是个跟我们一样的女人，也有缺点，也会粗心大意。

分别的时候，雪莉欲言又止，我心领神会地凑到她耳边低声说："放心，这件事情我不会告诉任何人的。"我知道她在担心什么，虽然这次是我们自己吓自己，但毕竟是因为她的失误而起，如果当真有心怀叵测的人钻了空子，就没有挽救的余地了。

雪莉最后握了一下我的手，转身，踩着她惯有的优雅步伐走了。

后来，我跟雪莉一直保持着邮件往来，我挺喜欢她的性格，加上她跟林课长又深有交情，自然不敢怠慢。有一次，她忽然问我有没有意向去上海发展，我诧异了一会儿，回复道，我喜欢现在的工作，希望能跟着林课长在学习中成长，一直努力着。

邮件发送成功，我想，我才没那么傻，现在谁不知道在公司里发邮件不安全，万一留下什么蛛丝马迹让人以为我想投奔雪莉，光林课长就不会放过我。

况且，我也不能保证雪莉试探性的询问，是不是林课长设下来考验我的圈套。

> **警 告**
>
> 慎用E-mail，以及公司电脑上一切通讯工具，你的每一行字，都有可能留在公司的服务器上，小心留下不利的信息。

❋ 小小E-mail里的大学问

使用简单、传递迅速、跨时区跨地区、易于保存，电子邮件已经成为办公室里的必备工具，不过如果使用不当，电子邮件可能被滥用，或者造成更严重的后果。

E-mail这个问题，其实挺敏感的，尤其是在我们这些沾了"外"字的外企或者合资企业里。

按照公司的规定，每个项目结束、每个周末，我都会老老实实地把工作情况以电子邮件的形式向林课长汇报，风雨无阻。有一次，我从朱砂办公桌后面穿过，不经意看到她正在发汇报邮件，发现她不仅把邮件发给了我们的顶头上司林课长，还抄送给了一份给林课长的顶头上司——福田部长。

我装作漫不经心地迅速走开了，毕竟偷看人家的邮件不好，可是心里却起了波澜，觉得自己真是太老实了，一直傻兮兮地试图博得林课长重视，为不知道如何向福田部长展示工作成果而困惑。然后，我就渐渐地上了道，学会每次汇报工作时候的巧妙抄送。

抄送也分普通抄送和秘密抄送，普通抄送的话，收到邮件的人会看到这封邮件同时抄送给了谁，也就是说，林课长会发现，在给他发送工作汇报的同时，我也开始向福田部长抄送了。为避免他起疑心，我还找机会在他面前装模作样地说，我才知道原来邮件还有抄送这个功能啊，以前我都是一份工作汇报发两份，课长一份，福田部长一份，好麻烦！

让他觉得我笨，总比让他觉得我忽然开始试图接近他的上级好，那样会显得意图不轨。

抄送里另一个功能叫秘密抄送，这招太阴险了，非常不阳光，收到信的人不知道自己的信还被哪些人收到过，如果使用不当，简直可以挑起内讧，所以，我还没敢尝试过。

邮件还有一个重要功能——保留证据，我吃过这个亏。业务部的每一个项目，都是我们合作完成的，但分工各不相同，平时，我们会通过邮件来分配各自的任务职责，渐渐的，邮件就多了。

我有个习惯，当邮箱里的邮件超过三页的时候就狂删一通，尤其是发件箱，以为不会再用到，结果没想到后来，有一个项目因为某个环节无法进行下去，我眼睁睁看着同事们都迅速地提供自己在邮件中沟通的细节，证明自己已经完成了属于自己的工作，只有我，没有任何证据证明我做了自己应该做的那一部分。

事情最后不了了之，我没有受到任何处分，不过却收到了一个教训，从那以后，我宁愿花钱提升邮箱容量，也没敢删过邮件。

办公室有个邮件"强迫症患者"，是项目策划茉莉，即便是坐在她对面的同事提出什么工作上的事，她也会斩钉截铁地说，发个邮件给我。她说，邮件是最好的证人，写信收信的时间、信件的内容都清晰可见，这些东西，不需要的时候完全没有用，但如果需要的时候没有，那就麻烦大了。

这就叫玄机，稍有不慎就会惹来大麻烦，所以像茉莉那样小心翼翼，倒也是一个不错的笨方法。

有时候，细节是职场的突破点，一个成熟老练的员工，会懂得如何处理各种细节问题。在何时何地应该说什么样的话、做什么样的事，这些看似琐碎的事里其实都藏着玄机，比如要向上司表示一个意思，你可以选择这样说，也可以选择那样说，那说法与说法之间，效果的差异可能会是天壤之别。

不要小看细节，也许那就是成功的关键。我发现学习细节处理方法这件事情，要眼观四路耳听八方，看看周围的人都是怎么做的，有什么妥与不妥，再比较一下自己。A同事出去办事的时候电脑总是继续开着的，而B同事就会暂时关闭，C同事跟领导说话的时候手还揣在口袋里，D同事的站姿就很标准……

我一边观察一边学习，工作里的乐趣也多了起来。

办公室邮件使用指南

书面胜于口头雄辩,正确地使用邮件,可以给你的职场生活带来众多便利。

1 基本操作里也有大学问。

TO,收件人,也就是主要阅读这份邮件的人放到TO的位置;

CC(抄送),相关人等,当你需要了解信息时,如果需要领导支持,或者领导喜欢事必躬亲,一定要在发给收件人的同时,CC一份给领导,既让领导知道你做了什么,也给收件人施加压力——收件人可以看到你同时把邮件CC给了领导;

FW(转发),有一些事情你无法决定,或者说超出了你的权责,可以转发给领导,让其批示。

2 慎用优先级。优先级邮件会在最前方显示一个红色的感叹号,用以紧急情况下引起阅读者的重视。如果你的邮件内容实际上没有那么十万火急,就不要随便使用优先级发送。

3 慎用群发。企业邮件系统有一个好处就是,每个员工都在录,不需要像私人邮箱通讯录那样要自己添加维护,所以群发起来要顺手得多。但你要清楚,不是任何事情都需要群发,对每天任务繁重的员工来说,收到不相关的邮件是一件很恼火的事。

4 关于签名档。邮件签名档里,添上你的名字、职位、电话、传真、邮件等资料,并根据情况及时更新。

5 正确使用自动回复。如果因为出差、放假等情况,不能及时查看邮件,可以设置自动回复,把你的归期和答复时间放进去,让给你发邮件的人可以一目了然。

6 员工给领导的邮件,不外乎以下三种,要根据邮件内容注意风格:

汇报工作:正文提高挈领,条理分明,要知道,领导的时间很宝贵;

请求批示:写清情况,提供相关背景材料。你可以适当委婉地表达自己的看法,提供几条解决方案供领导选择,但切忌,不要试图自作聪明地为领导做决定——选择权永远在领导手里;

转发材料:领导忽然需要你手里的材料,你发过去,要写清主题,领导的信息存储量是很大的,没有一个正确的主题很不专业。

如果起跑线输了，就只好在过程中穷追不舍

我明里暗里地留意过公司人员的来历，估计有半数是名校毕业，其中硕士生也占一部分，也不乏日本留学或者工作归来的海归派。

我的毕业学校，好歹也是个211工程百所重点大学之一，但跟其他人厚实的背影相比，显得薄弱了很多。我有点后悔上大学的时候没弄个国外访学或者交换生之类的当当，至少可以给自己撑撑底气。

别看每家大公司在招聘的时候都讲什么"公平、公正、公开"，其实，在堆积如山的简历里，他们不可能做到这些。每份简历的薄厚不同、格式不同，但毕业院校总是会写在比较靠前的位置，这也就成为人事部筛选简历的衡量准则之一。北大、清华这样的字眼，毕竟是更吸引人的，虽然名校出身并不一定代表个人能力高，但却可以为自己的简历镶一圈金边，更容易让人眼前一亮。

我能理解用人单位的这种想法，招聘也是要讲究机会成本的，没有人愿意花费大把时间把所有简历都认真翻完，寻找每份简历的长处优势，他们大多流水作业一般肉眼"扫描"一遍，挑出比较合眼缘的简历，才不会因为你学校"不入流"，就给它挖掘出其他特长，证明你有资格参加面试，这样做很不划算。

我听过一个笑话，说一家公司从应聘者投来的简历中，随机地扔掉一部分，问其原因，答曰："我们公司不会要那些运气太糟的人。"

职工的"出处"，是公司的面子工程，所以很多公司都把自己的门槛抬高，希望流入机体的血液从一开始就养料充足，这就不能输在起跑线上。

公司是这么想了，可是对我们这些学校名号并不是那么声名显赫的人来说，高门槛却是个凶猛的拦路虎。按照这个思路，我们已经输在起跑线上了，哪有那么多名校，我们就是一不小心只考上了非名校。

记得在惠州的时候，办公室里不少人羡慕我的学校是211重点，我还蛮自

豪的样子,现在想起来,真是井底之蛙了。

一场田径比赛,要取得胜利必须具备的因素很多,有些人在起跑的时候就领先,但这样并不表示他就一定可以赢,前方还有漫漫长路,只有一直保持优势,才有可能第一个冲过终点线。而对于我们这些在起跑线上的表现稍有逊色的人,唯一制胜的机会,就是在跑的过程中奋起直追,超越别人。因为在起跑线上跟别人有了差距,所以这追赶的过程会更加艰辛,身边的每一个人都在跑,每一个人都勇往直前,只有保持加速运动前进,才有取胜的把握。

回想一下,我对当初自己进SG的经历有点奇怪,不算他们眼里的名校,又是被裁员的失业者,各方面硬性条件都没有突出的地方,居然获得子公司人事部的推荐,从而轻而易举地进了总公司。

有一次,我在林课长面前谦虚地表示,自己不是名校毕业,不是留学海龟,只有像头老黄牛一样兢兢业业地干活,才能保住饭碗,让心里踏实。他说,当初看你的简历,的确有这方面的顾虑,不过,因为业务部只是招一个项目助理,没有其他闲置岗位,整个总公司那阵子也没展开大规模的招聘计划,所以就想去烦从简,招个差不多的就行了,如果实在招人不淑,实习期开掉就是了。

原来,是林课长跟分公司的人事部打了招呼,说留意着给他选个不错的项目助理,子公司的人可能觉得我面试的时候表现还不错,或者他们是把更绩优的都选走了,就把我推荐了过来。

我也算误打误撞地来到了SG这条跑道上,既来之,则安之,只有努力向前,才能把落在起跑线上的差距追回来。

职场生涯,是一场马拉松比赛,长路漫漫看不到终点,不过在过程中,它有许多小的分赛,有许多阶段性终点,终点同时又是起点,每个人都要保持干劲,绝不松懈地继续,再继续。在一步一步向前的步伐中,如何调整体力,如何更好地发挥,都是决定胜负的关键。

林课长在闲谈的时候跟我说:"成程,你身上有股莽撞的韧劲,看着像在傻傻地蛮干,其实悟性和能力都还不错,也有自己的想法。"

他说,这是在职场中取得成功的必备品质,不过,很少有人能够一路保持,很多人都会在工作一段时间后,就把一些品质丢了,比如率真的干劲、敢于挑战的勇气。

我默默地记在心里,活力,韧性,勇气,不懈怠,不气馁,保持前进,时时刻刻都不能让自己放松下来。这样的日子很辛苦,但苦中有甜,只有感觉到自己明显地成熟成长,方能有收获的喜悦。

我忽然想起来什么,问林课长,我之前的那位项目助理是因为什么原因离职的。

林课长轻描淡写地说:"跳了。"

当时我俩正在休息室的阳台上,18楼。我吓了一跳,眺望着周围的高楼林立和脚下的车水马龙,心惊胆战地说:"跳了? 跳楼了?"

林课长尴尬地瞥了我一眼,扶了扶眼镜,很无奈地说:"跳槽了。"

职场知识:

应对办公室各种可能状况的语言技巧

1 应答上司交代给的工作:我立即去办。

迅速而冷静地作出回应,会给上司留下做事果断、工作讲效率的印象,切忌犹豫不决,让他/她心生不快,认为你优柔寡断,这样的话,你很可能会与重要机会失之交臂。

2 传递坏消息的时候:我们似乎遇到了一些情况……

一笔业务出现麻烦,或者市场出现危机的时候,千万不要乱了阵脚,要稳重自如,让上司觉得你可靠而敏感,有面对问题的勇气和解决问题的底气。相反,如果你手忙脚乱言辞不当地向上司报告坏消息,他/她会怀疑你对待问题的能力,弄不好,还会成为出气筒。

3 适当赞美体现团队精神：XX的点子真妙！

同事做了一件让上司嘉奖的事，而你没得到这个殊荣，有点难过，甚至有点嫉妒。不过，绝对不要对外表露出来，你要做的，是尽量在上司的听力范围内表达自己的赞美。XX你做得真不错！在明争暗斗的职场中，善于欣赏别人，会让上司认为你善良并且有团队精神，更容易信任你。而如果表现出明显的嫉妒，则会让人觉得你小肚鸡肠，没有真本事，却只会嫌才嫉能。

4 如果你不知道某件事：让我再认真想一下，一天之内答复您好吗？

被上司或者客户问了一个刁难的问题，让你有点为难，不知道如何作答，这时候，千万不要说"不知道"，而是聪明地为自己解围，赢得思考的时间。而且这种适当的"拖延战术"，也会给对方留下稳重、不草率行事的印象，认为你是一个三思而后行的人。当然，一定要记得在约定的时间之前给出答案，否则前功尽弃。

5 请同事帮你的忙：这件事情少了你不行啊。

同事也有自己的事情要做，所以在你需要得到他/她帮助的时候，要诚恳而委婉，让同事觉得盛情难却，同时也获得成就感。事后，要记得感谢人家，说：幸亏有你，否则我都不会处理。

6 承认自己的过失时：对不起，是我一时疏忽，不过，幸好……

在职场中，犯错是在所难免的事情，所以勇于承认自己的过失并且承担后果很重要，不要一味地掩盖错误、推卸责任，这些不当的举动会让你错上加错。不过，在承认过失的同时，也要巧妙地转移别人的注意力，把气氛往好的一面引导。当然，有过失了，单单承认是远远不够的，要用实际行动去弥补，学会担当。

7 为自己减轻工作量：我们不妨先排一排手头的工作，按重要性列出先后顺序。

你已经有一大堆事情要忙，上司忽然给你安排了新任务。首先，你要肯定这项工作的重要性，否则会给人推诿、不负责任的印象。然后，请上司跟你一起，把新任务跟手头的其他工作比较孰轻孰重，孰缓孰急，排一个顺序出来。这样的好处是，既可以避免以后产生纠纷，也能不动声色地让上司知道你的工作量很大。

8 如何打破冷场：我很想知道您对这件事情的看法。

与上司等相处的时候，有时候找不到话题，气氛将至冰点。不妨谈一些与公司、工作、业务有关的话题，发表自己的看法，然后抛砖引玉地说，我很想知道您对这件事情怎么看。

9 如何面对批评：谢谢您的指正，我会认真吸取教训，改进自己的。

面对上司的批评，不要狡辩，或者为自己的过失找理由，要诚恳地接受并表示感谢，让上司了解你积极改正的诚意。你还可以趁机向上司学习更多的东西，提升自己的工作能力。

10 如何面对表扬：谢谢您的肯定和帮助，我会再接再厉的。

面对上司的表扬，不要流露出骄傲自满的态度，也不要急着邀功讨赏，你应该表达出是在上司的带领和指导下，你才得以取得成绩，给他/她戴个高帽子。同时，也要说明自己不会停滞不前，自己的潜力还有很多可以挖掘的地方，会努力取得更好的成绩。

我们都是猪八戒

那天午休后，朱砂在办公室的电脑上念一道测试题：

如果把你所在的团队比作西天取经的队伍，你认为自己扮演的角色是：A.孙悟空；B.猪八戒；C.沙和尚。

我说，觉得自己像沙和尚，没有孙悟空那么高超的本事，也没有猪八戒的懒惰，更像沙僧一点，是个吃苦耐劳又费力不讨好的主。同事们七嘴八舌，也有的说自己是孙悟空，大事小事总要第一个冲在前面，不过，没有一个人把自己归类为猪八戒，好吃懒做，整天想着怎么偷懒，又色胆包天。

后来，林课长回来，听见我们的讨论，不动声色地说："在我看来啊，你们绝大多数都是猪八戒。"我们面面相觑，全都像八戒一样呆呆的，也不知道他是开玩笑还是认真，一个个傻呵呵干笑了几声，赶紧回到各自的岗位上开始干活。

猪八戒，猪八戒，我满脑子都是那头猪。职场中的猪八戒，应该是什么样子的呢？

作为天蓬元帅下凡，猪八戒的能力是有一点，可是他从来不会主动干活，每次都是迫不得已的时候才动两耙子；而且，猪八戒抵制诱惑的能力太差，碰到有名有利有色可图的时候,他从来都是积极抢着干的,但遇到问题的时候却不愿意承担责任;再者,猪八戒极容易丧失斗志,取经路上稍有不顺,就要求散伙分行李。

不过,他也不是全无长处,猪八戒随遇而安,没有野心,从不急功近利。他虽然圆滑狡猾,但也懂得知恩图报,大的人生方向没出现过偏差,关键时刻也分得清轻重,会为了保护唐僧和取经事业奋力一搏。没错,他有时候是喜欢搬弄是非,但也懂得适可而止。

这样逐一地把猪八戒的特质列下来,我算是明白林课长为什么说我们是一群猪八戒了。

不过,我倒觉得,他是愿意用一群猪八戒的,好管,因为他不会有太大的野心,被逼急了的时候也能发挥点本事出来。也因为他有各种各样的缺点,所以能够体现领导的威严,也能带给领导安全感。

如果所有部下都是孙悟空,估计领导会很头疼。那猴子本事大不要紧,要紧的是自命不凡,有什么事情,不等领导发话,自己先冲出去,还时不时犯个鲁莽的错,就算是有紧箍咒,也不一定管得住。

沙和尚那样的人任劳任怨的,特别珍爱饭碗,平时沉默寡言,很少发表意见,很少发牢骚,在领导眼中,他不会犯错,但也难有出色的表现。我寻思,刚才我说自己是沙和尚,是说自己具备勤奋的品质,但绝不能像沙和尚那样,一直默默无闻地等人来发现我的闪光点。

上司是不会主动为你"谋福利"的,比如说,唐僧师徒四人到了西天,修成正果的时候,在如来佛的大殿里论功行赏,唐僧和孙悟空都被封了佛,心满意足没别的话说。猪八戒捞到的职位是"净坛使者",他就不甘愿了,撒娇地跟如来佛说为什么我只是个使者?

如来佛虽然维持原判,但至少也知道了他有"升职"的愿望,他坦率地表达了自己对现状的不满。而沙和尚就毫无怨言地接受了自己的职位,感恩戴德。

上司会对沙和尚一样的员工很放心，但是，如果有加薪升职的机会，恐怕会最后一个想到他。他从不争宠或者抢风头，不会表现自己，所以未免太不起眼，也太好打发了，上司知道，不论对他有如何的处理，他都会坦然接受，不像孙悟空，稍有不称心拎上棍子就走，也不像猪八戒，满口牢骚喋喋不休。

不要妄想用你的好脾气博得上司的欢心，他乐于有你这样一个冤大头，做别人不愿意做的活，承受别人不愿意承受的委屈。

看来一味地做沙和尚，简直是封杀自己在职场上的进取机会。我给自己的进取大计订了一条基本策略：修炼孙悟空的本事，学会猪八戒的圆滑，保持沙和尚的勤奋。这三条，缺一不可。

职场法则：

弄清自己在上司心中的定位，能够帮助你良好地审时度势，看清职场规则，从而利用它，为自己的职场生涯创造更好的环境条件。

你不可表现得过于聪明，以免聪明反被聪明误，偶尔要学会装傻充愣。

也不可表现得过于愚钝，适当地耍点小聪明有可能会让你从同事中脱颖而出。

如果你真的不够机灵，就要学着圆滑一点，坦率一点，而不是自作聪明。

有一门专业之外的特长

福田部长很少直接过问我们的工作，都是通过林课长了解情况，所以，我很少有机会去福田部长的办公室，也难得与他有正面的交流，最多的接触就是在每周一上午的业务部全体会议上，听他滔滔不绝地讲授职业道德和人生准则。

那个周一，我们全部门的成员都到场了，万事俱备，会议正要开始的时候，投影仪忽然不能呈像了。几个男同事围过去，反复检查了一番也没看出个所以然来，福田部长手一挥，说打电话叫维修工来。

结果，维修工说要等半个小时才能过来。福田部长没办法，问："我们是先将就开，还是等着？"大家面面相觑，没有人接话。我寻思反正闲着也是闲着，就说："部长，让我来看看能不能修吧。"

这一下，大家更面面相觑了，也是，我一文科出身的小女子，怎么看都不像个电子产品高手。不过福田部长倒是和颜悦色，说："丁桑啊，来试试，看看你身手如何。"

我当然不是高手，不过因为处的第一个男朋友是计算机学院的，所以耳濡目染地也学到一些皮毛，大的用场派不上，小毛病一般可以自己解决。这个男朋友的名字很震撼，叫范进，跟范进中举的范进一字不差，后来，劈腿被我当场捉获，所以分手了。不过，他教给我的一点皮毛技术，倒也帮了我不少小忙。

投影仪那东西，其实难得坏一次，不能呈像的话，基本上都是电脑问题，或者电脑跟投影仪的接口问题。我仔细地检查了一下，电脑系统有漏洞，修复的同时我重新把投影仪切换到RGB输出状态，没有出现端口无信号的提示，说明笔记本的VGA端口正常，显示模式正常，端口和屏幕也都有输出。

投影仪是有信息输入的，但迟迟没有图像，我觉得可能是笔记本电脑和投影仪的某一方面的兼容性出了问题，经过检测，果然如此，是个小状况。电脑的分辨率和刷新频率超出了投影仪的最大分辨率和刷新频率，我轻松地通过电脑的显示配置器调低了这两项参数值，图像顺利地显示出来了。

前后用了不超过十分钟，会议室一片惊奇之声。我不敢露出得意的神色，故作轻松地说："部长，终于可以用了。"福田部长赞许地点了点头，开始开会。

散会的时候，我走得比较慢，福田部长用他特有的缓慢声调说："丁桑啊，做得不错，没想到你一个女孩子对电脑还挺懂行，以后再有什么类似问题就有救了。"

我们业务部的成员，多是财经、外语、管理等专业出身，虽然说是现代化办公，但大家对电脑的熟练程度也就局限在基本的办公软件操作而已，每次电脑出了点小问题，就只好束手无策地去搬救兵。

其实之前在办公室，我已经为同事们解决过不少类似问题了，重装系统、

职场知识：

修炼专业以外的能力

在职场上，论业务水平，有不少同事都跟你不相上下，因而你难以突破重围，让领导注意到你。这个时候如果另辟蹊径，可以取到意想不到的效果。你可以在业务能力之外寻找突破口，一些其他方面的擅长和优点，能让你在关键时刻脱颖而出，成为领导眼中的"人才"。

职场中，你可以多加修炼以下方面的能力：

电脑。办公过程中，电脑难免会出现这样那样的问题，倘若你有能力独立解决，不但可以为自己省时省力，还可以借助人为乐的机会，给上司和同事们留下好印象，让人际关系更加融洽。

外语。多会一种语言，便会多一份机会，全球化国际化的商海中，单凭母语已经不能应对各种需求。绝大多数企业对职工的外语水平都有一定的要求，所以，熟练地掌握一到两门外语的语言能力，你的职场生活会过得更精彩。

广泛的知识范围。天文、地理、历史、社会、体育等方面的知识，都会给你的工作或者交际带来有利的帮助。一个视野开阔、知识面广的人，在遇到问题和看待问题的时候会有更独特而全面的见解。你不一定非要样样精通，但最好对各行各业各种知识领域都有所了解，没有上司会讨厌员工具有丰富的知识面。

安装驱动或者杀个毒,这些都是很简单的操作,但因为在我们这片懂的人少,我也勉强算得上半个行家。只是这次能在福田部长面前露一次脸,我比重装了十台机子的系统还高兴,总算找到用武之地了。

第二天,就看对面同事的桌子上摆了一本叫《办公室电子产品实用教程》的书,看来是有人打算恶补了。

之后,我成了福田部长的专用电脑维修人员,每次他的电脑出了问题,都会找我去检查。好在都不是什么大问题,基本都是系统出了毛病,还在我能力范围之内,我一边调试,一边告诉他是哪里出了问题,教他以后再遇到这类问题应该怎么办。

福田部长笑眯眯地说:"有你这个兼职技术人员在,我不用学这些吧?"

我也笑着回应道:"中国有句俗话说得好,授人以鱼不如授人以渔,学海无涯,您也不能懈怠啊。"

✳ 山雨欲来风满楼

转眼间,我已经在SG待了超过两年,这两年多的时间,我的工作和生活都渐渐步上了正轨。我在成都,虫子仍然在柳州优哉游哉地过,我们每天通过电话和网络交流,却一直没有机会见面。

业务部的内部成员有了一点小的变动,林课长的助理李秀突然调到了别的部门,算半个升级,工资也调高了15%。她课长助理的职位由朱砂接替,而市场督导的位置,则由一个叫代叶的海归女顶上了。

我们都觉得有点诧异,因为代叶的条件要远远优于朱砂,早稻田大学硕士,还曾经留学美国,做起事来也干练得很,而且,她似乎早就对业务部的情况了如指掌。代叶一来,就向部长申请招聘了三个市场调研员,那三个刚毕业的小伙子,被她指使得每天像个陀螺一样转来转去。

代叶对她职位的前任朱砂从前的工作状况不是很满意，还曾找过朱砂，两个人面对面地起过争执。朱砂不服气地说，每个人都有自己的工作方式，再说，算起来代叶跟她是平级，要指责也轮不到她来指责。

林课长一改大事小事事事过问的作风，居然坐山观虎斗，不说谁对谁错。最后，代叶一言不发地转身就走，朱砂以为自己的据理力争力退强敌，很是得意，我却产生一种很奇怪的感觉。那种感觉叫，山雨欲来风满楼。

业务部有一股涌动的暗流，我不知道是什么，但总觉得似乎有事要发生，隐隐有些不安。在办公室里待了两年，我或多或少培养了敏感的洞察力。

那阵子业务部的工作空前繁忙，我跟朱砂一左一右，像两员大将一样跟着林课长四处出征，每天累得筋疲力尽，让我看起来灰头土脸的。有一天我们从客户那里回来，林课长开玩笑地说："成程，你看你跟朱砂站在一起，一个灰姑娘，一个白雪公主。"

当时我们三个正走到公司大厅里，我看着玻璃窗上自己的样子，穿得灰扑扑的，脸上带着憔悴，再加上我没有天天化妆的习惯，看起来一点审美价值都没有，是还在烧火劈柴的灰姑娘。而朱砂，穿一套收腰的浅红色套装，脸上妆化得厚厚的，但因为她面部表情极为丰富，所以并不显得突兀。朱砂走起来，是摇曳生姿的小碎步，很好看，而我，就算穿了细高跟鞋，也走得风风火火的。

我自嘲地笑着说："林课长，您是不是嫌弃我有碍公司形象了啊？"

朱砂听了哈哈地笑，说："你这叫纯天然，如果像我这样每天化几层妆，再穿得姹紫嫣红，估计我们也适应不了。"

我装作生气，说："你这是在提醒我不要东施效颦吧。"林课长听着我们一唱一和，脸上的表情也随即生动起来，我们三个有说有笑地走向电梯间。刚站定，电梯就降到了一楼，门一打开，福田部长和代叶一前一后地走了出来。

虽然有点意外，我还是摆出若无其事的姿态来打了招呼，林课长表现得也自然得体,只有朱砂,表情僵硬,诧异明目张胆地写在脸上,很不自在地说了一句"部长好"。

电梯里只有我们三个,朱砂居然直接对林课长抱怨:"代叶那个女人是什么来路,居然私下跟福田部长走那么近,明显居心不良。"我为朱砂捏了一把汗,她自从调去给林课长当了助理之后,就愈发地任性起来,经常不分场合地乱说话,林课长竟也放任她,很少给出指正。朱砂以为林课长的纵容是默认,更加不管不顾。

这次,听到朱砂对代叶的不满,林课长也只是避重就轻地提醒她,同事之间,要搞好关系。朱砂撇了撇嘴,不再说话,林课长转而问我:"你觉得代叶这个人怎么样?"

我故意学他避重就轻,说:"代叶人长得不错,衣着打扮也很精致,一看就知道品位不凡。"

林课长显然知道我在耍滑头,猜出是我故意避开工作上的问题,把话题转移到千里之外去,刚要说什么,恰好电梯到了,我们也就各忙各的去了。

我敢确定,自己的预感并非错觉,一定是将要有什么事情发生,而且,林课长一定知道内情,但以他那事事密不透风的作风,是不会预先透露给任何人的。

林课长和代叶的关系很微妙,他那么喜欢使唤人的一个上司,却从不会在代叶面前颐指气使,每次代叶在场,他对其他员工的态度都会好很多,几乎称得上是和颜悦色了。有一次,他居然对代叶使用了"请"这个字,整个办公间跌破了无数双眼镜,全部目瞪口呆。

工作还是一天一天按部就班地进行,倒是没有什么特别。我不知道,其他的同事是全然不知,还是也察觉到了诡异的气氛,只是跟我一样不敢说破、不敢妄自揣摩。

职场法则：

对环境保持高度的敏感，是人在职场必须具备的素质。你必须比其他人更早地察觉到事态的变化和发展，察觉到机会或者危险，并迅速地做出反应。

职场就好比生物圈，只有对环境敏感的动物，才能够趋利避害，躲过敌人的攻击，化危难为安全。

小心地留意你所处的工作环境，以及微妙的人际关系变化，要足够细心。

❋❋ 做女人的成本

自从那天，被林课长嘲笑像个灰姑娘，我开始有意识地注意自己的穿着打扮。

工作这两年，我已经习惯了暗色系的衣服，觉得好搭配，又不会过时，现在偶尔穿成浅红粉紫的样子去上班，果真如朱砂说得，自己浑身不自在，别人看着也觉得奇怪。

周末，还特意让室友陪我去买了粉底霜、粉饼和腮红眼影之类的，她认真地看着我，说："灰姑娘要革命了哇，是不是犯桃花了？"

我笑着说："这大夏天的，桃子都结出来了，桃花早就零落成泥碾作尘了。"

于是，每天在镜子面前浅浅地修饰一番再出发上班，刚开始学化妆的我很是不得要领，不是粉涂得不均匀，就是眼影粘到睫毛上。朱砂看着我的样子哈哈大笑，说："我就说过嘛，你压根就不适合化妆。"

其实，我不过是想尝试改变。我不算漂亮，个子不高，但一点都不为此自卑，我在意的，是那天在玻璃窗里看到自己那么状态不佳的样子，从外形到精神,都是一副受迫害的小媳妇状。都说相由心生,我相信一个人的气色可以体现出他/她的生活品质、内心状况等很多的东西,所以我忽然开始讨厌玻璃窗里那张灰扑扑的脸,和丝毫没有色彩感的穿着。

当我尝试的勇气被朱砂等打击得差不多灰飞烟灭的时候,居然是代叶,主动跟我探讨起了妆容的问题。她盯着我上上下下看了一会,毫不含糊地说:"你的眼眶比一般人稍微低一点,可能有少数民族血统,适合用浅亮色的眼影,腮红可以用桃红色,涂薄薄的一层,位置要稍微高一点,会显得活泼,睫毛很密很长,适合用自然一点的,不要太多浮渣,粉饼要细一点的,唇色不错,所以唇膏不要用浓色。至于衣服,你穿浅色要好看得多……"

我目瞪口呆,就听她很专业地把我全身上下点评了个遍。等反应过来,我立即掏出记事本和笔,说:"你能不能说慢一点,我得记录一下。"

代叶笑了,说:"你要想听的话,下次我再说给你听,现在,我可是要准备去跑调研了。"

这个女人,的确很不简单。

几天后,她主要邀请我一起去洗澡按摩,按摩的时候,我俩躺在一间房两张床上,很自觉也很默契地不谈公事。聊了没多久,我俩互相也对对方的情况有了大致的了解,代叶结婚四年,没有孩子,老公是日本人,目前是日本一家知名公司驻成都办事处的代表。

听说我的男朋友在柳州,代叶意味深长地拖着婉转的长音说:"异地恋啊——"

我觉得,我的心都快被她绵长的尾音抻长了,鼻子一酸,喉头也闷闷的,赶紧把话题转移了。我很没技术含量地说:"你的皮肤看起来真好,像古文里说的,肤若凝脂,吹弹可破,如果用现代文说,那就是,苍蝇落上去都会打滑。"

我是试图幽默一把,可是代叶却叹了口气,说:"现在做女人成本太高了,要穿漂亮衣服,要做皮肤护理,要研究化妆技巧,要修炼怎么拴住男人的心,要设法在职场爬得更高……最后修炼得面目全非，得到的结局与真实的自己背道而驰。"

我不知道，女战士一样看似随时干劲十足的代叶，原来也会有疲惫和悲观的一面。

代叶继续说："你看公司那群女白领，一个比一个光鲜，都是绝对的精英人物，可是，谁私下里不为自己心酸？把好好谈恋爱结婚生孩子的时间都耗费在工作上，换来高薪高职位，失去的东西却已经再也找不回了。女人的成功，需要付出的成本太高，代价太大了，可还是一个一个挤破头一样地往前冲，我也一样，如果让我回归到家庭里相夫教子，我是决计不肯干的……"

气氛一下子沉重起来，我忍不住想，虫子一直叫我去柳州，但我在这里好不容易找到一份喜欢的工作，也觉得挺有发展前途，我不会去，就算知道也许总有一天我是要后悔的，也没办法说服自己离开。

身在职场，怎么就这么艰难呢？哪怕工作顺利，前途无限，也只是表面上的风光，私底下，谁不是累得不堪……

后来，我和代叶一直沉默，我看到她的表情，是我在她脸上从来没有看到过的平和。

分手的时候，代叶忽然莫名其妙地说："看着你，就好像看到我从前的样子。"

代叶看起来不老，但也并不会显得年轻，因为她眼睛里有太多让人猜不透的东西，一看便知已经饱经沧桑，是经历过许多故事的人物。我却在想，等过几年我到了她的岁数，又会是什么样子呢？也会看着比我年轻的女子，从她身上寻找我的从前吗？

即使我比她年轻几岁，但丝毫无优势可言，职位低，报酬低，长相一般，性格也过于坚硬了。记得刚来公司的时候，我觉得特别奇怪，因为朱砂美女工作稍有不顺，就去找林课长抱怨，林课长基本装模作样说一点场面上的话，然后就指定个人去帮朱砂做。

可是,我稍微流露出点牢骚的时候,林课长却会说,成程,你是一个工作能力很强的人,我相信你可以独立解决这些问题。

后来我终于想通了,朱砂性格柔弱,喜欢依赖,容易招起别人的同情心,她也深知这一点,所以广泛利用。除了漂亮惹人怜的脸蛋,朱砂还有个在市政局工作的父亲,所以,自然人人都向着她。这两样我都没有,只能自力更生了。

我并不觉得不平衡,同样是女人,我们各有各的底牌和工作方式,各有各的路要走。不过我也体会到了一点,不是人人都适合在上司面前撒娇埋怨发牢骚的,林黛玉妹妹的眼泪让人怜香惜玉,而祥林嫂的眼泪却只能让人生厌。

✳ 新上司,新气象

那种隐隐的不安一直在我心里存在着,不可名状,我说不出因由,但能清晰地感觉到它的存在。

事后想起来,我很佩服高层领导的保密本事,一点风声都不走漏,用突然的变动把我们这些员工都雷到了。林课长走了,出国培训,说是培训,其实却是变相架空他的位置,之后回来,是加薪晋爵还是劳而无获,谁都无从知晓。至于这之中的内情,我们更是无从考证。

接替项目管理课课长职位的人让所有业务部的人都大吃一惊,居然是代叶。

我终于了解了整件事情的始末,代叶,她来业务部做市场督导只是一个幌子,就像微服私访一样,等林课长一走,她立即走马上任。福田部长,林课长和代叶,都心知肚明,只有我们这些职员被蒙在鼓里。

办公室陷入慌乱中，表面看起来风平浪静，但人人心里都波涛汹涌，突然的变故让大家措手不及。很多人都后悔之前没跟代叶搞好关系，尤其是朱砂，估计肠子都快悔青了，天天愁眉苦脸的，白雪公主也遇到带刺的玫瑰。

林课长走得很低调，业务部吃了一顿饭，然后就散了。饭桌上，代叶已经成了主角，她说让我们一起举杯，我们就举杯，她说把掌声献给前课长，我们就鼓掌。福田部长稳坐主席，不多话，一副老谋深算的样子，而产品管理课的何流课长也是老好人姿态，喝酒吃肉，闲事不管。

前课长，这三个字用得恰到好处，既能给林课长一点小小的刺激，又能在我们面前彰显她的地位。此时的代叶，不，代课长，脸上是职业化的笑容，一举一动都很专业，是春风得意的样子，我从她身上，再看不到那天按摩时候的落寞。

我走过去敬酒，说："代课长，恭喜您！"她看着我，眼睛里依稀看得出一点抱歉，悄声说："成程，对不起，因为事关高层的决策，所以之前我也不方便跟你透露。"

我知趣地说："明白的，我本分做好自己的工作，也不需要知道太多，秘密多了是一种危险。"

她心照不宣地笑，说："去敬一下前课长吧。"

林课长看起来倒是情绪不错，说离开也好，刚好可以休息一阵子，充充电。我端着酒杯忽然有点伤感，他又语重心长地说："成程，跟着代课长好好干，前途大大的。"这句话声音很大，代叶警觉地看了我们一眼。

林课长私下里告诉我，上海的雪莉一直想跟他要我，他没答应，如果我也有去上海营销中心意向的话，可以告诉他。我心想，雪莉也算是个热心人了，不过帮她找了个优盘，一直记了那么久。我还是沿袭从前的说法：暂时没有离开成都的打算，只想做好目前的工作。

如果刚换了上司，我就表现出异心，这未免也太自寻死路了。

朱砂对林课长尤其不舍，跟被抛弃了的孩子一般，不知真假地掉了几滴眼泪。跟林课长倾诉完了离别之情，她才去敬代叶酒。朱砂大概有点喝飘了，说话大舌头，也没个分寸，我隔得太远，只听到了一句："以前可能有得罪您的地方，您大人不计小人过……"

代叶脸上的表情难以形容，只是轻轻点了点头。而朱砂的话虽说是有讨饶的意思，我却觉得，怎么听怎么像挑衅。

最后，晚宴由部长的一句"天下没有不散的筵席"作为尾声，结束了。

第二天，便是专门为代课长准备的就职聚餐，与前一天的沉闷压抑相比，是另外一幅景象了，一派喜气洋洋，部长也即兴发言，说业务部是一个充满了活力的部门，大家要齐心协力，在新任代课长的带领下更上一层楼。

不同的上司，自然会有不同的办事风格，只有适应了上司风格，并与其建立一致性，才是职场上策。项目管理课这一旧一新两位课长最大的不同莫过于，林课长喜欢事必躬亲，凡事他都要亲自过问，参与其中，否则会一万个不放心，就连我们的工作汇报，都要具体到不能再具体，详细到不能再详细，把每一个步骤都完完全全地呈现在他面前。

而代课长，可能是受美国文化影响，她更看重结果，对过程没那么多要求。有一次，我做报表的时候遇到一点小问题，习惯性地就跑去课长室问要怎么处理，代课长不知道刚跟谁打完电话，怒气冲冲地，没好气地对我说："这是你的工作，需要你自己来完成，不要什么事都跑来问我，我的工作职责里没有帮你做事这一条，你的薪水里也没有我的一份。"

我尴尬地退出来，心想代叶升为代课长之后，脾气也升上去了。以后，就尽量把手头的工作做到完善的时候，才呈交给她。

大部分时间，她对我还算和善，倒霉的是朱砂。课长助理和课长的办公室其实是同一间，只不过中间加了一堵墙，分成了内间和外间，朱砂就坐在代课长的门外，就在她眼皮子底下工作，动辄得咎，稍有差池，代课长冲出来就是一通训斥。

朱砂脸皮薄，平时养尊处优惯了，哪受得了这种委屈，可是又不敢还嘴，打落牙齿往肚里咽。她跟我说，代课长是在报复，我想说她不像那种公私不分的人，但看着朱砂撅起的嘴，始终没能说出口。

我们做下属的，绝对不可能等着上司来适应我们，而是应该积极主动地去适应上司。说得坦白一点，是迎合，迎合上司的管理模式，迎合上司的工作风格。就比如说走路，上司是走在前面的那个人，而我们跟在后面，只能亦步亦趋，紧随着配合他/她的脚步，走得太快可能会踩到他/她的脚，引起冲突，走得太慢会落下他/她太远，都是不可取的。

而朱砂和代课长，两人完全无法走出统一步调，朱砂又傻傻地不知道调整自己的步伐。之前，我曾经委婉地提醒过她一次，可她鄙夷地看着我，说我学不会曲意逢迎，不像你那么懂得讨好人。

我知道她的言下之意。朱砂一直觉得我从一开始就知道代叶会接任课长，所以她一来我就想办法靠近她，拍马屁以搏上位。

我无话可说，想反驳也没有证据，也只好任她胡思乱想。

职场法则：

职场上，难免会遇到不同风格的上司。当一种领导风格忽然变成另外一种，作为下属的我们，需要的不是过多的心理干预，而是尽快地接受。我们没有改变领导的能力，所以要学会妥协，学会跟面前的上司保持一致步调——赶快"喜新厌旧"，暂时忘记你之前的那个上司吧，忘记他的管理风格和工作习惯，因为你现在要做的，是以最快的速度适应这个新上司。

你是"车"还是"卒"?

没过多久,朱砂和代课长的矛盾,终于进一步激化。

原因并不复杂,代课长要去见客户,资料是朱砂准备的,之前就给代课长看过,她也没提出什么异议。但在洽谈的时候,客户发现材料里的重要数据,小数点错了一位,其实大家都知道是个误会,当场声明一下,重新传一份资料过去,也就大事化小,小事化了了。

但是代课长觉得在客户面前丢尽了脸,同时也损害了公司的形象,于是扬言要严肃处理这件事情,上报给了福田部长。朱砂听说后,立即跑去跟福田部长解释,说那份文件很早就已经上交给代课长审查,她并没发现这个错误,如今出了状况,责任不应该由她一个人来背,公司如果要惩罚她,代课长也不容姑息。

代课长义正词严,说作为一名课长助理,朱砂的职责就是按照她的要求,准备精确的资料,不能有丝毫差池,她给予她充分的信任,却完全没想到,她竟然会犯下这种低级错误。

朱砂欲哭无泪,论气势论情理,她都比不过代课长,这一场纷争谁输谁赢,根本就没有任何悬念。只是我们谁也没想到,对朱砂的"判决"居然那么严重,直接炒掉了,这件事情,自然是福田部长做的主。

一个小数点引发的血案,让我们都开了眼,同时也觉得朱砂有点可怜。她走的时候面无表情,谁也不搭理,办公桌上的私人用品清得干干净净,唯独把那张SG的员工证留在最中间的位置,触目惊心,大家都很是感慨。

毋庸置疑,朱砂是不明智的,下属对上司的原则,有一条是永远适用的:忍一时风平浪静,在你强大到足够与上司抗衡之前,永远不要试图以卵击石。

朱砂虽然是娇小姐脾气，但性格讨喜，又擅长撒娇，以前福田部长和林课长都对她不赖，她犯点小错也不会有人跟她计较，没想到却像个被惯坏了脾气的小孩子一样任性。所以，遇到较真又严格的代课长，不肯低头的她就吃尽苦头，最后导致丢了饭碗。

按说她这次犯下的错，原本是不足以被炒鱿鱼的，但是她却不肯低下头来息事宁人，跑去跟福田部长申诉，代课长绝对不是得饶人处且饶人的人，看朱砂这样，更加火冒三丈，才发狠要制她。

代课长执意要朱砂走，福田部长就算心里有动摇，最后还是顺了她的意。此时，是代课长新官上任三把火的时候，如果烧不旺，不但会对她今后的管理不利，也会直接影响到整个业务部的绩效。所以，犯了小错的朱砂，就成了成全代课长威严的牺牲品。

在福田部长眼里，代课长虽然有点霸道，现在却是他手下不可或缺的一员大将，而朱砂，虽然性格活泼也讨人喜欢，但毕竟不够成熟，而且她只是配给代课长的助理，连代课长自己都说要炒，福田部长也不好再劝什么。

我觉得，朱砂对福田部长来说，只是一枚"弃卒"。在象棋里，有一招叫做"丢卒保车"，下棋者权衡利弊，为了保存实力而放弃一些无关轻重的棋子，比如那些"卒"。

而代课长，就是"车"，是留下来的棋子，因为相对于朱砂，她更有用，更能给福田部长和公司带来利益。职场就像一盘棋，充满了竞争和挑战，只有合理地利用棋子，适当地取舍，才能取得最终的胜利。

朱砂的事情让我更加清醒，要想在职场存活下来，并且取得进步，必须做那一枚"车"，站在不会被轻易舍弃的位置。

职场法则:

有句话说,两害相权取其轻,两利相权取其重,上司永远是"偏心眼"的,而你,就要努力做被他/她偏爱的那一个:

1. 出色的业务能力,是让上司对你刮目相看的必备条件;

2. 能给公司和部门带来业绩,你才是不可或缺的一分子;

3. 职场切忌任性,任性是一把伤人害己的刀,会让上司觉得你不懂事,没有大局观念;

4. 要学会审时度势、趋利避害,不要给上司添麻烦;

5. 跟上司和同事和睦相处、共同进步,你是集体的一分子;

6. 娇气、懒惰、粗心等都是你必须除去的杂草,不要让小毛病毁了自己。

我不是个稻草人

代课长不会像林课长那样,隔三岔五带着我去考察市场或者洽谈项目,她觉得这纯粹是在浪费人力资源。代叶单枪匹马地干,也安排一些工作给我,让我独立去完成。

她说,作为一个项目助理,我不能只是跟在课长后面跑跑腿打打杂,而是应该在实践中锻炼出强硬的业务能力。如果只是做之前做的那些,她觉得我愧对自己拿的薪水。

代叶说:"成程,我这么做是为了你好,你在SG工作也这么久了,不能说丝毫没有进步,但成绩毕竟是有限的。以前林东培养下属的方法真的很值得商榷,什么都不敢放手让你们做,这样你们什么时候才能具备独立操作业务的能力,什么时候才能独当一面?"

插播：

职场"稻草人"：形容在工作中缺乏激情和创造力的一种慵懒工作状态。"稻草人"们敏感程度和自我控制能力弱，工作效率低下，难以取得进展。压力太大、工作枯燥、竞争激烈等，是造就职场"稻草人"的主要原因。

按照国际公认的定义，衡量职业倦怠的三项指标分别为：情绪衰竭、玩世不恭、成就感低落。

她说得很有道理，但我却很没有底气，不过转念一想，这也是个不错的机会，可以独立接触市场，联络人脉，像课长说的那样，锻炼出独当一面的能力。

都说在职场，半年是个槛，一个人会从刚来到这个工作环境时候的满腹冲劲，渐渐沦为一个职场"稻草人"。

工作满两年之后，我的薪水倒是涨了不少，差不多可以拿到三千多的样子，加上我平时做兼职笔译拿的稿费，小日子过得还算滋润，心想再努力一把，等虫子过来的时候我们凑个首付把房子买了，省的整天瞅着飙增的房价愁肠百结。

现在，晚上回家跟室友们谈天，周末跟老同学闲聊，话题从几年前的风花雪月直接跨越到了柴米油盐。房子、车子、工资，这些市侩的字眼成了我们的关键词，也不知道是成熟了，还是变得现实了。

在工作上，我还是不敢懈怠的，但的确已经没有最初日子里的干劲了，好像都不会累似的。现在，很多时候身体是倦态的，容易犯困，思想也不够灵活，有时候冥思苦想也找不到工作思路。每天，支撑我工作的唯一念头竟是对下班那一刻的期许，每逢周一就精神萎靡，一到周五立即英姿飒爽，而周日晚上，一想到第二天就要开始连续上五天的班，简直痛不欲生，身心都陷入亚健康状态。

身边很多朋友也有这种感觉，我认识的一位记者师姐，刚开始工作的时候忙得脚不沾地，经常半夜三更还在外地车站等火车回来，后来，慢慢地就像退化成植物了一样，一听领导说出差就开始装病，今天阑尾炎明天肾结石，把自己伪装得比林黛玉还林黛玉，其实舒舒服服在家睡懒觉，上司也拿她没办法。

在私企工作的二雪更是感触颇深，她说，每天上班，无聊的时候她伸着懒腰想找人交流一下，结果发现左边的人面无表情地盯着电脑，很久都不动一下，像魂魄出窍；右边的人正摸着新买的滑盖手机，一开一合地锻炼着拇指；对面的人一边嚼着口香糖一边用座机接电话，嘴里不是肯定词就是否定词……

我情不自禁想到林志颖的歌，我只是个稻草人，不能说不能动……连婚姻的倦怠期都是七年之痒，职场上却要迅速得多。只是这么短的时间而已，方毕业时候的鸿鹄壮志，方入职场时候的凌云气势，都已经悄悄地消失不见了。

最初的梦想，就是在日复一日的重复中渐渐沦丧的，我们从鲜活的职场新人，变成了一排一排没思想没生机的稻草人。

沿着这条线设想下去，几年之后，我一定会变成一个呆板枯燥的欧巴桑，领着微薄的工资度日，上班逛淘宝，下班打孩子，做事的时候想尽办法偷懒，不做事的时候穷尽口舌说上司闲话。我被自己的假象吓到了，现在不勤快，将来会像稻草人一样丧失行动能力。我拍了拍脑袋，停止胡思乱想，赶紧逼迫自己忙碌起来。

生于忧患，死于安乐，任何时候都不要满于现状，不要在现状中停滞不前。

知足常乐，但不知足才会长乐，只有一颗不知足的心，才会一直保持斗志，一直勇往直前，达到最初的梦想。

职场知识:

如何摆脱"稻草人"状态——调整情绪心情

1 淡化现实对自尊的刺激,减少抱怨,尝试去肯定职场中的正面因素和自己的成绩。

2 郁闷压抑的时候,进行客观积极的分析,通过倾诉等途径寻找鼓励,摆脱麻木消极的心态。

3 多参加一些健康的活动,多进行有氧运动,从中获得工作成就以外的好心情,调剂和平衡工作中的压力。

4 勤于和领导沟通,和同事切磋,分享工作中的心得,也缓解压力。

5 最重要的一点,积极转换工作模式,尝试寻找新的思路和对策来解决工作中的问题,抗拒机械式心理,享受变化的乐趣。

理想太丰满,现实却骨干

代课长让我分管货源调配,这是个苦差事,不仅要熟知整个国内市场上的产品营销状况,还要有极强的沟通能力和统筹能力,跟各地的营销中心协调好,及时而合理地做出调配计划,并监管全程,不能出现任何差池。

我咬紧牙根上阵了,怀揣着对未来的美好期许,与残酷的现实开始作战。

我每天都要打数之不尽的电话,询问各地营销中心的需求状况,单是这一项工作就煞费精力,基本上对方的态度都不好,说资料已经呈交给营销本部和业务部主管了。我去问代课长,她说那些资料并不能代表实际的状况,需要我自己去了解,才能更好地开展工作。

　　没办法，我只有厚着脸皮一遍一遍地跟对方协调，先建立联系也好，以后工作起来就可以顺利一点。

　　到现在，才觉得自己之前确实是有些故步自封了，满足于在办公室纸上谈兵，缺乏实战经验，以至于现在工作起来力不从心，学来的一点小本事立即变得捉襟见肘，一遇到实质性的问题，简直不堪一击。

　　加班成了家常便饭，我曾经每天那么盼着下班，可现在很恐惧下午五点半这个时间的到来，因为手里的事情还没做完，这就意味着，我又要一个人留守办公室了。同事们陆陆续续地走了，我还埋头在资料堆里，写写画画，满脑子都是数据。代课长每次从我身边走过，微笑着跟我打招呼，成程加油，我先走了。

　　我讪笑着，这份来自上司的鼓励还真让我心酸，真希望她什么时候善心大发，给我点实质性的奖励。我坐在静悄悄的办公室里，从华灯初上到夜色深沉，忙的时候倒不觉得什么，一停下来准备要走的时候，疲倦和心酸就乘虚而入。

　　我心里开始不平衡。每次，加班的都是我们这些小喽啰，领导们想什么时候走就什么时候走，上班的时间不在办公室也不会有人说什么。我很狭隘地想，等有朝一日我当了领导，就可以领更多的薪水，享受更多的假期和机动时间，到时候我绝对不加班，有事情吩咐给下属做，自己跑去做美容做护理，修炼成职场妖精模样。

　　披星戴月回家的路上，忍不住打电话给虫子抱怨，当时他已经下班几个小时，跟狐朋狗友吃完饭喝完酒，舒舒服服坐在家里玩游戏了。饱汉不知饿汉饥，他自然体会不了我的心情，轻描淡写地嘱咐说早点休息，一点都抚慰不了我愤怒的灵魂。

　　晚上上了会儿网，翻译社的师兄问我有没有时间接稿子，我说最近工作可能会比较忙，只能接点小活干了。这位师兄很有才，毕业之后他只工作了三个月就辞职不干，说受不了领导压迫，然后借了几万块钱，又靠着比较活络的社会关系，开了一家小翻译社，自己做老板，成绩倒也不错，算是个成功的创业人士。

他的翻译社，其实满打满算只有十来个员工，而且多是行政和业务方面的，每天通过各种方式联系一些需要翻译的文件稿子或者书籍，再派给兼职人员。他和他的职工们手里的兼职翻译，估计成百上千。师兄靠赚取中间的差价来养活自己和公司，我很本分地从来没问过他到底每千字抽取我们多少利润。

我跟师兄发了一通工作上的牢骚，说实在不行就也辞职自己干，自己当老板，不用受管制。师兄说，自主创业的烦心事更多，整天除了考虑怎么扩大规模、丰富社会资源，从而取得更大利润，还要谋划怎么榨取员工的剩余价值。

我一阵恶寒，他发了个笑脸，说开玩笑的。

师兄讲了个故事，说一对师徒强盗去抢银行，被警察追得抱头鼠窜。徒弟惊魂未定地埋怨，如果世界上没有警察该多好啊，师傅劈头盖脸地骂："如果没有警察管着，大家都去偷去抢，哪还有我们的生存空间啊。"

师兄说，这叫做想吃肉就得任挨打，不要只看到别人风光的一面，要知道他们也有另外一面，有为了吃肉而流的汗水、泪水甚至血水。

我哈哈大笑，说："师兄，你是不是在暗示你现在给自己打工，只有下属没有上司，只有你管别人没有别人管你，生存空间就变小了？"

师兄回复说，给别人打工的时候被人管觉得束手束脚，不知道其实有人管制，却是一件轻松的事。后来自己干，才知道在管制自己的同时再去管制别人有多困难，自己管自己比让别人管自己、由自己管别人都要困难得多，这世界上最困难的就是随时具有自我管制的能力、扎实的行动能力和驾驭全局的能力。

站得越高，身上担着的担子也就越重，就算在外人看来，领导者们似乎是轻松而光鲜的样子,但其实并不是想象中那么简单。他们必须具备强大的统筹能力、抗压素质,既要对得起公司给的薪水和上司的期望,也需时刻面对和解决下属出的状况,在统领下属的同时又要防止被"谋权篡位",处境可以说是十面埋伏。我想起一个词,如人饮水冷暖自知,许多滋味都只有身临其境的人才能体会,外人哪怕再感同身受,也毕竟隔了一层。

那天睡觉,我梦见自己果真变成了一个强盗,每天在警察的围追堵截的夹缝中求生存,身手矫捷,思想狡猾,成为强盗中的头目,被同行们羡慕和景仰。

职场测试: 你是自己当老板的料吗?

以下每道题都有4个选项:A. 经常;B. 有时;C. 很少;D. 从不。

1. 在急需决策时,你是否在想"再让我考虑一下吧"?

2. 你是否为自己的优柔寡断找借口说"得慎重,怎能轻易下结论呢"?

3. 你是否为避免冒犯某个有实力的客户而有意回避一些关键性的问题,甚至有意迎合客户呢?

4. 你是否无论遇到什么紧急任务都先处理日常的琐碎事务呢?

5. 你是否非得在巨大压力下才肯承担重任?

6. 你是否无力抵御妨碍你完成重要任务的干扰和危机?

7. 你在决策重要的行动和计划时,常忽视其后果吗?

8. 当你需要做出很可能不得人心的决策时,是否找借口逃避而不敢面对?

9. 你是否总是在晚上才发现有要紧的事没办?

10. 你是否因不愿承担艰巨任务而寻找各种借口?

11. 你是否常来不及躲避或预防困难情形的发生?

12. 你总是拐弯抹角地宣布可能得罪他人的决定吗?

13. 你喜欢让别人替你做你自己不愿做而又不得不做的事吗?

计分:选A得4分,选B得3分,选C得2分,选D得1分。

测试结果分析：

得分 **50** 分以上，说明你的个人素质与创业者相去甚远；

40~49 分，说明你不算勤勉，应彻底改变拖沓、低效率的缺点，否则创业只是一句空话；

30~39 分，说明你在大多数情况下充满自信，但有时犹豫不决，不过没关系，这也是稳重和深思熟虑的表现；

15~29 分，说明你是一个高效率的决策者和管理者，有望成为成功的创业者，你还等什么？

PART 4 **

为自己的成长付出代价

电梯里的职场哲学

周一的时候接到通知,调任课长助理,成为代叶的专属手下。

代叶冲我眨了眨眼睛,我知道,这项决定应该也是她向福田部长提出的。代叶这个人虽然吹毛求疵,但也正说明了她在工作上的认真程度,我虽然对自己的这次小小调职感觉到有点突然,但也决定安之若素,好好配合她的步调,保持一致性才是王道。

戒掉你的依赖心,没有人有义务教你,每个人都必须经历曲折坎坷,才能找到通途。毕竟,每个人混迹职场都是为自己谋发展,职场没有活雷锋,可以心甘情愿地助人为乐。况且,所有的上司一定都有这样的顾虑:怕教会徒弟饿死师傅,怕青出于蓝而胜于蓝,怕苦心栽培出一匹跟自己抢饭碗的白眼狼。

任务忽然变得繁重了,代课长是完全的指令派,她只会交代目的:你去做什么事情。至于过程她一概不会过问,不管你用什么方式来完成,只要给出一个令她满意的结果就可以了,千万不要因为过程中的某些因由去叨扰她。在她看来,找出合理的办法解决你手中的问题,是员工的职责,而一步一步给予指导和提示,并不是上司的义务。

把手里的事做到最好,尽量把事情考虑得周详,不给代叶添麻烦,所以我俩的配合还算愉快。除却工作时间,她偶尔会约我一起去做护理,不过跟上司在自由时间里有来往,感觉还是怪怪的,总忍不住想顺从她的意思,她说吃西餐,我们就吃西餐,她说去健身,我们就去健身,一切费用AA。

那阵子,业务部异常热闹,各地的营销代表来来往往,我手忙脚乱地伺候着,生怕什么地方出个差错。接待来宾这种事情,明显是费力不讨好,因为你得事无巨细地为他们考虑，做得好，他们身心舒服，但也不会念你的好，碰上脾气不好的，连个好脸色都吝啬给。但万一有什么不如意的地方，他们极有可能会不留情面地指出，把不满反映出来，让你吃不了兜着走。

西南地区的营销代表叫黄磊，是个典型的暴君型人物，走哪都是一副要跟人讨债的表情，气势汹汹的。每次他来洽谈事务，我就跟大战前夕似的，整个人体力和心力都处于高度戒备状态。有一次，我跟他一起乘电梯上楼，刚好遇到项目策划茉莉，我礼貌性地问黄代表要去几楼，他沉默是金地说了个数字：23。

我和茉莉要去的业务部在18楼，于是我小心地按下23，再按下18，我看茉莉在一旁一副欲言又止的样子，碍于黄代表在场，也不好问。电梯到了18楼，我和茉莉跟黄代表说了声再见，一前一后地走了出来，隔着慢慢闭上的电梯门缝，黄代表的神情愈发严肃了。

茉莉小声跟我说："哪有你这样的，跟领导同乘电梯，要让他们先去想去的楼层，哪怕我们从23楼再走下来，也比这样好啊。"

我立即汗颜，枉我总以善于察言观色自诩，居然连这点最基本的职场礼仪都没留意到。之前我乘电梯的时候，也从来不管身边有没有领导，总是按下按键，到了目的地就下，丝毫不知道这里面也有学问。倒是茉莉一如既往得心细如尘，让我觉得望尘莫及，她是特别会察言观色的那种女孩子，只是给人感觉她所有心思，都用在钻营别人心思上了，所以代叶一直觉得她不靠谱。

不过，茉莉也有茉莉的好处，经过她善意的提醒，下一次，我就学乖了。领导的时间是宝贵的，要替领导着想，让他们直达要去的楼层。等把领导顺利"送"到了，再按下自己要去的楼层，返回。

职场小人物，要时时事事处处为领导们提供便利，才能成为宠臣。

职场知识：

你必须注意的职场礼仪

1 以右为尊,在与领导、来宾并排站立、行走或者就座的时候,你应该主动居左,请对方居右。

2 在排列宴会的席位时,如果只设有两桌,一般以右桌为主桌。在一张桌子上以面对宴会厅正门的位置为主位,由主宾就座,主陪应该安排在主宾的右侧。

3 乘坐由专职司机驾驶的双排轿车时,通常以后排右座为第一顺序座,请领导或者贵宾在此就座。后排左座、前排副驾驶座则分别是第二顺序座、第三顺序座。

4 乘坐电梯时,让领导或贵宾先上先下,主动站在开关按键处,并给领导或贵宾"优先权",尽量让他们先到达要去的楼层,哪怕你要去的楼层在先。

该出手时就出手

其实我脾气也蛮暴躁的,看到不顺眼的事就浑身来气,恨不得像个侠女一样快意江湖。不过我的好处是识趣,工作就是寄人篱下,我拿人家的工资要给人家干活,自然要安分一点,低眉顺眼一点,像百年的媳妇熬成婆那样熬着。

所以,每次工作时遇到争执,我都会尽量调和,避免冲突,做一个尽职尽责的和事佬。只是有时候,这种无条件回避冲突的做法却很不可取。

黄磊身边的助理徐惠子,模样还不错,瓜子脸丹凤眼,可论脾气跟黄磊就像是一个模子里刻出来的,从不正眼看人。我跟她虽然各为其主,但也是平级同事,她对我说话却从来都是颐指气使的,使唤来使唤去,碍于情面,我也没说什么,能忍的就忍了,不至于闹到矛盾激化。

可是那一次，我向各地营销中心征集季度销售数据，只有西南地区的迟迟未送上来。我打电话催了几次，惠子总是说最近比较忙，会尽快交给我。我只好先处理其他各地的数据，耐心地等着，可她那边还是没有动静。我再催的时候，惠子就态度不好了，声音温度绝对在冰点以下，说："我们有我们的工作进度，不能为了你的事就耽误我们自己的事情。"

我耐着性子说："这不是我一个人的事情，是公司需要，希望你可以积极配合。"

惠子说："你不要动不动就拿公司来压我，公司给你个鸡毛你也能当成是把令箭，还是尚方宝剑。"

我火了，说："及时给我材料，是你自己答应过的，现在又开始找理由找借口，现在就差西南地区没有把资料传真过来，如果因为你们一个部门，耽误了整个公司的运程，你担待得起吗？"

声音有点大，周围的同事纷纷看向我，我不说话，听电话那头也是一派安静。十几秒钟之后，惠子说了一句："成，听你的，都听你的，你比老板还大。"然后，电话被挂断了。

我正在预测接下来会出现什么形势的时候，惠子的材料到了。我松了口气，也顾不上管别的，立即开始继续被中断的工作。可是，我很快发现，这份材料很有问题，不仅格式不符合，数据也模糊不清，单说下季度销售预测上面，就出现了几次"大概"、"可能"等词汇。

我只好再次拨了电话给惠子，反映了这个问题。惠子更怒了，说："差不多就行了，你别没事找事，得寸进尺。"我压下气去，说："这是我的工作，必须做到最细致最精密。"惠子接话："行，你自己去跟黄代表说吧，本小姐没空伺候了。"

听着电话里嘟嘟的忙音，我又气愤又无奈，多大点事，居然费尽周折。周折就周折，如果拿到了我想要的结果也就算了，可现在还是一塌糊涂。看着桌子上惠子传来的那份漏洞百出的材料，我忽然觉得自己也太好欺负了。

想起惠子的最后一句话,自己跟黄代表说,我一横心,干脆真打了个电话给黄磊。他的声音听起来气定神闲,问我有什么事。

我把声音调到尽量温和,说:"业务部做报表的时候需要各营销中心提供一点材料,可是惠子小姐忙得一直顾不上,所以希望您能体谅一下惠子的辛苦,多给她找几个帮手,赶紧把详细的资料整理出来,我的工作也好顺利进行下去。"

黄磊听出我话里有话,说:"好的,我知道情况了,不会让你为难的。"

职场知识:

适当发怒的技巧

许多职场女性都有过这样的经历,在办公室里,努力工作却不被重用,反而总遇到刁难或者误解。这时候,要学会恰当地发怒。如果一味地忍让,一旦成为弱者形象,以后任你再用投诉或者呐喊的方式都难以有人响应;相反,如果发怒的方式不对,也容易让自己的职业生涯受到伤害。

1 需要发怒的时候要勇于发怒。不要让别人一开始就习惯忽视你的存在,如果你遇到不公平的待遇,就想办法让对方了解你的意见。该生气的时候忍气吞声,怒气就会慢慢侵蚀到你自己,有时候沉默不是金,只会让你渐渐变得怯懦。

2 学会理智地处理愤怒。不止在职场上,在所有的生活环境中,理智对待愤怒都是一种修养,是一种处事艺术。每次愤怒,可以先静候五分钟,在心里梳理一下事情的始末,估算可能会出现的状况,适度地抑制一下自己,然后有的放矢地发怒,而过于盲目地发怒,会害人害己。

3 发怒也是一种沟通。发怒的时候,要巧妙地运用语言技巧,胡乱指责或者人身攻击是绝对要不得的,我们要知道,在职场发怒的目的无非三种:澄清事实,增进相互了解;警告对方,维护自己的利益;防止以后出现类似情况,争取挽回损失。发怒是为了今后更好地工作,所以说,发怒也是一种沟通,言语需要直指关键问题,用合适合理的理由来解决问题。

我紧绷着的心总算舒展开来，黄磊显然并不打算护着惠子，否则我的处境就尴尬了。

当天下午，西南营销中心的资料总算传过来了，表格清晰，内容翔实，漂亮得没有丝毫错误，我心里的大石头总算落了地。

等把所有的数据汇集，材料整理好，再做成文件呈交给代叶的时候，她头也没抬地说了一句："成程，以后注意工作效率，不要因为你一个人，耽搁整个业务部运行。"

我无可奈何，说西南地区出了一点小状况，已经解决了，下次一定会注意速度的。

代叶自然懒得问详情，挥一挥手示意我可以出去继续工作了。

❋ 职场"杠杆女"的支点

业务部的人私下总说我是代叶和福田部长的"宠臣"。我暗暗有点得意，为自己努力的付出终于没有白费而高兴。我的工作量很大，也很繁重，一开始我总觉得是两位上级在故意刁难我，后来才意识到，是因为我的效率和效果更让他们放心。

福田部长经常在例会的时候，毫不吝啬地称赞我的工作态度和能力，我一边飘飘然，一边谦虚地回答：我只是做了我应该做的事情。代叶不是一个喜欢口头表扬员工的人，就算你做得再好，她也最多点点头，一笑而过，还是蜻蜓点水一般的微笑。不过，我还是更喜欢她对我的肯定方式，每次的员工加薪指标里，总也少不了我的名字，年终奖也给到了令我无比满意的额度。

员工的成就，是慢慢积累起来的，没有人可以一蹴而就，我相信，是我的踏实和坚持，让自己在这里终于有了立足之地。

公司发生了一件事情,使得办公室的气氛忽然又微妙起来。

产品管理课的人事有了变动,何流课长递交了辞职申请,全家移民,高层领导经过讨论,决定通过内部竞聘的方式来选出新的课长,这个消息不胫而走,迅速传播开来。

茉莉私下里问我,有没有对这个职位动心。我笑着回答,有贼心没贼胆。

我说的是实话,我的"贼心"很大,内部竞聘,毕竟是千载难逢的好机会,虽然产品管理课没有项目管理课的权力大,但如果能够坐上课长的职位,不仅薪水级别大涨,也可以得到更多接触上层领导的机会,为进一步的发展提供有力帮助。

日企相对于其他外企来说,员工的升职速度要明显缓慢一截,因为员工的"资历"向来就是日企极为看重的一点。所以这次有了个课长职位虚左以待,人人都视为机会,内部竞聘的消息一出,公司潜伏在各个部门的高手们蠢蠢欲动,僧多粥少,能落到我头上的几率,可能是小概率事件。

小概率事件,也代表有发生的可能性,它的充分条件是我的参与。只有我参与,才有可能成功,如果放弃,成功的可能性就只能为零。

我等这样的一个机会已经等了太久,不想就此放弃,做一个临阵脱逃的胆小鬼。哪怕失败了会被嘲笑,也不想躲在角落里当看客。

周五的时候,项目课开完一周小结会,我单独跟代叶说自己会参加这次竞聘。她像是意料之中,没有

插播：

内部竞聘,是指对实行考任制的各级经营管理岗位的一种人员选拔技术,以公开、平等、择优、量才为原则,公司的全体员工,不论职务高低、贡献大小,都站在同一起跑线上,重新接受公司的选拔和任用。

竞聘上岗体现优胜劣汰的市场化观念和竞争意识,鼓励员工不断创新,实现自我提升,为组织注入新的活力,同时强化员工的使命感和责任感。

太惊讶，但还是意味深长地说："成程，你要自己考虑清楚，是先在目前的岗位上继续锻炼，还是盲目地去争夺一个可能不适合你的位子。"

我笑着说："我只是想去尝试一下，如果只当一个观众，以后想起来一定会觉得遗憾。所以我愿意盲目一次，顺便称称自己到底有几斤几两。"

看代叶沉默的表情，我故作俏皮地打破僵局，说："代课长，如果我大败而归，您不会觉得我丢了咱项管课的脸，就不要我了吧？"

代叶的面色缓和了一些，说："行，你自己的事情需要自己决定，如果强行不让你去，以后你会怪我的。要是竞聘成功了，可别忘了常回来看看，还有最重要的一点，不要只顾准备竞聘的事情，就耽搁了眼前的工作，有什么差错的话，我可不饶你。"

从课长室出来的时候，我知道，可以正式把竞聘的准备工作提上自己的日程了。为了进步，我时刻准备着。一个人若想取得成绩，除了努力让自己变得强大，积攒获得成功的自身条件，还需要等待机会，机会出现的时候，要抓住并且合理地利用它。

阿基米得说，给我一个支点，我可以撬动整个地球。职场上也是一样，那些看似生命中不能搬动之重，其实并没有那么可怕，只要准备好一个足够长和坚韧的杠杆，再测量出合适的支点，施以力气，就足以接近成功。

这次机会，就是我所要找的一个支点，能不能把我的职位送上高处，就看整个杠杆运动是否能够圆满完成了。

❋ 一场不华丽的冒险

到人力资源部领了申聘表格，填好后递交过去，接下来就是等待初审结果了，我像以前找工作的时候等待面试机会一样忐忑不安。

虫子对我的决定不是很满意，他说你一个女孩子家，还是安分一点好，这样一来会向上司暴露你的野心,以后肯定不待见你。我反驳,没有一个职工不希望升职,获得更好的工作机会,而所有的上司都明白这一点。如果因为怕上司以后会给我小鞋穿,就一直做个坐井观天的小职员,那也未免太不明智了,简直是把自己的前途当儿戏。

不满于现状,并且有积极改变现状的思想和行动,这是每个职场中人都应该信奉的信条。

公司网站上终于公布了入围名单,我心惊胆战地查看,终于在最后一行看到了自己的名字。入围的人共有七个,我是七分之一。接下来,会有一场笔试,一场面试,选拔出三个合格者,之后人力资源部会提交任职建议供高层决策。

来不及考虑太多,就迎来接下来的考验。笔试倒是很简单,考的都是基础知识,虽说我是日语系出身,但刚入公司时候经过企业培训和自己的恶补,普通的题目也完全可以应付得来,感觉问题不大。

面试的时候,评审组有三个主审官,轮番问我问题。

问:"为什么要来参加这次竞聘?"

答:"这个职位是目前公司需要补缺的位置,而这次竞聘是公司提供给全体职员的一次机会,我希望能通过参与,全面考核自身的工作能力,同时也希望自己能够获胜,在新的岗位上为公司服务、提升自己的价值。"

问:"你认为你与其他的竞争者相比,有什么优势和劣势?"

答:"优势方面,第一,我进公司以来就一直在业务部工作,我相信在所有的入围者中,没有人能比我更了解业务部的工作流程和现状;第二,在业务部,我有丰富的工作经验和良好的人际关系,获得了上司和同事的一致认可,他们会支持我;同时,我认为,我具备足够的素质来担任这项工作,尤其是最重要的组织协调能力。至于劣势方面,我入公司的时间不长,可能会给人以资历尚浅的感觉。"

问:"如果竞聘失败,你会怎么做?"

答:"很简单,调整心态,查漏补缺,下一次遇到机会的时候继续挑战。"

问:"如果竞聘成功,你要做的第一件事是什么?"

答:"庆贺一下,然后立即投入工作,跟上任课长做好交接,并向上司提交我的工作计划,跟下属协调好。"

问:"你有没有觉得,对这个职位来说你还有点太年轻了?"

答:"公司既然决定通过竞职的方式来选拔,就是考虑到年轻人中也有可以很好地胜任这份工作的人才,我认为一个人的能力水平并不受年龄的限制。"

问:"你认为自己是个人才吗?"

答:"通过招聘关卡进入公司的员工,个个都是人才。每个人都有自己的专长和优势,我认为我不仅是人才,而且还有很大的提升空间。"

……

主审官们采取车轮战术,问题一个接一个,而且要求迅速作答,完全不给我深思熟虑的时间。他们是想在过程中考察面试者的心理素质和临场反应能力,我尽量让自己态度平静、思路清晰,语速平稳而有节奏。

面试次序是按照网上发布的入围名单倒着排的,所以我是第一个。第一个入场有好处也有坏处,好处是不必守在门外漫长地等待着,有些事情需要一鼓作气,因为再而衰,三而竭,很容易越等待越忐忑,渐渐丧失了最好的状态。而坏处是,第一个入场的人完全没有参考版本,只能自己摸索着上阵,不比后入场的人,还会多一点准备时间。

我从面试间出来的时候,看等在外面的六位同仁个个都是备战状态,有的是胜券在握的表情,也有的如临大敌。看到入围名单之后,我就私下打听过对手们的来路和实力,有出口部的精英,有行政部的骨干,都虎视眈眈盯着这块肉。

跟他们擦肩而过的时候,我忽然觉得坦然,有些事情,结果虽然很重要,但结果并不是你能控制得了的。唯一能做的,就是全力以赴地参与并且享受这个过程,这是没有人能够剥夺的你的权利。

回到办公室，茉莉很热情地过来问我面试得怎么样，我说感觉还可以，不过对手都很强，所以希望不大。茉莉一副理所当然的表情，长长地哦了一声，说没关系，你还有我们呢。

代叶倒是没表现出任何异常，照旧风风火火地工作，照旧催我做这做那。

几天后，复试结果出来了，我如大家所料地榜上无名，有点失落，白忙活一场，结果就是给大家演示了一下什么叫做不自量力。

✳ 左手事业，右手爱情

胜败乃职场常事，这句话用来安慰别人是合适的，但却安慰不了我自己。我尽量粉饰出若无其事的样子。其实，也许我并没有那么看得开，不然就不会怎么都打不起精神来。

如果有月光宝盒，让时间倒流，我又应该做怎样的努力，来挽回失败的局面呢？入选的那三个人，性别都是男，年龄都在30岁以下，两个有过国外工作经历，还有一个在SG工作七年，年年都是明星员工。

职场中，领导最忌讳的就是员工的诚信、公平等品性方面出现问题。作为员工，如果业务能力不够，可以学习，如果技术方面欠缺，可以培养，但如果人品方面犯下错误，却是绝对不会被容忍和原谅的。

我努力享受自己的失败，也拭目以待，看最后到底花落谁家。不过，本以为已成定局的事，没想到却发生了翻天覆地的戏剧性变化，几天之后，我忽然接到通知，入围人选有变，我的名字居然又出现在三个候选人的名单里。

听小道消息说，是其中一个候选人出了点状况。据说他非常不理智地对人力资源部的人行贿，请他们透露内部消息给他，结果被毫不留情地揭发，直接出局，据说下场还十分惨烈，被直接辞退。

也正是因为他的离职，初试和复试总成绩排在第四的我，排名提前了一位，顺利成为三名候选人之一。我哭笑不得，这样的情况是我完全没有预料到的，先心灰意冷，然后又忽然有了转机。当然，转机也不过是暂时的，很有可能，它带给我的是又一轮从希望到失望的过程。

心里有一点庆幸，但这庆幸也让我不安。职场上，没有人能一路依靠幸运勇攀高峰，你可能一时走运，却不可能一世都如此。所以，在为暂时的幸运而快乐的时候，我也免不了想起了福兮祸之所倚的道理，担心下一步就是接踵而至的凶险。

不过，从七进三的PK中得以胜出，还是值得开心，虽然被冠以走狗屎运的头衔，我还是为自己开脱地想，如果没有我的努力，如果我的名次排到第五，就算三甲里去掉一个，仍然轮不到我。这几年我做了那么多，不就是为了把自己尽量摆在领导可以看到的位置吗？

不断地提高自己在排行榜中的地位，这是职场中最重要的定律，如果你有进取心的话。

竞选课长一职，剩下的三选一，是根据员工和领导的意见来取舍，人力资源部会综合调查三个候选人的工作能力、人际关系等方面的问题，最后决定胜出者。过程很繁琐，他们制作了专门的"评价表"，分别发放给我们三个在工作中最经常接

插播：

360°绩效评估，是公司为员工工作绩效打分的一种方式，最初起源于英特尔公司。它指通过员工自己、上司、部属、同事甚至顾客等全方位角度来了解个人的绩效，考察范围广泛，包括人际关系、领导能力等各个方面。通过这种理想的绩效评估，被评估者可以获得多种角度的反馈，也可以从这些反馈中清楚地知道自己的长处、不足和发展需求，使得以后的职业发展更为顺畅。同时，公司也可以运用"360°绩效评估"，来全方位检验员工的工作能力。

触到的人,考察项目包括沟通技巧、人际关系、行政能力、工作态度等等多方面,这就是风靡外企的"360°绩效评估"。

人力资源部对我们三人的"评估",都是秘密进行的,代叶和部长手里应该都攥着我的评估表,而在同事那个范围里,我就不知道是谁被抽取到对我进行评估。一时间,看谁都像看到亲人一般,希望他们在填表的时候能对我"仁厚"一点。

办公室里也开始议论纷纷,有时候,在走廊里还能看到大家三五成群地窃窃私语。我一进门,同事们就各自回自己的位置,装模作样地开始工作。茉莉私下悄悄开我玩笑,说他们都怕你忽然变成上级呢。我摇摇头,说八字还没一撇。

那一撇很快就下来了。我没想到,自己居然会是那个胜出者,接到升职通知的那一刻,我狠狠地用拇指掐着自己的食指,生怕一疼就醒来,发现不过是黄粱一梦。

还好,痛感是真实的,通知也是真实的,我终于获得了步入职场之后的第一次升迁,从项目助理到课长,虽然目前来说只有两个部属,但也算是往前跨进了一大步。

人力资源部的同事告诉我,我是以微弱的优势取胜的,听说,代叶和福田部长都对我的工作能力给予了良好的肯定,说丁成程这个人是个可造之才,全业务部数她最能干也最上进。

人力资源部会积极考虑业务部的意见,以便于何课长走后产品管理课的工作可以协调而迅速地进展下去。我对福田部长和代叶充满了感激之情,完全没想到他们会助我一臂之力,我一直以为,代叶是不愿意放我走的,因为如果我竞职成功,会从她的下属变成她的平级。

她也是第一个跟我说恭喜的人,我心领神会地说:"我能取得今天的位置,还是要多谢你的帮助。"代叶很"官方化"地回答:"这也是你自己努力的结果,今后的路,可就靠你自己了。"

晚上，办公室里的同事特地给我开了一个小型的庆贺party，福田部长和代叶都没有到场，大家反而更放得开一些。茉莉喝得微醺，说："成程，你也太幸运了，整个办公室几乎数你来得最晚，可是数你升职最快，明天开始，你就是我们的上级了。"

我不知道应该说什么好，就颠三倒四地转移话题，大家也就心照不宣地吃喝玩乐。

回家的路上，接到虫子的电话，他不痛不痒地说着风凉话："爬得越高，摔得越惨，你可要小心点，本来就不漂亮，万一脸着地的话更带不出门去了。"我笑着反击道："相公，你是不是怕娘子我当女陈世美，不要你这个糟糠之夫了？"

他沉默了一会儿，说："我是怕你扎根成都太深，而我完不成我们的三年之约。"

三年之内他回成都，刚毕业那会儿他就这么说，现在已经过去两年，仍然没有丝毫实现的迹象。我忽然觉得冷，事业上的小进展让我越来越依恋这座城市，很想在这里活得出色，可如果，真得要让我用自己的爱情来献祭，到底值不值得？

我小声地哭了，自私而执拗地说："我不管，你一定要过来，你答应过的，说话不算数是小狗。"电话那端，他叹了口气，说："成程，我想你了，从前的你。"

✳✳ 每一天的太阳都是崭新的

我正式拥有了自己的一间办公室，茉莉帮我把东西从原来的办公桌那里搬过来，临走时故意煞有介事地说："丁课长，以后请多多关照。"

我觉得特别不自在，就好像一个孩子偷戴了大人的帽子一样，怎么看都别扭。

这里的采光通风都不错，不像我原来的位置，虽然临窗，可是一天到晚阳光照射不到,风吹不到,感觉阴沉沉又闷闷的。站在窗口,我第一次从这个角度看下去,觉得一切都是新鲜的,包括我充满希望和未知的未来。

我的底薪涨幅不低,4500元,再加上绩效工资,可以拿到6000元左右,从目前来说,已经是我满意的程度了,不过我也知道,代叶拿的不止这些,同样是业务部的课长,项管课和产管课的差距却不小。

我那"唯二"的两个部属,是计划专员王巍和翻译小杜,其中小杜也参加了之前的竞聘,不过没能进入到复试就被刷了下去。王巍在公司待了四年,也算是个老员工了,以前跟他接触不多,只觉得他人看起来冷冰冰的,很不好相处的样子。

我把他们两个叫到办公室,很诚恳地讲了一番早就预备好的话,意思是说大家以后要同舟共济,一起把产品管理课的工作做好,不要辜负何流课长的期望。

何课长临走的时候,也曾跟他们两个人说要积极配合我的工作,还用厚实的手掌拍了拍我的肩膀,他是一副功成身退的轻松表情,却立即让我觉得压力倍增。

王巍和小杜显然也不适应我这个新上司,表情有点生硬,还恭敬地喊我课长。我说你们叫我成程就好了,小杜却说:"丁课长,我们又不是美国公司,不习惯直接喊上司名字,这里等级还是挺森严的。"

丁课长,看来我得花点时间来适应这个新称呼了。

福田部长特意找我谈话,问我有没有信心在这个岗位上大展拳脚。我硬着头皮说:"如果没有信心,就不会参与竞聘,我是不会轻易尝试的,既然当初决定要竞争这个岗位,就做好了胜利和失败两个方面的准备。"

福田部长满意地点点头,说:"那就期待你的表现了,好好干。"

面对新的环境,我需要足够的自信来接受挑战,畏惧感只能是自己给自己设下的一只拦路虎。自信,有时候哪怕带着一点盲目,也可以给人以勇气,这或许是一种积极的心理暗示吧。

✳ 看上去很美

有一些事情,若不是身临其境,你永远无法真正体会个中滋味。

就像我,一直苦盼着升职加薪,每天在心里默想如果实现了,我将采取何种路线大展拳脚,通过何种途径大展宏图,方针路线头头是道。可这一天真正到来的时候,我才发现,就算你有再充足的准备,在身临其境的时候也无法面面俱到地应对所有的问题。

成长背景和个人经历使我变成一个"有事一肩扛"的人,一直觉得自己有担当也有冲劲,这次当了个课长,我第一次有人可管。尽管整个部门加上我也只有三个人,我还是充满激情、干劲十足。

我像个战斗机一样,每天早上睁开眼睛第一件事,就是告诉自己今天一定要加油。到了公司,大事小事一手抓,恨不得一个人拆成三个用。我很珍惜这次的升职机会。要知道,日企跟其他欧美企业相比,论资排辈的思想比较深。在日企,即使是非常优秀的应届毕业生,从一张白纸到得到课长的职位,起码也需要三到四年的时间,所以说,我已经算是一个破格升迁的特例了。幸运女神不会一直眷顾,我生怕一不小心,爬得越快,就会摔得越惨。

SG有它独特的人才培养模式,叫做"特称升格制度",职位包括员工、课长、部长,等等,直接跟津贴挂钩。只有在软件和硬件两方面具备了公司规定的严格条件之后,才能获得被推荐的资格,还需要经历笔试、面试、七至八个月的努力、发表工作过程和结果等一系列的复杂过程之后,才能被决定能否提升特称。一般来说,提升一次,通常需要一年左右的考察期。

因为我是内部竞聘上岗的,所以没经历这么多复杂的程序,不过,我同样需要一年左右的考察期,才能把课长的职位稳定下来。虽然我的课长称号前并没有"代理"这两个字,但是包括我在内的每一个人都知道,"代理"却是压在我头上的一座大山,很难摆脱。

产品管理课主管合资产品产销方面的协调工作,很长一段时间,SG合资产品在国内的销售量要略逊于独资产品。我上任后,立即与各地的营销中心代表们建立联系,向他们传真了书面的材料,声明我接替了何流课长的工作,以后负责这一块的工作,同时希望他们积极配合,大家一起搞好工作。

不过,营销代表们反应平平。我之前做项目管理的时候跟他们接触过,这些各地的营销代表,一个比一个架子大,走起路来气宇轩昂,讲起话来抑扬顿挫,如果没有底气,很容易被他们的气势威慑到。

我吩咐小杜负责定期收齐各地营销中心的报表材料,可是小杜一脸不情愿地说:"我是一名翻译,按说只负责笔译口译方面的工作。"

她一边埋怨着,一边还把眼睛瞥向王魏。王魏正埋头电脑前,抬起头来特别无奈地说:"课长,你也知道我这个人不擅长交际,万一出什么岔子,我担待不起啊。"

我算是明白了,这两个人虽然表面上对我毕恭毕敬的,但口服心不服,一心想给我个下马威。我的脸不自觉沉下来,问:"何课长在的时候,你们是怎么开展工作的?"

小杜顿了一下,说:"何课长喜欢身体力行,别看他人挺低调的,其实特别喜欢跟人打交道,那些营销代表都跟他处得好着呢。"

这弦外之音,大概是影射我没法震得住场子。

日企有个特点,就是员工流动率要低于欧美企业,如果不是犯了原则性的错误,公司不会轻易炒出一盘鱿鱼,所以,许多员工都是一副"反正又不至于丢饭碗"的架势,该偷懒就偷懒,该跟上司耍滑头就耍滑头,很让人头疼。

我开始明白之前林课长和代课长为什么都对我表示亲近,因为我可能算不上很聪明,但是勤奋,别人可能会偷工减料,但我绝对会真枪实弹地干。这一种蛮横的傻劲,大概很招上司喜欢吧。

让王魏去跟营销中心沟通，我是绝对不放心的，按照他沉默到有一点木讷的性格，搞不定那些自视甚高的代表们。我耐心做小杜的工作，说我当时进SG，也是奔着翻译的职位来的，没想到却阴差阳错地做了项目助理，又意外地升了职。而翻译这个工作，受累不讨好，上司会觉得你只会纸上谈兵，没有实战经验，升职的时候很有可能就把你忽略过去。

我的苦口婆心，终于让小杜有点动心，说试试。我把全国营销中心的资料拿给她，让她先熟悉一下，转身走的时候，心想我这个课长还真是一点威严都没有，走怀柔政策，像前任何课长一样，客气地"请"部属来做事。一时间，我的心里忽然倦怠得厉害，总觉得课长就应该雷厉风行，说什么就做什么，手下也应该精明利索，让干什么就出色地完成。

刚进业务部的时候我就觉得有点奇怪，何课长没有课长助理，后来，同事们私下里告诉我，是他自己对福田部长表示不需要的。据说，从前他有个女助理，结婚后就辞职了，这个位置就一直空缺着。

我寻思，我刚刚上任，也不好跟上头开口说要人，只好勤奋一点，率领着我们三人小团队像风火轮一样转起来，几乎是脚不沾地地奔波了。我都奇怪从前何课长看起来都是一副优哉游哉的样子，还以为产品管理课的业务没那么繁忙，现在才知道大错特错。

小杜跟我透露说，公司的赢利大部分靠独资产品撑着，合资产品的利润相对较低，上头给安排下的任务量也就相对较少，所以，何课长只求保底，并没有多大冲劲，他自身持有SG股份，就算不工作，每年也有不少红利进账。

可惜我没有那样的资本。我总把自己想成一代侠女，赤手空拳闯天下，人家有的是背景，我有的只是背影，所有的事情都只有自己承担，除了依靠自己，我别无选择。

我每天鼓足劲给王魏和小杜灌输"努力改变现状"的思想，鼓励他们跟我同舟共济，一起把产品管理课的业务处理好，把业务量提上来，只有这样，才

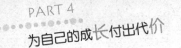
能提高我们课室在业务部的地位。

小杜向来就对项目管理课的姿态不满，情绪自然被我调动得激昂起来，工作也积极了许多；王魏虽然表现普通，但也差强人意。

看上去很美的课长生涯，就这样轰轰烈烈地展开，带着一点仓促。

我面临的首要问题，是树立自己在这个团队里的威信。所谓威信，是指在社会交往中影响与改变他人心理和行为的能力。威信是"无言的召唤，无声的命令"，作为一个基层管理者，我想要充分发挥自己的管理能力，威信的高低是一个关键因素。当然，威信既不能问上下级要，也不能靠自己吹，必须通过长期的努力才能获得。

职场知识：

如何在团队中树立威信？

1 业务熟练。若想成为团队的主心骨，你必须对公司运营手册上本部门的工作流程、行为规范了如指掌，才能提高工作效率，同时获得同事的信任。

2 以身作则。只有从方方面面严格要求自己，才能在别人眼里树立威望，如果连你自己都时常"违规"，团队里的其他人自然就不会信服。

3 有亲和力。不要随时摆架子，要以诚待人，保持思想感情上的沟通，防止心理距离上的疏远，会对整个团队的团结一致有不小的帮助。

4 坚持原则。在工作中，做事要客观，对事不对人。原则必须坚持，但在无损于原则的情况下，要适当地变通，一味执行而不讲方法，也是不可取的。

5 勇担责任。你肩上担负的是一个团队的进退，出现状况的时候，要勇于承担并且积极寻求解决方法，而不是逃避或者推卸，大将风范会让你赢得大家的尊重。

6 赏罚分明，恩威并重。做事的时候，要为整个团队、每个成员的利益考虑，同时，要有明确的赏罚措施，调动团队的积极性。

✳ 有需要，还需要自己开口

同日方独资的产品相比，合资产品的利润较低，分配给各地营销中心的利润提成也就比较低，所以，他们自然宁愿多费点工夫在独资产品上。有时候，有些冲着合资产品来的客户，也在他们的劝说下改变了意向。

虽说产品都是SG的产品，绩效都是SG的绩效，但一任这种"一边倒"的趋势发展下去，也不是个好的选择，这个问题如果一直得不到注意和解决，会导致合资产品的相对滞销，影响合资工厂的生产运行。按说，合资产品的成本较低，操作也简洁方便，应该说，更适应国内市场才对。

我抓住一切机会跟营销中心的代表沟通，向他们询问提高产品销售量的方法，也委婉地给出一些建议，同时要求他们把客户的资料和回馈意见都反馈给我，仔细参详，只有知己知彼，才有胜算。日子过得马不停蹄，很辛苦，同居的室友姑娘们选了个小长假兴高采烈去度假了，我还在那看味同嚼蜡的资料，内心非常不平衡。

刚好，兰州营销中心有一点小问题，我就带着小杜出差过去，心里想着，权当出去走走散散心，虽然是为公事，虽然只有两天时间。

一般来说，产品的售后服务，是由各地的营销中心负责的，只有在他们无法处理的情况下，才由我们出兵。这次，是兰州一个较大的客户跟营销中心有纠纷，反映高价买来设备，却没买来良好的售后服务，设备出差错之后，售后人员没有第一时间赶到现场，导致他们的生产线全方位崩溃。他们要求退货，但营销中心的人却拒不处理，于是，纠纷一直传达到总公司，我就火急火燎地过去了。

兰州营销中心的代表叫孙红林，我看过各地代表的资料，他只有28岁，但长得有点老成，像三十五六岁的样子，说话也稳重，一字一顿的，走路更踏实，一步一个重重的脚步声，我都怀疑他往自己鞋后跟上订了块铁跟。

我向他问清了情况，现在是客户坚持要退货，但是因为已经超过了SG规定的无条件退货期，所以孙红林表示不能全额退款，于是对方恼羞成怒，结果就闹成了僵局。

我让孙红林安排我下午跟客户见面，就去宾馆休息。以前跟着福田部长出差的时候，我享受的是员工的出差待遇，250元/天的标准，升为课长之后，涨了100元。小杜羡慕地说起这一变化，我苦笑，心里想靠这一点微薄的差距，我也发不了财，倒是肩头沉甸甸的责任，快把我压出颈椎病来了。

下午，我如约见到了客户代表宋经理，是个40来岁的中年男人，长得粗壮，声音浑厚，是很容易给人压力的那种人，陪同来的还有两个主管。这三人一登场就喋喋不休，大意是说SG设备质量不足，也不讲信用，给他们带来了损失，要求在全额退款的基础上，再追加一定的赔偿。

宋经理对我的身份还表示了惊讶，不痛不痒地说了一句："贵方的课长这么年轻啊。"

我稳住情绪，认真地解释说："我已经听了兰州营销中心的汇报，设备出现问题的原因，是由于贵方的技术人员没有按照正确的方法使用，而使用方法，在卖出设备的时候，我们就已经安排专门人员亲自操作并讲解，同时也配套送上了完备的说明书材料，所以，SG的设备是没有问题的。而至于售后服务，我方技术人员已经尽量力求完善，但贵方却以强硬态度干涉阻挠，从而影响了问题的顺利解决。"

宋经理并不买账，一口咬定是设备出了问题，责任在SG。我耐住性子，心平气和地说："只要你们能拿出证据，证明确实是SG产品的质量出现了问题，我们自然会给出妥当的补偿。"宋经理含含糊糊地说："已经是半个月前的事情了，上哪去拿证据去，客户就是上帝，我方说是设备的问题，就是设备质量的问题。"

见他开始耍赖，我火大，又尽力克制住自己，说："宋经理，不如我们重新来调查到底是哪里出了问题，反正，我有的是时间耗。我在兰州，工资不少领一分，还有一天几百块的出差补助，我乐意在这里查个水落石出。不过，就得连累你们的生产线一直停滞着，直到查个水落石出了，如果查出来是我们的问题，我们一定按条约补偿，但补偿的数额能不能抵得过你们停工的损失，我也不能保证。如果查出来是贵方使用设备错误带来的损失，那就不好意思，我们不会有任何表示，还会追究你们的诽谤。"

宋经理愣了一下，眉头就紧紧皱起来了，隔了一会儿，说："那依你的意思，你要怎么处理这个情况？"

我一听这话，立即觉得事态缓和了些，就说："由我方技术人员去检查和修复设备，争取设备早日可以重新使用，这样也就皆大欢喜了。鉴于这件事情给贵方带来的麻烦，我们可以追加一年的上门保修服务。"

宋经理犹豫了一下，像付出很大牺牲似的，伸出手拍了一下桌子，说："成，就这么办，我们北方人都爽快。"

我换上一张笑脸，说："对，以后大家在生意上还要互相照顾。"

晚上，我、小杜、孙红林跟宋经理和他的两位主管一起吃了顿饭，就安排在营销中心附近的宾馆里。宋经理海量，三杯两盏下肚，面不改色的，声如洪钟地说："丁课长，我真的很佩服你，一个小姑娘，能爬到现在的位置，吃了不少苦吧？"

我看着他的眼神，感觉里面有点不正常，就好似在暗示我一定是靠着什么不正当的关系或者什么靠山才当上这课长似的，心里立即有点恼怒，又闷闷地发不出火来。

女人就是这样，做什么都难，稍微有点成就，就会被以为是踩着男人的肩膀爬上去的，这让我很委屈。

孙红林很会劝酒，不一会儿就把宋经理喝得跟他称兄道弟的，我不免心里犯嘀咕，看着他，也不像不会交际、不会处理麻烦的人，为什么这点事就忙不迭地汇报上去，让我千里迢迢跑过来？

我试探着举杯，要跟他喝酒，顺便抬高他地说："孙代表才28岁，能有现在的成就，才是真正的不容易啊。"我说的是实话，兰州营销中心的成绩在整个西部地区，也算得上是数一数二的。

孙红林笑得恰到好处，露八颗牙齿，多一个嫌多，少一个嫌少。他说："身份证上的年纪其实是错的，其实我今年已经31岁，而立之年都过了。"

最后散场，孙红林送宋经理一行三人上车，又开车送我和小杜回了宾馆。我喝得有点迷糊，一路就听孙红林絮絮叨叨地说什么，久闻大名今日得之一见果然不同凡响之类的话，我嗯嗯啊啊地答应着，口舌还是清楚的，心里却乱糟糟的。

凌晨的时候，昏睡中的我被手机铃声吵醒，响了很久，我不接，它就一直响。

我的手机铃声，是一首舒缓空灵的法语歌，有句歌词我特别喜欢，翻译成中文是：我害怕这世界和未来的日子，我害怕说我爱你。

后来，我终于伸手拿手机按了接通键，听一个男声跟我说："我在成都了。"我有气无力地"哦"了一声，就挂断了电话，一边继续昏睡，一边还在想，这个声音，怎么这么像虫子？

第二天早上，我像被针扎一样地醒过来，看通话记录，真的是虫子……

我把电话拨过去，他心情相当不爽，说已经按照从前我给的地址，到达我住的地方了，室友姑娘们热情接待了他，唯独我这个女朋友，身在他乡不算，还挂断他电话。

我惊喜得想跳起来，可还得注重一下课长的形象，于是按捺着喜悦，跟小杜说回程提前，让她订了中午的班机回成都。上午，小杜喊我去吃正宗拉面，我都食不知味，只会莫名其妙地笑。小杜说我的笑让她毛骨悚然，鸡皮疙瘩都快起来了。

回到成都,自然还要向福田部长汇报。我看到留守的王魏在一堆堆资料和一通通电话中手忙脚乱的样子,一横心,在汇报完兰州的工作后,对福田部长说,课室里实在是人手短缺,让我施展不开,请求支援,为我招聘2~3名助理。

之前,其实我心里一直在抱怨,福田部长明明知道产品管理课缺人手,却迟迟不肯开口招兵买马,反而不断地交代任务过来,或者指点我们工作的哪方面不够完美。

福田部长叹一口气,说:"我一直在等你开口啊。工作任务重,忙不过来不是你的错,但是试图以三个人的力量来挑战这么大的工作强度,就是你的不明智了。之前你什么都不说,让我误以为你们课室可以胜任更多的工作量,是你自己制造了你们的负担!"

我惊讶,原来他不是看不到,是在等我开口。我以为,自己还是学校里的学生,老师多给一些功课,我就多花一分力气,靠着小聪明和勤奋把功课做完,赢来表扬,让自己心满意足。在职场上,刚刚升职的我,太注重表现自己的干劲和能力了,把自己弄得像一头操劳过度的生物,还连累小杜他们跟我一起受累,反而忘了,我也是可以提要求的。

我为什么不开口请求支援?真正的原因是,我怕开这个口,会让福田部长觉得我能力不足,觉得我刚上任就要东要西,没错,是我自己的问题。

职场法则:

职场中,闷葫芦不少,女性占的比例更多。事实真相是:如果你善于推卸责任,那就不太可能被领导信任;但如果你不懂得为自己争取应得的,你也还是咎由自取,也不配担当大任。

在一万英尺的天边

福田部长答应了我的招人请求,但因为部长室里的那番对话,让我心情压抑。

晚上,直接打车回去,虫子给我开的门。看到他,我没有想象中的喜悦,反而委屈得想哭,干脆就趴他肩头痛哭一场。虫子尴尬地站着,拍拍我的背,说:"丫头,都是课长了,还哭得这么难看。"

课长应该怎么哭,才好看呢?我把他的背捶得震天响,听见他的心扑通扑通地跳。

擦干眼泪,我开始吐槽,把工作上大大小小的不顺利都倒出来,稀里哗啦,这时候才发现自己是攒了多少牢骚,它们居然安分地在我的身体里待了那么久。

我的牢骚,从饭桌上一直发到卧室里,绵绵不绝。后来,终于看到虫子略带疲倦和不耐烦的脸,我戛然而止,才想起来问他:"你怎么忽然跑过来了?"

虫子欲言又止地说:"休年假,所以过来看看你。"

我说:"你忽然不打招呼就过来,都不带预约的,我都没空陪你啊。"

他脸上怅怅地,欲言又止,最后还是没说什么。

接下来几天,我照常赶早就工作,晚上陪营销代表或者客户吃饭,回家的时候基本已经快十点,还沾着一身酒气。虫子不悦,我们俩小闹了一架,他忽然说:"你辞职跟我去柳州吧。"

我说:"不干,你来成都,我们说好的。"

接着我俩又第N次为此事大闹了一架,把左邻右舍吵得鸡犬不宁,然后,最后的协议是:分手。一夜,我们背靠背,相顾无言,我一直哭着,也不知道什么时候睡着,早上起来的时候虫子已经不在了,为了省钱,买的是早上的机票。

分手,这两个字,无数次提上我们的日程,不过也没当真过,最高纪录是三天和好。其实这次,我也没感觉到什么危机,只觉得我们还是会和好,还是他主动示好,低声下气求我原谅。

可是,我等了一周,都没有他的任何消息。我工作的时候就有点心不在焉,克制自己不去想这些,可下班之后,会觉得特别失落。

周末,一个大学里的好朋友忽然问我,是不是跟虫子分手了。我没跟任何人透露过这个消息,就问他是怎么知道的。他说,有人看到虫子跟新女友的照片了。

我笑着说不可能,说完又觉得莫名其妙地心慌,忍不住又重复了一遍,不可能。

思绪里像掺了颗沙砾一样,我立即给虫子打电话,问他是不是有新女友了,他沉默了大约三秒钟,说:"是的,她是Lulu。"

我说:"你扯淡!"

他沉默了几秒钟,认真地说:"是真的,你认识的。"

Lulu,我心里闪过一条线,凉凉的,是的,这个人我认识,叫韦素迎,是暗恋了虫子几年的南宁女孩,在新东方教口语,在校内上还曾经加过我,说是虫子的发小,让我对他好一点。

我失神了片刻,才反应过来这一切都是真的,气急败坏地冲着电话大骂你怎么能这样,然后情绪就崩溃了,大哭着说不想分手,不能失去他,末了,我说:"我现在就去柳州找你,我辞职还不行吗?"

虫子也哽咽了,说:"成程,你来吧,我太想你了,今天她不会来我这,我们好好谈谈,我还爱你的。"

当时是中午两点半,我跟福田部长请了三天假,他看我情绪不对,也没追问什么。出了单位,我打车直奔机场,买票登机,想这里的一切我都不管了,我只要他一个,在女人眼里,事业跟爱情相比就算个轻飘飘的鸿毛,就凭我跟他三年多的感情,难不成还干不倒一个忽然杀出来的小三吗?

关机前,我给虫子发短信,说了到柳州的时间,又说,等着,我来了。我恨不得像那几行字一样,迅速地把自己发送过去。

一万英尺的天边,我的眼泪一直停不下来,这一趟,是为了挽救我的爱情呵,可能会以我刚刚起步的事业为代价。两个半小时,我在心里像过电影一般把自己毕业以来这些日子的生活都回忆了一遍,我欠他的实在太多了,一直满脑子都是工作,觉得他是我的囊中之物,就不好好珍惜了。升职后,我跟他通话聊天的时间都少之又少。我想好好补偿他。

到柳州机场的时候,我的心情还是平静的,走到大厅里,寻找着虫子的身影。可是,可是,我看到他那一刻的喜悦,却只有一秒钟就迅速被掐灭了。

站在他身边那个女人,我在校内照片上看过,韦素迎,Lulu,短发,细眉细眼,小骨架子像风一吹就倒一般。她挎着虫子的胳膊,他的表情极为尴尬。两个人原地不动地看着我,我只好一步一步走过去,那么十几米路的距离,我却感觉自己走了一个世纪。

在来之前,我问过虫子他们有没有住在一起,他说没有,韦素迎在南宁,周末才有时间赶往柳州。可是,并不是周末,她却仍然出现了。

我问虫子:"这是怎么个场面?"

虫子支支吾吾地说:"她非要跟着过来。"

韦素迎挑衅般的看着我,说:"你来找我男人干什么?"

我不说话,也或者是已经说不出话了,只是一直看着虫子,他被我盯着像浑身长满了刺一般,终于开口跟我说:"我不爱你了,我得对她负责。"

我厉声问:"你叫我来的时候,有没有想过对她负责?"

虫子没说话,韦素迎恼了,拉着他要走,说不要跟不讲理的女人纠缠。

我忽然觉得,他和她一定上过床了,而且可能是很早就在一起了,只是一直瞒着我,只等着恰当的时间跟我说分手。一周的时间,他从我的爱人,变成别人的他,我冲上去,一巴掌打到虫子脸上,他的眼镜就飞了出去。

韦素迎立即冲上来要打还给我,虫子死死拉住她,连拖带扯地把她拽出去,两人拉拉扯扯,终于搭上车,绝尘而去。

我瘫倒在地上,痛得哭不出来。一个保安还专门过来问我怎么了,我才发觉丢人丢大了,于是找个椅子坐下,很理智地买了最近的返航机票,十一点半,凌晨两点到成都。我打电话给姐姐,哭诉了一番,又换着几个好友再打一番,直到手机没电,整个人都是六神无主的状态,可是一滴眼泪都流不下来。

✳ 到不了的爱情叫远方

回到成都的时候,已经凌晨两点,天有点阴阴的,星月失色,我独自打车回家的路上,才开始稀里哗啦地哭。司机师傅不停问我怎么了,我也开不了口。

走到楼下,发现五楼我们的房子所有的灯都亮着。其实,我对租来的房子一直没有太深厚的感情,每次从外面回来的时候,总会说,我回去了,而不是我回家了。我从来没觉得那里是我的家,除了这次。

二雪和叶小苑她们都在等着我,还专门为我煮了面,我们都回避着没说那个尴尬的话题,我吃完饭就去洗漱,睡觉,像再也不醒来一样地睡觉。可是第二天,阳光照旧洒过来,透过窗子,照在我的床上。就算我再闭着眼睛不愿意醒来,像鸵鸟把脑袋藏进沙土里一样,也躲不过多久的时间。

我爬起来梳妆打扮,继续走上这条已经走了无数次的路,通往工作的路,为了它,我终于还是失去了我的爱情。到了单位,我先去跟福田部长销假,他显然没想到我一口气请的三天假期,居然只用了一天就老老实实回来了。

继续工作,处理看不完的资料文件,就像什么事情都没发生过一样,我因为工作失去了爱情,总不能因为失恋再失去工作。

几天里,我跟虫子通过网上协商好了,正式分手。他说他受够异地恋了,而且是毫无希望的异地恋,所以希望找一段简单一点的爱情,这个时候,等了他几年的韦素迎出现了,天时地利人和都让他占了。他觉得我太倾心事业,对爱情总是忽冷忽热,让他没有安全感,那次来成都,是想给我和他最后一次机会,结果还是闹得不欢而散,于是,回到柳州之后,就正式跟韦素迎在一起了。

我无话可说,他心里早就已经动摇,已经为她准备好位置了,只是瞒着我,等我一步步地走到无法调和的绝境里,然后宣布我的死刑。

空间上的距离,心理上的距离,我第一次察觉到,原来我跟他,在不知不觉中已经隔得那么远了。

虫子的一句话,让我特别气愤,他说:"其实我们不合适,从第一次见面,我就知道我们不合适。"

我气不打一处来,说:"那你为什么花那么多时间追我?"

他哑口无言。我还记得,当初虫子天天缠着我的时候,说,有些女人,见一面就知道只能是哥们,有些女人,见一面就知道只能陌路,而有一个女人,见一面就想跟她过一辈子。他说那个女人就是我。可是,三年之后,他却以第一次见面就知道不合适为理由来跟我分手,多么可笑。

那阵子,韦素迎经常发短信给我,叫我不要再纠缠"他的男人",种种话越说越难听,还在虫子博客里大肆晒爱,发了许多两人依偎在一起的照片,我心里恨恨地想,她发个艳照门岂不是更直接有效。我持坐视不理的态度,有时候实在是恼了,就打电话给虫子,让他管好自己的新欢。

虫子讪讪地道歉,我就讽刺地说:"你要喜新厌旧,也该找个素质高点的啊。"

不等他接话,我就先挂断,徒留一肚子委屈和气。

福田部长把我叫到办公室,我以为是我精神恍惚出了什么岔子,可他只是问我对要招聘的助理职位有什么要求,好让人力资源部在招聘的时候对症下药。我这才想起来还有这回事,立即说了一下自己对这个岗位职员必须具备素质的看法,日语能力自然要强,良好的沟通能力、组织协调能力,工作认真踏实……

临走,福田部长关切地问了一句:"成程,感情的事情要处理好,不要影响了工作和前程。"

世上果然没有不透风的墙,这么快,我失恋的消息都传到福田部长耳朵里了。日企对个人的私生活问题总是保持高度警惕,他们觉得,一个在私人生活中稳定有序的人,在工作上也会延续相同的风格和品质。

我不能把自己脆弱的一面带到工作上来,只好强撑着假笑,对福田部长说:"放心吧,我向来很公私分明的,不会因为任何私事耽搁工作。"

下午,兰州代表孙红林打来电话,说总部给兰州营销中心提供的产品以及售后服务,价格要比其他地区相对略高,想问一下原因,同时要求适当下调价格。

SG设在全国各地的销售中心,工作方式相对灵活,总部发往各地的产品都有不同的价格,他们按照各地不同的情况予以定价,当然,SG对定价范围也有相应的控制。在销售利润中,营销中心可抽取10%的额度,作为员工薪酬和中心的运营资金。

孙红林的质问让我有点措手不及,因为发往各地产品的价格是保密的,合资产品这边,在业务部只有我和福田部长知道,各地的营销代表也都各自守着这条不成文的规矩,不会傻到把自己中心的机密告诉其他地方的代表。

但孙红林却分毫不差地向我道出了几处拿货价格较低的营销点以及他们的拿货价格,重庆、杭州、南昌。

他的态度我并不害怕,我怕的是他获知这些数据的途径。

我镇定地告诉他,关于发货价格,并不是由业务部单独决定的,是由SG上层直接参与决策,同时也请资深经济学家根据各地不同的经济等状况给予意见,经过实践,目前订的价格都是合理的,短时间之内不会有什么改变。

孙红林以为我会拿"考虑一下"、"请示一下上级"来暂时拖住他,再想应对策略,这样他就有得逞的机会,可是没想到我直截了当地拒绝,很明显他没做好应对我拒绝的准备,语气里就有了点仓皇和弱气。

我趁机追问他是如何取得这些数据的,他呵呵一笑,说偶尔听别人说的。我咬定青山不放松,又问他这个别人是谁,孙红林支支吾吾,不肯再多说什么。

我用委婉的语气说,按SG惯常的规矩,营销中心是没必要知道其他各地的内部信息的,如果他再偶尔"道听途说"了什么,我们就要彻查这件事情了。

孙红林噎住了,终于不再多说什么。

挂断电话,我立即回办公室检查材料。孙红林说的都是最新的统计数据,这些材料是我和小杜一起整理出来的。在兰州的时候,小杜一直跟在我身边,似乎并没有跟孙红林私下接触过,但有没有电话短信之类的沟通,我就无从得知了。

我也不想怀疑小杜,但是总按压不住心里蠢蠢欲动的疑心。吃午饭的时候,我故意跟小杜一同去,路上装作无意地问她,对孙红林的印象怎样。

小杜表情很正常,说:"没什么感觉,就是一普通男人,看着挺深沉的,让人猜不透他的心思。"

这样问,也问不出什么来,我干脆开门见山地说:"孙红林不知道通过什么方式,弄到了我们内部才有的资料数据,还拿来想威胁我,被我打发回去了。"

小杜有点吃惊,问:"还有这种事?"她看到我讳莫如深的表情,忽然明白了我的用意,一下子急了,说:"成程,你要知道这些数据是你和我一手做起来的,如果是我向外透露,那不是摆明了自寻死路吗?你铁定第一个怀疑我,可是真的不是我做的。"

小杜只有在有事相求的时候才撒娇一般叫我成程,也说不清为什么,我还是愿意相信她的,哪怕没有任何依据。

至于王魏,也不是完全没有嫌疑。我去兰州的那两天,如果他到我办公室里做什么手脚,也是完全有可能的。我忽然想起那个郑人失斧的故事,一个人丢了一把斧头,怀疑是他的邻居偷的,就留心观察,结果发现邻居的走路、说话、神态无一不像一个小偷,其实全是主观臆断。

没有证据的情况下,我再胡想乱猜,也得不到任何结果,干脆就先把这些揣测搁置,以免不信任的情绪流露出来,会影响团队的积极性。

事情发展到这样,其实我也不知道应该如何应对是好。我不担心孙红林把这件事情直接上报给福田部长,那样的话,虽然我会获失职的罪名,他也会因为僭越而失去总部的信任。山高皇帝远,只有信任二字,是总部和营销中心最主要的关键词。

只是,如果搞不清事情的原因始末,总觉得心里不安,这样的事情,绝对不能再发生第二次。

工作真是个好东西,有了这一系列的烦恼,冲淡我因失恋而来的空虚。每天回到家,觉得仿佛要虚脱,整理完毕倒头就睡,居然不会想起很多不愉快。

爱情不是你生活的全部重心,如果失去,大可找另一件事情沉溺其中,比如事业和工作。

职场知识：

事业相对于爱情的优势

1 只要你全力付出，就会有收获；你投入的精力越多，产出也就越多。你可以根据自己的工作成果，就薪水问题跟老板讨价还价，老公却不会因为你的辛劳，多负担一部分家用。

2 努力工作，你会有升职的机会，供你差遣的部下也就越来越多，而在爱情里，你最多也就是个大事小事一肩扛的管家婆。

3 在工作上，老板对你的要求是业绩，是赚钱，而在爱情里，你不但要会赚钱，还要上得厅堂、入得厨房，从物质到感情，从精神到肉体，都需要付出，却未必能得到等值回报。

4 跟老板更有道理可讲，因为双方有共同目标，就是为公司赢利，而男朋友却经常会无理搅三分，让你无条件地迁就他，道理讲不通，情感被伤痛。

5 退一万步讲，对工作不满意时，你可以专心寻找好机会跳槽，又是一番新天地。可是，对另一半不满意时，就不是那么容易换了。要知道，跳一次槽，你增长一次工作经验，是增值的买卖；而终结一段感情，你又增添一次惨痛经历，可是贬值的生意。

队伍扩大了

我的助理招聘到了，叫肖秋媛，24岁，刚刚从一家美国企业跳槽过来，瘦高个子，近一米七的样子，还耀武扬威地穿着高跟鞋，走起路来叮叮当当，气势凌人。

一起来的还有一位项目助理，25岁的周娟，看着文文弱弱的，跟肖秋媛完全是两种人。福田部长跟说我，特意跟人力资源部打招呼，给我招两个女员工，好管好带。

我心里想，作为女上司，我的确跟女员工更容易打好交道，不过工作中的情况，女员工处理起来还是有弱势，这不是歧视，是我设身处地的体会。

让周娟去跟踪原材料供货渠道，之前一直在让王魏管这一块，他在交际上确实有点问题，脾气也不小，经常痛骂出问题的供应商，一到出质量问题的时候，供应商都很惶惶然，可因为不能进行有效的沟通，解决问题的效率和深度反而有限。

让周娟去处理这些事情的时候，我还是有点担心的，怕她被供应商牵着鼻子走，不过，我也想趁机试试她的能力。果然，供应商看周娟温言细语的，以为好过关。周娟却没让我失望，各方面管卡都拿捏得很严，对供应商也不卑不亢，对方的蛮横态度也都被她四两拨千斤地化解了。

我没让肖秋媛去，是因为她也是个火爆脾气。而且经过几天的观察，我发现她的性格存在很多问题，工作上遇到麻烦的时候就有点歇斯底里，青筋暴露，声音尖利。我认真劝她，换一种方式，说不定效果更好。比声音、比力气，女人都是弱者，何必要用自己的弱项去跟别人拼呢？以柔克刚也有许多招式。

现在想起来，上司和下属的确是个有趣的组合。作为下属，总对上司藏着一肚子的埋怨，觉得难以达成一致，觉得基本上都是自己在迎合上司；等自己也有了下属，才发现处在上司的位置，对下属同样心情复杂，一方面，要顺利地互动合作完成工作任务，一方面，又要注重双方的情绪问题，以免枝节横生。

在日企里，很讲究一个"辈分"的问题。下属尊重上司，后辈尊重前辈，而上司和前辈，也需认真地给下属和后辈以指导，我觉得在这里，人与人之间还蛮有人情味的。

我认真读一些管理学的书，参加公司开设的培训课程，偶尔也会去向代叶取经。跟代叶除了在公事上的接触，私人碰面我会掌握好时间密度，不能太勤快，让她觉得我热情过火，也不能太怠慢，让她觉得我忘恩负义。

不可否认，我的升职少不了她的一份功劳。我俩私下里的接触集中在购物和按摩这两大生活板块上。我已经不再像从前那样衣着随意，以舒适为主了，开始学着穿一些正式的职业套装，虽然显得老成，看着比我的实际年龄大个一两岁，但老成也是稳重的近义词。

代叶赞许地跟我说，女人要等过了33岁，再开始装嫩。

我见缝插针地向她请教一些工作上的事情，代叶在管理这方面的经验还是有点独特。她说，上小学的时候，她的成绩不错，经常受到老师的表扬。但是却发现，其实每个老师都喜欢调皮活泼的孩子，哪怕这种孩子会时不时闯下大祸小祸，留下一堆烂摊子。

职场上也是一样，默默无闻如老黄牛的员工不会闯祸，但代叶表示如果有升职的机会，她首先考虑的却并不是这类员工。

她笑着说："你知道我最喜欢你哪里吗？就是你足够勤奋，又机灵有悟性，培养起来不费劲，很容易博得上司的好感。当初，虽然我也有点舍不得放你走，不过也想到，总不能因为我的私心耽误你的前程。"

我开玩笑地作出感激涕零的样子，说："代课长大恩大德，小女子没齿难忘。"她就作势要打我，我们笑作一团。

我失恋的事情，代叶也是知道的。她说早就料到了，异地恋在学校里尚且可以存活，但如果换到职场里，就太没有生命力了，大多数异地恋都被时空间隔扼杀。我说的确，失恋之后我百度了许多类似案例，以别人的血泪来安慰自己伤痕累累的灵魂，效果显著。

代叶也有她的烦恼。她是海归，典型的高学历高智商女人，满心凌云壮志，但老公却是传统家庭出身，一心想让她回归家庭，相夫教子。尤其是公婆，几乎竭尽所能地劝代叶生孩子，说再等几年就变成高龄产妇了，要趁着年轻的尾巴赶紧把传宗接代的义务履行了。

代叶不甘愿，说从小就家庭不和谐、成长不顺利，好不容易现在过得自在一点了,又要生个孩子来给自己添麻烦。于是,她跟老公以及公婆的关系都不是太好。

听说我新招了两位女下属,代叶叹一口气说,以前她刚入职场的时候,觉得在有些行业女性被歧视着,等到她深入职场之后,连自己都觉得不喜欢带女职工,身娇体贵琐事多,刚刚培养上道,人家回家生孩子去了。

听完这番话,第二天,再看到肖秋媛和周娟的时候,我总莫名其妙地觉得她俩马上就要跟我请产假似的……

自从她俩来了,小杜在产品管理课第一美女的地位略有动摇。我从办公室出来的时候,经常看见她手忙脚乱把镜子粉扑藏起来,装模作样地盯着电脑翻译文件,可是几分钟打不出一个字。

职场知识:

女性在职场的生存智慧

女性若想在职场中取得一番成绩,需要付出不小的努力,除了有干劲,还要会出巧劲。若想在职场中游刃有余,光靠工作成绩和个人形象尚且不够,还应该注重内外兼修,注意经营人际关系以获得良好的口碑。

1 融入同事的爱好之中。俗话说,趣味相投,与同事的相处不仅仅局限于工作之中,如果在生活中能有共同的兴趣爱好,可以很好地拉近你和同事的关系。体育、时尚、股票,等等,各方面的知识都涉猎一点,有助于你迅速地融入集体之中。

2 不要让爱情成为拦路虎。职场上,很多女性都有这样的苦恼,面临工作和爱情、家庭的两难选择,这两者成了不可兼得的鱼与熊掌。面对这样的困境,你要弄清自己心里真正想要的是什么,弄清楚这段爱情值不值得你放弃事业,或者你舍不舍得为了事业而舍下爱情。

3 低调处理内部纠纷。在工作过程中,难免会与同事产生一些小的纠纷,在处理这些问题的时候,要注意方法,不要让矛盾公开化、激化。要知道,职场是一个不宜"树敌"的场合,退一步海阔天空。

有一次，我走过去悄声问："最近工作怎么样？"

小杜磕磕绊绊地说，自从来了两位新同事，她精力十足，工作也更有干劲了，听起来好像新同事是保健品似的。

我话中有话地说："不能懈怠，要做好新同事的榜样，帮助她们尽快融进团队中，一起搞好工作。"小杜脸红了一下，点了点头，这次是真的开始翻译了。

✳ 月光族复苏的经济意识

工作以来，我一直没什么攒钱的意识。工资低的时候不足2000元，高的时候超过8000元，我很自觉地赚多花多，赚少花少，银行卡里虽然也存了一笔钱，但相对于CPI涨幅来说，实在是微不足道。

身边很多月光族，负翁也不少，我们经常咬牙切齿地表达对飞涨物价的痛恨，许多东西的价格都比几年前翻了番，就连最便宜的水果都已经三块钱一斤。

住我隔壁的叶小苑买房子了，她在成都一家挺著名的美术公司做儿童插画师，但工资低得吓人，只有1400块。按说她这个行业应该可以接挺多私活做，收入不会少，可偏偏她就是一天真烂漫的美少女，天天吃喝玩乐，懒得煎熬自己。

她自然是买不起房子，不过却有一个有钱的未婚夫，每个月给她付房租、生活费，把她伺候得无微不至。叶小苑的准老公何东出身军官世家，现在在云南当兵哥哥，每个月5000元是纯利润，因为在部队几乎不需要任何支出。房子是何东的父母买的，两年后交房，新房落成之日，也就是叶小苑步入婚姻殿堂之时。100平的房子，首付30万元，月供2000元，需要付10年。

难得的是，房产证上写的是叶小苑的名字，这丫头随着公婆办完所有手续之后，忽然一夜长大，第二天决定奋发图强，开始联系有无高就可另谋，也开始四处接私活赚外快，说要自己负责交月供。

月光美少女都有了洗心革面的计划，我忍不住开始规划自己未来的生活。无厚实的家境，无阔绰的男友，更无中彩票的大运，房子车子还处于臆想阶段，我不知道除了我自己，还有谁可以为我脑海中的空中楼阁添砖加瓦。

拨弄着计算器，我现在的资产，在成都只够买一栋二环以外房子的两三平方米，真真是立足之地了，只能乖乖站着，躺下都不敢翻身。看来，开源节流是我的当务之急了。

对于理财我是个菜鸟，几乎一无所知，只是迅速地查好各个银行的储蓄利率，然后只留了几千块生活费，把自己其余的钱办了个整存整取，三个月的期限。我打算用这三个月的时间恶补一下理财知识，看看基金股票里有没有自己的用武之地。

到了单位，闲聊的时候提起这件事情，才发现大家其实都有自己的一套省钱生钱战略。小杜说，她已经两年没到商场里买衣服了，全靠淘宝，既便宜又漂亮，不过就是挑选的时候要千分注意万分小心，因为在淘宝上买东西是个技术活。

肖秋媛应声附和，说她家里装修所需的材料，基本上都从淘宝上选购了。她自己在炒股，用两三千块钱本金练手，居然还赚了几百块，正打算追加投资。

周娟试探着问我："课长，您一定有什么特别的生财之道吧。"我微笑，颔首，抱住我领导的尊严，心里却在颤巍巍，完全没底。

我暗自决心两年之内，加入痛并快乐着的房奴大军中。房子这件东西，是个不错的经济储备，这些年房价只增不降，所以说早买早划算，而且，就算到时候结了婚换了大房子，万一夫妻不和了，我还可以一掀桌子跑到我的小房子里避难。不住的时候，就租出去，当个幸福的包租婆。

这么一想，感觉房子已经是囊中之物了一般，我望着自己租来的三室一

职场知识：

薪水节流的绝招

1 计划经济。对每个月的收入要做好计划，哪些地方需要支出，哪些地方需要节省，每个月把收入的1/3或1/4(视个人情况而定)纳入个人储蓄计划，可以到银行办理零存整取。这一部分储蓄额度，虽然只占工资的一小部分，但一年下来也算一笔不小的资金，可以稍微奖励一下自己，作为旅游支出，或者充电资金。另外，每个月做一份"个人财务明细表"，分析本月的收支状况是否合理，也好进一步调整。

2 尝试投资。投资是让资金增值的最佳途径，不妨根据自己的情况作出相应的投资计划，比如股票、基金等。这样的资金"分流"，不但可以帮助我们克服大手大脚的消费习惯，也可以给闲置的资金以"用武之地"，为你赚来新的赢利。当然，在投资初期，经验不足的情况下，最好找行家导航，或者进行小额投资，降低风险。

3 自我克制。内因是关键，外因是辅助，不是诱惑太大，而是抵制诱惑的能力太弱。要学会控制自己的消费欲望，心中有数，不要盲目购物，不随便使用信用卡。给每个月的购物计划做一个金额上限，不要超出这个限度。

4 量力购物。购物的时候，学会货比三家，做到尽量以最低的价格买到最优的物品。对于超出你能力范围之内的奢侈品，要学会咬牙说不，不要为了一时的痛快而超前消费，让自己以后的生活陷入穷困潦倒。

5 不贪玩乐。许多人都把工资中的大部分花费在泡吧、搓麻将等活动上，这样的娱乐活动可以偶尔为之，不要成为生活习惯，否则不但会花钱如流水，还会有"玩物丧志"的惨痛后果。

6 务实恋爱。恋爱中的职场人，更要注意自己的开销，不要为了"巩固感情"，每次都去选择一些昂贵的礼物和约会场所。不是钱花得越多就越能证明感情，这样不但会让双方经济陷入困境，还会给对方留下不踏实、不会过日子的印象。

厅中的这一间小房子,意淫着欣欣向荣的未来,内心非常愉悦。其实,按照我现在的经济能力,应该可以租单独的房子,不过我舍不得相处了这么久的姐妹们,大家分摊每个月2000元的房租,各自也轻松不少,权当为将来的房子攒钱了。

幸福生活得靠自己创造,我已经不再是梦想中彩票或者嫁豪门的年纪了,离开校园之后的日子总是过得特别迅速,眼瞅着也要迅速奔到30岁了,跟一夜暴富是没什么缘分,只能脚踏实地一步一步地来。

努力地工作,用心地经营,虔诚地攒钱,30岁之前是原始资本积累期,30岁之后要聪明理智地用钱生钱,只有这样,才能奔向富足的40岁,迎接高雅的50岁。现在还没有家庭的负担,以后,生活的负担会越来越沉重,如果在物质和精神上没有相当的底气,就只能做金钱的奴隶。

❋ 充满希望的累和压力

在日企工作了这么久,我清楚地知道,日企的经营风格是不会有什么突变的,它强调的是"渐变"。日企做一切事情都会很规范,会按部就班地给你加薪升职,不会让你一夜暴富,也不至于让你有太多不满。

刚入职场的时候,总以为只要努力,就可以一步一步走到最顶端,为每一次微小的进步雀跃不已。可后来,在日复一日的工作和生活中,不知不觉地,已经无法再像以前那样单纯地开心和满足起来了。

以前读书的时候,总觉得校园生涯漫漫无期,现在想想,职场生涯才真正是人的一生中最漫长的一段经历。通常,一个本科生23岁左右毕业,进入职场,此后30余年的时光都会在其中闯荡,这30至40年的时间,决定了我们的一生。

有人问我,你打算在职场打拼到多少岁?我好像很少考虑这个问题,心中所想的只是努力把现在的事情做好,在上司面前好好表现,在下属面前树立威信,带好我们的小团队。一般来说,在日企升职是一个缓慢的过程,所以,我已经没有了急功近利的念头。

国内职场上,很少有女性可以在外企工作到60岁,据说比例甚至不足20%。应当说,外企不存在鼓励员工一直干到五六十岁这样的制度,虽说鼓励员工长期为公司服务,预示着员工对公司的忠诚度高,但是某些岗位,特别是一线岗位,在一定的年龄段之后,员工在繁重的工作任务之下也会感到力不从心。

我不再觉得五六十岁是一件遥远的事,已经奔三的人了,心智基本稳定下来,性格也早就成熟,看问题的时候总想尽量长远。我不知道自己能在SG待多久,这里给我的薪水不算太高也不算太低,是满意又不会得意的程度。期间,先后有两家猎头公司联系过我,我都找理由暂时拒绝,因为觉得自己暂时还没有跳槽的资本。

有人说,如果一个职场女性在35岁之前还没有升到中高层职位,就意味着她的职场生涯已经接近尾声了。这个预言式的断言让我害怕,我现在的职位,应该处于中下层,我可不想几年之后,就把自己的职场生涯给终结了。

毕业这些年,大家都变了许多,贫富差距也出来了。我班上有个男生,抛弃本专业去了一家著名房地产公司当包工头,每天混在工地里跟民工打交道,从月薪3000元到年薪10万元,手上攥着一点公司股份,每年也能分点油水,他顺利地买房娶妻,小日子过得有滋有味。而另一个男生,比我早两届毕业,仍然还在一家私营企业做设计,每个月拿2000元出头,再加上他毫无理财观念,月月亏空,欠债累累,马上30岁的人了,经常身无分文,平时见了只招财猫都恨不得烧支香拜一拜。

所以说,初入职场的前3~5年,一定要把自己的职业基础打得扎扎实实,一定要为自己储备下一定的积蓄，如果没有把握住这个黄金时期，日子很有可能会越过越糟糕。

我很想知道，把自己从课长的职位上再提一级，需要多久的时间，需要多少的功力。职场上最忌讳的就是原地踏步，如果再过3年5年7年，我仍然是个课长，到时候再想离开，那就已经太晚了。

同住的姑娘们也都有了职业范儿，有一天我们一起吃完饭，二雪忽然欲言又止地说，她想去上海。

学广告的二雪从大四下学期开始，就在一家私营广告公司做文案。老板叫潘佳明，小气到令人发指，每个月工资给她开1800元，有一段时间运营危机，他硬生生把员工薪水压缩到了1000元，那三个月，二雪可以说过得生不如死。在公司，二雪的师傅老王，跟潘佳明合作多年，除了老板与员工的关系，还有一层友情在里面。当初潘佳明自己开公司，力邀在重庆一家大公司的老王过来跟他一起创业，他出资老王出力，收益二八分成，可是这个"二"，潘佳明迟迟也没真正兑现过，于是老王心里免不了有怨言。

老王动了走的念头，联系了上海一家知名广告公司，也念及跟二雪的师徒情谊，偷偷问她要不要跟他一起走。上海公司同意让老王带几个手下过去，答应给二雪3800元的月薪，她有一点动心。

我们听了，各自默不作声。劝她留，是毁了她来之不易的机会；劝她走，我们一起住了几年的小圈子，就分裂了。尤其是叶小苑，立即开始哭得稀里哗啦，说要走大家一起走。

半个月之后，二雪还是去了上海，其实这个计划她已经酝酿了很久，是主意打定之后才告诉我们的。走的那天，是周一，早上我和叶小苑各自出门上班，晚上回来的时候，二雪的房间已经空空如也，电脑桌上留着给我俩的纸条，嘱咐我们要各自好好工作，努力生活。

其实，我和叶小苑心知肚明，二雪决心离开，跟前阵子的分手脱不了关系。她跟仍在读研的男友潘登，牵牵扯扯了几年，终于还是以一拍两散而告终。这两个人，从一开始就不被看好，潘登比二雪小了好几岁，人生观也差了好几个层次，又都是强势的性格，她试图改造他的处事态度，他又妄想跑到她的人生观里来撒野，彼此不依不饶的下场就是两败俱伤。

所以说，职场女跟学生男的爱情，生命力弱得可怜。如果反过来，职场男和学生女，倒是不错的搭配——所有的爱情里，只要女方在精神或者物质上占据了强势地位，都会进展不顺，命途多舛。失恋后的二雪，轰轰烈烈地哭了几场，晚上抽烟泡吧，白天坐到办公室里，带着两只熊猫眼继续写钻戒的广告创意：一个美丽纯洁的新娘，穿着美丽纯洁的婚纱，带着美丽纯洁的钻戒，用美丽纯洁的声音缓缓地吐出一句话：我喜欢享受嫉妒。

钻戒离我们太遥远。

后来，二雪陆陆续续从上海传来消息，工作性质跟成都一样，连师傅都一样，只是忽然变得人生地不熟。有几位熟识的校友在上海打拼，周末的时候他们会聚一下。我和叶小苑从二雪的博客里看到他们的照片，不由一阵感慨。

她工作最大的变化，就是加班繁重，从双休变成了单休不说，每天晚上十点多才从公司离开，步行10分钟走到1200元/月租来的房子，继续开电脑写文案，我都觉得她像被骗去当了包身工一样。

二雪的旧老板潘佳明，几乎是最后一个知道老王带着她"叛变"的消息，对两人釜底抽薪的做法大为恼火，可也无可奈何。其实，老王此计策也是一次任性的报复，报复潘佳明在那两成分红上的不守信，而二雪，其实只是老王和潘佳明友谊破裂的牺牲品，还好，这一"牺牲"，从大西部到了东南沿海，工资也翻了一番多，也算是一次曲折的收获了。

职场知识：

关于"跳槽"

对大多数职业来说，跳槽已经不再是一个新鲜词了，作为女性来说，有一种天生向往"安稳"的性情趋向，但若真的遇到了好时机，可不要为了这份暂时的"安稳"，就让它失之交臂。

1 不要为了不好而跳槽，而是为了更好而跳槽。跳槽，应该是在更好的机会出现之后进行，而不是因为目前的处境不如你愿而跳。如果单纯地因为暂时的工作不如意就轻易放弃，选择跳槽，慢慢地你会发现，不管在什么行业什么企业，你都忍不住想跳槽。

2 跳槽不能只盯高薪，还要注意寻求更好的职业上升空间。如果你有丰富的工作经验和足够的能力，待遇却低于市场平均水平，在跟上级沟通之后得不到合理的提薪，可以考虑离开。不过，在跳槽的时候不能把目光局限于高薪上，而是要看你能否获得更好的上升空间。

3 明白你想要的是什么。如果有跳槽的打算，你必须给自己一个明确的规划，想做什么，适合做什么，能够胜任什么，然后"按图索骥"，寻找可跳之机。

4 只要你技高一筹，就不怕无法"改嫁"。你得让下一家公司看到你的优势长处，发现你的闪光点，才可以越跳越好，跳到更好的企业和工作环境中。如果跳来跳去，不过是在水平相差无几的企业中周旋，那跳多少次都没有太高价值。

5 尽量与上一家单位好聚好散。一般来说，跳槽之前，要提前一个月跟公司提出辞职申请，尽快完成工作交接，跳槽后，也要自觉地为前公司的商业秘密守口如瓶。跟之前的同事保持好关系，维持联系，他们会成为你今后工作中的人脉。

6 不要隐瞒和编造工作经历。跳一次槽，会让你的工作经历有所增长，但在今后的工作简历中，要注意如实表述先前的工作经历，不要有意夸大或者编造。如果"造假"被发现，你会因为失信而遇到意想不到的麻烦。

✳ 带不好士兵的将军不是好将军

职场上,上司不好当,女上司更不好当。在日企,很讲究团体意识,如果一个部下出了错,会牵连到整个团体,尤其是这个团体的领导者。因为日本人会觉得,没教好你的部下,让他/她在工作中出现状况,更大的责任在你。

在SG,鲜有领导者会像有过留美经历的代叶那样,对下属实施宽松管理,放手让大家按照自己的方式去完成工作。大多数人,还是会细致再细致,细致到极致。按照经济术语来说,日本管理者多是风险规避者,他们会采取一切办法来规避可能出现的坏状况,争取让所有的事都风平浪静,无惊无险。

打个比方说,日本虽然是技术强国,但实际上它并不愿意为创新付出高风险成本,往往是,欧美企业研制出新科技不久,如果对日企有吸引力,它们就会迅速以巨资购买,迅速吸收消化、生产成品,并以更完善的细节取胜,在品质和性价比上经常还会比欧美产品略胜一筹。

这个就叫做,模仿时滞最小化,这个谨慎的民族总是习惯从小处出发,技术研发上如此,用人准则上也是如此。

我觉得,这是欧美企业和日企的差别之一,欧美企业更注重效率,但给人感觉总是粗枝大叶的,而日企则全方面注重细节,那种有雄才大略但忽视细节的人,在日企里往往都得不到好的发展。

我从不认为自己是一个聪明的人,但我的好处在于足够细心。几年的职场生涯把我脾气里暴躁鲁莽的成分磨平了不少,也添了几分耐心和韧性,凡事都扎扎实实落到实处,从不浮躁浮夸。

对新进公司的肖秋媛和周娟,我也是这样说的,踏实是我对她们最首要的要求,先做好手头的事,用最短的时间完全适应和融入这里。按照SG的规矩,新人刚入公司,免不了要被安排做一些琐碎细致的工作,很多人觉得没劲无聊,但其实这正是他们所面临的第一层考验,几乎每个人都是从这一步开始的。

虽然肖秋媛比较机灵,不过,我还是更喜欢周娟一点。肖秋媛其实工作能力不差,整合资源和协调关系都做得不错,但总是一副心高气傲的样子,巴不得一飞冲天。她对我表现得还算恭敬,但我总觉得,还是能透过她的表面看到她骨子里不甘平凡的倨傲。

对一个有野心又太过聪明的下属,永远不要掉以轻心。

她是我的助理,有一次,我安排给她一项工作,然后有事需要离开一个下午,几分钟之后想到有东西忘了带,又返回办公室,恰巧看到她把我交代给她的事情吩咐给周娟做,还说是丁课长要求的。周娟也没起疑心,接过去说忙完手里的工作就马上处理。

我怒火中烧,轻轻咳嗽了一声,肖秋媛一转身看到我,脸上立即红一阵白一阵的,很不好看。我寻思也得给她台阶,就说,周娟也忙着呢,你帮她分担一点。

周娟显然不知道个中因由,还一个劲地说不用不用,她来做就好。肖秋媛还算识趣,硬是把刚才抱过来的材料又乖乖抱回去,安分地坐在电脑前开始忙活。

周娟特别无奈地看着我,直夸肖秋媛热心,我心里一阵冷汗,这姑娘,是太单纯了还是城府太深了?

相比之下,还是王魏更让我省心。他算是比较常见的那种员工类型,不会偷懒,也不会多做,凡事都中规中矩,说话也点到为止,没有大功没有大过,没给我添过什么麻烦。只是,他给我的感觉是,太难沟通了。

工作的80%都是沟通,作为一个职员,拥有坚实的专业技能固然重要,但作为集体中的一员,如果不能很好地理解和融入这个集体,不能跟其他成员协调一致,难免会让人觉得不够完美。每次嘱咐他做事,我都是事无巨细地把各处细节都讲出来,让他按部就班地做,总觉得此人理解能力有限,就算我已经尽可能细致,他还是会时不时不分时间地点地来问:课长,这个怎么做,那个又怎么做？

我每隔一段时间会单独跟他们谈一下，问他们在工作上有怎样的问题，对自己这段时间的表现是否满意。几个人的回答也各自迥异，肖秋嫒是绝对自信型，任何时候都信心满溢，觉得自己已经可以独当一面，让我放心地把更重要的事情交给她，让她到更宽广的战场上争创更好的战绩；周娟是保守型，随时都说很多方面还需要进一步改进，工作能力还需要进一步完善，我虽然欣赏她的谦虚踏实，但总觉得她其实可以对自己多一些肯定；小杜修炼得像个职场老油条，事事圆滑，话也说得滴水不漏，即使偷过懒耍过诈，也可以被她巧妙地圆过去，让人哭笑不得，也不好把责备的话说得太过分；王魏就是高中时候典型的好学生形象，总是一副听从教诲的姿态，难得发表个人意见。

我渐渐发现，自己在不知不觉中变成了一个吹毛求疵的女上司，对每个员工都略有微词，觉得他们都不能完全地称心合意。而他们，在背后估计也难免说我几句无关痛痒的闲话。

肖秋嫒和周娟实习期满的时候，关于她们的去留，福田部长来征求我的意见。我有点犹豫，周娟我是打算留下的，好好调教，应该是个不错的帮手，可是肖秋嫒，我不确定自己可以降服得了她。可是，如果说不留，我又没有硬性的理由，况且人家一个女孩子，好歹也在这里辛苦了三个月，忽然请她走，我好像还没有做这种"坏人"的准备。

就算让她离开，我也还得重找另一位助理，还得重新培养和适应，兴许这招聘就像相亲一样，一个不如一个呢。可是，就在我决定做个好人，却出了一档子让我大跌眼镜的事。

按照招聘时候肖秋嫒的说法，她是因为在原先的工作单位总被色迷迷的上司揩油，所以才决心跳槽了，据说，上司还曾经以加薪升职为诱饵诱惑她，她果断地拒绝了。可是，茉莉却悄悄地告诉我，她的男朋友就在肖秋嫒离开的那家公司工作，她的离开其实是被解聘，理由是吃里爬外，把公司机密泄露给竞争对手，从中获取好处费。

我吃了一惊，暗地里请福田部长把肖秋媛的转正日程暂时压一压，私下开始利用人脉查肖秋媛的底细。不查不知道，一查才知道真人不露相，我只觉得她这人有点浮躁不踏实，没想到居然还有更让我另眼相看的地方。

肖秋媛应聘的时候，说她是公管和日语双学位，这一点很让当时的面试官满意，可是，我打听来的真相是，她在大学里的确辅修过日语第二学位，但并没有拿到学位证，连一级证书都没考下来。我清楚地记得，她的简历里有通过日语一级的字样。

还有一件小事，我在考勤当月的考勤状况上发现肖秋媛有三次的迟到记录，而有一次的原因，填的是前一天加班。因为那天刚好是虫子的生日，我记得特别清楚，是我最后一个离开公司，还对着空荡荡的办公室心怀凄凄感，并没有看到肖秋媛加班的身影。

每个月的加班状况，都是由肖秋媛做记录，并且根据记录进行加班费发放的，她要偷偷给自己多算上几天，轻而易举。

最后，理所当然地只有周娟收到了转正通知。

肖秋媛对这样的结果不服气，冲到我办公室问理由。我冷着脸说："理由你应该比任何人都清楚，不管是什么公司，首先注重的就是员工的诚信问题，如果你不对公司坦诚，凭什么让我们接纳你？"

肖秋媛脸色变了，猜到我听说了些内情，但又不确定我知道了多少，仍然试探着说："就算我以前犯过一点错误，但我这

警告

在职场中，能力可以有大小，但人品绝对不可以打折扣。很多人为了文过饰非，或者提高自己，编造一些工作经历、制造虚假简历，自以为可以蒙混过关，但其实，却是让自己走入绝境。没有任何一家企业会容忍一个缺乏诚信的员工，一旦露出马脚，你不但会失去工作，还可能会影响以后的前程。

段时间一直很努力地表现,就不能多给我一次机会吗?"

我说:"首先你犯的不是一点错误,不诚信是职场的大忌,其次,你这段时间的表现,也只能说是差强人意,并不能抵消你对公司的欺骗行为。"

肖秋媛还是不甘心,提出要跟福田部长谈一下。我说:"这件事情,福田部长已经交给我处理,我已经给人力资源课那边打好招呼,重新招一位诚实可靠的助理,你可以去财务室领你这个月的工资,然后另谋高就了。"

肖秋媛走的时候流了几滴眼泪,我不是那么铁石心肠,心里还是会有点感触,但是,职场是不相信眼泪的。况且,如果一个人的诚信都出了问题,凭什么让我相信,她的眼泪就是真的呢?

希望她可以吃一堑长一智,长的是真正的人生大智慧,而不是投机取巧的小把戏。

职场知识:

如何建立一个"诚信团队"?

"诚信"是一种人际关系,也是维系企业内各种关系的基础。建立一个"诚信团队",需要考虑以下几个方面的问题:

1 领导者以身作则。对团队而言,领导者的操守和信誉显得尤为重要,这是建设团队文化的基础,也是建设诚信的基础。

2 互助互信。互信是团队稳定的基础,互助是团队进步的本源,每个成员都要以相互扶持来平衡日常工作,不断保持内在的真正力量。

3 及时淘汰破坏者。要建立一个诚信团队,就要杜绝个别捣蛋者的滥竽充数。在选才、用人、升迁等人事制度的各个层面,都应该严格把关,严禁投机者钻空子。

4 疑人不用,用人不疑。重重把关后筛选出的人,要给予足够的信任,充分激发员工的潜能。对成员的信任决定人际间的合作关系,信任感越高,彼此就更容易合作,团队也更具凝聚力。

一名好上司的必修课

说实话,肖秋媛的离开对我来说,也是一次不小的打击。虽说我很庆幸自己在最后一刻把好了关,没把一个大麻烦留下来,但总觉得后怕,如果不是茉莉的提醒让我心生疑虑,去调查肖秋媛的背景,估计那些真相,我短时间之内都发现不了。

不得不承认,在慧眼识人这方面,我还是欠缺了一些。福田部长对这件事倒是没发表多少意见,只是意味深长地说,一定要把好关,为SG保持最新鲜、最有营养的血液。

我知道,他是在委婉地给我以忠告。私下里,小杜为我抱不平地说,如果没有人力资源部的识人不清,我们就不会遇人不淑,追根究底,还是应该他们负主要责任。我无奈,现在推诿谁对谁错,也没什么意义了。

过去,我做好自己就行了,现在,却必须担负起一个团体的责任,这个团体的荣与辱都跟我息息相关。开每周例行小会的时候,我特地跟大家传输了这种思想,我们是一个集体,每个人都必须注重集体的荣誉和自己的修养,不论任何时候,都不允许欺上瞒下的行为出现。不会的知识、不懂的技巧,都可以慢慢地学,公司给我们提供了进步的空间;但一个人的人格,必须是正直的,倘若有一次人格上的错误被发现,就不要奢望会被原谅。

肖秋媛的事情已经传开来,我又举了SG之前因职工不诚信而炒人的例子,希望敲山震虎,以后不会再有类似的事情发生。

周娟顺利转正后,每天抽一个小时去参加SG内部的员工培训,工作上也很勤奋认真,我暗自松了一口气,两个人里有一个是可用的人,总还不算鸡飞蛋打一场空。我干脆抽空列了一个培养计划,给手下的人都设置了非常明确的目标,每个人在固定的时间段里应该达到怎样的水平,都有明确的规定，然后让大家把每阶段的工作目标和自认为的目前水平都反馈给我。

我自己也觉得这样很繁琐，但过程中繁琐一点，总好过总是在结局的时候出现突发状况。

工作上，我比以前严格了许多，有时候照照镜子，都觉得自己整个人的气场都变了，看起来像电影里的职场女魔头，这让我既欣慰，又隐隐觉得失落。没错，我觉得自己终于有了上司的姿态，但同时，添了一份强势，正是因为这些渐渐培养起来的强势，一步一步把虫子从我身边撵走的吧。

在职场里，所有人都希望你足够精明，有出色的工作能力，但在情场，或许是那种笨笨的女生才讨人喜欢，她们需要保护，需要怜惜。在职场里是能者多劳，多劳多得，但在情场，却不会按劳分配，不是你付出多少，就能拿到足够的"薪水"。

我可以按照自己心中的标准，来培养和评价一个下属，却没办法也列一个标准，衡量感情里的得失。作为一个失恋单身又吹毛求疵的女课长，我忽然觉得管下属比谈恋爱简单得多，一时间信心满增。

之前，我在调兵遣将上总是扬长避短，比如说，王魏不擅长与人交际，我就尽量避免让他参与一些互动性太强的工作，小杜粗心大意，所以一些需要细致入微的工作我就尽量交给周娟去做。现在转念一想，这种模式的好处是避免出现不必要的麻烦，可是也把各自的能力发展局限起来，大家进步的空间都相对缩水了。

所谓进步，就是大家在各自的强项有所发挥的基础上，在弱项上也有所改善，只有这样，我们圈子里的每个人才能实现自我突破，而整个集体才能发挥最大的效能，取得更大的成绩。

这就像读书的时候偏科一样，你可以有一门特别优秀，但其他各门也必须说得过去，才能通过严格的升学考试。可如果多数课程都是满分，有一科成绩惨不忍睹，也足以拖累死你。

我心里暗自想，要对不住大家了。于是，之后就思维逆转，行事大异，有意识地让王魏参加一些需要沟通交际的项目，又把一些繁琐到近乎折磨的数据报表交给小杜去整理校对，一旦有错误发生，哪怕再小，也免不了给一通不轻不重的训。

工作起来，我的确是个女魔头，但下班之后我自认为算得上平易近人了。小杜说我工作上与生活中简直判若两人，像人格分裂一样，工作起来丝毫不近人情，可一下班，立即像住在她隔壁的阿姐。

我笑着答，再过几年，你们也一样。

基本上，职场中每个人都有几幅面孔，随时更迭着，而完成手里的工作，终于下班那一刻，应该会换上最如释重负的表情吧。不过，周娟却很另类，她是天性谨慎的那种人，就算是私下时间，也没有轻松的姿态，仍旧是谨言慎行。每次离开办公楼之后，小杜都可以跟我勾肩搭背地走路，可周娟永远保持距离地站在一边，还是一副待命的架势，让我也紧张起来，好像有什么事情没做完就翘班了一样。

忽然觉得这样也挺好玩，努力当一名优秀的上司，可以为下属的每一次进步而开心，这也是自己的成就。

有一次工作之余的闲聊，我问福田部长当了这么多年上司，有什么心得和体会。福田部长说，他现在是习惯"放权"了，有什么事情，放手让下属去做，自己给予适当的指点，或者干脆旁观，一方面可以试探这个下属的工作能力，一方面又可以给予锻炼和提高的机会。

他说，作为管理者，要知道应该在什么时候亲力亲为，什么时候适当放权，这同样是对下属的尊重和信任。当初的林课长，虽然工作突出，绩效显著，但在管人上却略有不足。他太独断专行，事事都抓在自己手上，让所有的下属必须按照他的思路刻板地开展工作，不给丝毫自由发挥的机会，以至于下属们怨声载道,还有人曾向上面反映过这个问题。

回忆起来,林课长确实存在这个问题,当初我在他手下,有时候觉得是小事,就按照自己的方式去做了,他知道了就会嫌我擅自做主没有请示。等我养成了事事请示的习惯,又换了代叶做上司,总说我不懂规矩地任何小事都去麻烦她。看来,上司对下属的影响力,的确是不可估量的。

我思忖,福田部长可能是在暗示,我有向林课长发展的苗头。没错,从刚上任开始,我就对这个职位极为重视,几乎到了如履薄冰的程度,生怕出什么错误,于是对自己、对下属,都是严格要求的,总觉得任何人都不如自己可靠,巴不得把所有事情都包揽,亲手操办,才不至于出大差错。

现在想来,这种蛮干事的做法似乎真的有点费力不讨好。

福田部长应该是个很好的甩手掌柜,以前工作上遇到什么事情的时候,我去向他请示,他经常都是拍着我的肩膀,说:"小丁,我相信这件事情你可以解决。"那些时候,我很为得不到他明确的指示而苦恼,于是硬着头皮按照自己的方式来,倒也没出过什么大的岔子。

几天后,我有了新的助理,这次是个男下属,叫王向东,从行政部门调过来的,是典型的南方人,看起来精明利落的样子,说话风趣,工作起来也不拖泥带水。

又一场新的磨合要开始了。

职场测试: 测测你的管理才能

有人说,管理的最高境界就是"放权"。如果你以前是手脚不停的"劳碌命",那么,今后就该在管理方面下工夫了:不用事必躬亲,组织运营依然良好。

那么在团队中,你的管理风格是何种呢?通过下面的测试题来看个究竟吧!

1. 你觉得强势地位和忙得昏天黑地才是管理者尽责的表现吗?

   A. 完全赞成   B. 一般   C. 不赞成

2. 你常常花时间来教育下属：

    A. 是的   B. 一般

    C. 不是，教育是人力资源部的事情

3. 如果下属喜欢拿问题来问你，你认为：

    A. 要帮他解决，因为这是表现自己权威的时候

    B. 介于A与C之间

    C. 他首先应想办法解决，而不是来找你

4. 在公司里，高层人员是否能分享权力：

    A. 是的，可以分享   B. 介于A与C之间   C. 不是，权力在你手中

5. 每天你都忙着计划、协调、控制、指挥部下工作，恨不得一天有48个小时可以利用：

    A. 是的   B. 一般   C. 不是

6. 你比较会偷懒，能不做的事情就不做：

    A. 是的   B. 一般   C. 不是

7. 当你外出时，手机常常因下属的拨打而响个不停：

    A. 是的   B. 一般   C. 不是

8. 你在组织中的授权：

    A. 很充分   B. 一般   C. 不能大胆授权

9. 在公司，你特别喜欢凸显自己的个性，展现独特的领导才华和非凡的经营成果：

    A. 是的   B. 一般   C. 不是

10. 在公司里你主要做的事情是：

    A. 制定发展战略，监控执行关键员工的培养与企业文化的培育

    B. 除了A所列出的，还有其他一些事情也花去你不少时间

    C. 公司很多事情还必须由你亲力亲为，还不能立即撒手不管

11. 当你想要和家人外出度假三个月时：

    A. 走不开，因为你在公司不可替代，公司没有你不行

    B. 现在还不行，但不久的将来可以放心去旅行

    C. 公司能在你的放权下正常运作，自己可以外出旅行

12. 你已经考虑"淡出江湖":

A. 是的 　　　　　　　　　　B. 考虑过,但还有一段时间

C. 只是偶尔想想,哪有那么容易淡出

得分说明:

单数题选A得1分,选B得2分,选C得3分。双数题选A得3分,选B得2分,选C得1分。

测评结果:

12~19分,你的团队是不是还处于磨合期或者初建期?你强有力地推动团队朝前发展,像亲征的将军,你的组织及人员构架还不是十分成熟,使你不得不继续劳碌。要注意的是,一旦团队走向成熟,你就要积极转换角色,敢于弱化自己,培养人才,以求组织强大,而非个人权力的扩张。

20~28分,你的团队应该具有一定规模和实力,你在管理中也能抓住重点,但仍有一些事务缠身。在管理的过程当中也确实有些让人身不由己的事,你要不断提高自我的教育程度,强化组织发展意识,假以时间的累积,总会渐渐步入管理佳境。

29~36分,得分很高的你,无论是价值观,还是对经营企业方略的把握,都十分成熟。在公司日常运行中,看不到你挥舞的手指或怀疑的眼神,也听不到你命令的口气,而组织又在你的管理下照常有序运行,这都归因于你善于创造好的工作氛围和团队文化,管理佳境正在呈现!

❋ 迎接大老板的到来

SG在中国的绩效向来不错,体现在员工福利上,就是每个月的绩效奖金,以及时不时会发给员工的Ito Yokado(伊藤洋华堂)的购物卡,少则两三百,多则两三千。光最近这半年,我攒在抽屉里的购物卡都已经上万了,还不算买手

机买衣服花出去的。

有时候周末,在Ito Yokado闲逛的时候,总能看到三三两两的SG同事,手持购物卡于各处血拼,仿佛购物卡里的钱不是钱一样。

那天,福田部长开高层会议回来,一脸庄严地把我和代叶叫到办公室,说日本的大老板黑羽相一将莅临中国,接待工作交由我们业务部和行政部共同处理,他希望我跟代叶可以携手共进,给出好的建议,一起完成这一项光荣而艰巨的任务。

我看了一眼代叶,她眉头锁起来,一副麻烦临头的表情,看来,这似乎不是什么好差事。

福田部长猜透我们心思,说:"你们也不用压力太大,黑羽先生就是过来视察一下公司的工作,只在成都待短短一周的时间,况且有行政部的人积极配合,不会有什么差池的。"

代叶忍不住发话了,说:"福田部长,项目管理课平时的工作就已经够忙了,抽不出多余的时间来处理这些事情,不如就交给成程来做吧,她性格细致,又耐心,适合做接待的工作。当然,我们会全力配合的。"

我愣了一下,心想这就是先下手为强,后下手遭殃的道理了。代叶这招算狠,轻轻松松就把一座大山转移到我头上来了。

福田部长的目光也随着这座大山,转移到我身上,征求我的意见。这时候,如果我再推辞的话,仿佛就太不像话了,他手下就我和代叶两员大将,总不能临阵互相推诿,怪只怪我没像代叶那样,先发制人。

我像只被赶着上架的鸭子一般,说:"那就交给我好了,虽然产管课的工作也很忙,但我会尽力的,希望福田部长和代课长能够给予宝贵的意见和协助。"

福田部长颔首,代叶微笑,只有我心里讪讪的,说不出什么滋味。走出福田部长室,代叶亲切地挽着我的胳膊,问:"成程,没生我气吧?"

我看着她笑得极不自然的脸,说:"哪能啊,您比较忙,您的工作比较重要。"我自己都觉得这话有点阴阳怪气的,虽然没多大点事,我却觉得自己被莫名其妙摆了一道。

代叶的表情变了变,忽然凑过来伏在我耳边,轻声说:"成程,对不起,我怀孕了,所以当然想方设法为自己减轻工作量。"

我吃惊地看着她,一声惊叹从心里涌到嗓子眼,马上就要冲口而出。代叶把食指放在唇边,做了一个嘘的动作,于是,我又硬生生把那声惊叹顺着原路咽了回去。

还好,周围没有人。我问她是什么时候的事,她说刚刚查到,一个月出头,是最需要小心的时候。我忽然不知道是应该恭喜她,还是安慰她,有宝宝了本该是好事,但她曾那么排斥孕育。

代叶一脸怅然若失的表情,说现在还瞒着公司,但大肚子这回事,毕竟是瞒不了多久的,到时候工作起来,估计会有诸多不便。

我国《女职工劳动保护法规定》:女职工产假为90天,分为产前假和产后假两部分,其中产前休假15天,产后假75天。若孕妇提前生育,可将不足的天数和产后合并使用;若孕妇推迟生育,可将超出的天数按病假假期处理。

另外,国家法律规定,符合晚育年龄的夫妻,女方可享受产假120天,难产的增加15天,男方可享受护理假15天。属于晚婚晚育增加的30天产假,遇到法定节假日可以顺延。

我听了,心里滋味怪怪的,更不知道说什么好,只得劝她注意身体,一定不要再像以前那么拼命。代叶若有所思地点点头,走廊走到尽头,我们就各自回自己的办公室了。

我开始着手准备接待的事。黑羽先生来成都的时间安排在一周之后,其实,接待工作按说是应该由行政部门来处理的,不过黑羽先生自己决定再参观视察我们业务部的工作,于是,业务部就必须得参与准备工作。

平时安排接待各地的销售代表的活,基本上都是周娟在打理,王向东来了之后,就把这担子接了过去。小伙子机灵懂事,我对他还算放心,就让他来负责这次接待。不过,这次不一样,接待的可是SG高层中的高层,领导中的领导,不能掉以轻心。

王向东就是行政部调过来的,让他去跟那边的人协调,应该不是什么大问题。行政部负责这差事的人叫苏玫,职务是部长助理,长得白净,眼睛弯弯的,随时一副笑模样,让人想起一首歌叫做《带笑的眼睛》。

我心里偷偷乐,这种样子,应该是最适合做接待了吧,跟王向东站在一起,简直就是一对金童玉女,拍成照片可以做SG形象代言了。

以为可以顺利进行,可是在订酒店这种小事上,却产生了分歧。苏玫觉得既然是大领导,就应该安排住最豪华的宾馆,这样才够排场,可王向东却觉得黑羽先生是打着视察中国公司的旗号而来,所以应该住在SG内部的招待所里。

两个人各抒己见,相持不下,于是就来问我要个参考意见,我也有点为难,招待所虽然比较方便,但毕竟设备简陋,平时连销售代表来了,都会另外订酒店的。为这个问题我郁闷了一会儿,又总不能坦白说我也不知道怎么办才好,就耍了次诈,装模作样地摆着上司架子跟王向东说,这种小事你们自己处理,不要总跑来问我。

王向东讪讪地走了,我无奈地想,刚才自己说的话真是熟悉,完全从代叶那里继承来的。

其实这事我也有责任,应该事先打听好黑羽先生喜好习惯的,自然不能真让王向东他们去瞎猜。既然都决心交给王向东处理了,我决定还是看他进一步表现,如果上心,他也是可以通过各种途径来获取解决问题的途径的。

他倒是没让我失望,下午就把初步安排呈交给我,内容翔实,理由充分。

黑羽先生的住处安排在SG的招待所，因为据说他是一个简朴的人，崇尚简约，不喜欢奢华。至于吃饭问题，会由中国公司高层带去品尝本地特色小吃，会在招待所吃家常便饭，也会深入到SG食堂与民同乐，安排得合理有趣。

我赞赏了几句，问他是如何作出这些决定的。王向东说，根据他的调查，黑羽先生曾经在八年前，还未成为SG总部社长的时候就来过成都，所以他找到几位老员工，跟他们问了一下当时的情况，同时，他还想办法跟远在日本的黑羽先生的助理取得了联系，私下里套了点话。

我默许地点头，王向东又添了一句："其实，苏玫也出了不少力，她工作能力很不错的。"

我听着这话觉得有点奇怪，问："你们之前就认识的吧？"

王向东说："只能说认识了，不是很熟。"

我不再多问，挥挥手让他继续去忙。

黑羽先生要来视察业务部的工作，这几年的工作绩效表、工作进度和来年的计划，都要完美地展示出来，虽说他也许不会详细地查看，但我们必须摆正态度积极地准备。另外，员工的工作状态，办公环境，这些都是要呈现给黑羽先生看的。

行政部时不时地带人过来，墙上的宣传栏该贴的贴了，该换的换了，会议室的植物盆栽、休息室的椅子和饮水机也都更新换代。那个行政助理嗓子尖尖的，在业务部大办公室里转了一圈，喋喋不休地说，这里的卫生要打扫一下，你们把桌子都收拾整洁了，把该擦的玻璃擦了。

办公室里的人面面相觑，茉莉斜着她的桃花眼，说："不是有清洁工吗，什么时候轮到你来指使我们干这种活了？"

尖嗓子小姐不屈不挠地喊："清洁工不够细心，再说打扫一下自己地盘的卫生也耽误不了你们多少时间。"茉莉火气有点大，把手里的资料夹往桌子上一摔，说："我可忙着呢，要打扫你来打扫好了。"

尖嗓子小姐也急了，结结巴巴地说："你你你这样，耽误了事情你你你负责啊。"

小杜闻声，也跑过去看热闹，故意拉长声调说："我我我可负责不起，茉莉我我我们还是抓紧时间转行当清洁工吧。"

办公室哄堂大笑，尖嗓子小姐脸憋得通红。我看不下去，走过去，让大家把自己的办公区域收拾一下，剩下的交给清洁工来做，大家仍然嘻嘻哈哈的，但也各自开始动手。尖嗓子小姐感激地看着我，说："谢谢谢……"

我懒得再听她啰嗦，来不及等她说完，就赶紧拉小杜回去工作。

事后，小杜悄悄跟我说，那尖嗓子小姐一直夸我没有领导架子，据说她在代叶那里受了点气，因为代叶死活不让尖嗓子小姐挪动她办公室里的东西。她不小心碰落了代叶的药盒，还被劈头盖脸地训斥了一番。

药盒？我心里有点疑惑，不是说怀孕了不能乱吃药吗？其实这段时间我也明显感觉到代叶的脾气大了许多，经常听见她在办公室里冲着下属发火的声音，搞得她那边的员工人人自危，诚惶诚恐。

估计怀孕这件事情，带给她太多压力了，一心想做女强人的代叶，还没有做好当妈妈的准备。原本，她可以说是前途无量的，别看我跟她一样是课长，但论起含金量，我就比她差得远了。代叶的课长要有料得多，又是海归硕士，我还是她下属的时候，就听见议论纷纷，说业务部将来会是她的天下。

在这个节骨眼上怀孕，对代叶来说，的确可能会带来一些麻烦。因为听说她办公室里有药盒的事，我以为代叶缺乏孕育常识，就买了两本孕育的书，下班的时候偷偷交给她，代叶跟做贼一样眼观四路，看到没有熟识的人，才谨慎地收下装进挎包里，客气地说，这样的书我都买了一堆了，还是嫌不够，眼瞅着都变成专家了。

我配合着笑了几声，心想看来自己是想太多了。

职场知识：

如何当一名卓越的领导人？

1 拥有清晰的思路和立场。你必须具备领导者的姿态和能力，才能让下属充分地信任你。

2 给予下属充分的信任。帮下属树立足够的信心和勇气，让他感觉到，他是你的"重臣"，这件事情只有他可以圆满完成。

3 激励要恰到好处。当下属工作取得良好的成绩，要适时给予物质及精神上的奖励，奖励要讲究技巧，在公开场合的赞扬更容易激发员工心里的自豪感，从而激发起更充足的干劲。

4 批评是个技术活。下属犯了某些无关大局的小错误，可以单独委婉地提醒他改正，如果错误有点严重，也尽量用迂回战术来给予指导，不要轻易地说过于激烈的话语，挫伤积极性。

5 用事实说话。在职场，工作业绩大多是用数据来衡量的，你必须对这些"板上钉钉"的事实有清晰的了解，对下属的工作成果有明确的评估，让自己更具权威性。

6 摆正自己的位置。有些时候，你是严格的老师，给下属以积极的指导，有些时候，你又应该是益友，可以跟下属分享自己的心得体会，共同进步。

分享秘密的风险值

代叶怀孕的事情，暂时只告诉我一个人，她说从来都觉得我是一个知轻重又可靠可信的人。在职场里，同事很难成为真正的朋友，很难有人会对谁推心置腹，代叶的信赖让我感激，自然更加为她守口如瓶。

怀孕实在是一场浩大的工程，如果让高层知道了代叶的状况，她接下来几年的发展规划可能会受阻。高层会从长远角度考虑问题，按照代叶的身体状况，八个月左右之后就进入产假，三个月的时间，项目管理课不能群龙无首，而他们能不能信任归来后的代叶以新妈妈的身份全身心地投入工作还是个问题。

SG有这样的先例，一个雷厉风行的女销售课长，怀孕之后就像把斗志也一起生出去了一样，不得不退居二线，调动到一个闲差上每天喝茶看报，把一壶毛尖泡得比自己还疲软。

但是，毕竟这种事情瞒不了多久，大肚子藏不住，就算勉强藏两三个月，等被发现后，也会给高层留下不好的印象。我委婉地提醒代叶，要早做打算了。

当时，接待黑羽先生的准备工作正进展得如火如荼，光从办公环境上讲，整个办公室稍加收拾装修之后，看起来焕然一新。我去黑羽先生将要住的招待所看了一下，也布置得不错，门口拉了一副鲜艳又不招摇的横幅：欢迎黑羽先生视察工作！

黑羽先生的日程安排已经传真过来，虽然他会在成都留一周的时间，但有三天是私人活动，也就轮不到我们操心了。

周二，黑羽先生来的时候，董事会的几位高层领导，加上福田部长、代叶和我去接机，浩浩荡荡的。黑羽先生很出乎我意料地穿休闲装，看起来一派悠然姿态，只带了助理千惠小姐和一个翻译，之前我先入为主地觉得作为SG大老板，他应该是西装革履，身后跟两队人马，很拉风的样子。

黑羽先生依次跟我们握手，说感谢我们一直以来为SG的无私奉献。我们分坐两辆车回SG招待所，王向东和苏玫正翘首以待，一切顺风顺水地进行，倒是没出什么大乱子。黑羽对我们的安排很满意，说他就是喜欢住这里的招待所，环境好，又简单又方便。

他记忆力好得叫人惊讶，居然笑着跟我们谈起八年前的招待所，地板是什么花样,窗帘是什么颜色,墙角的植物又是什么品种。八年,这里都翻新了无数回了,在场的人一多半都没见过它八年前的样子,见过的也不会那么清晰地记在心上。

晚上,我们一起到银杏川菜酒楼吃饭。黑羽先生胃口不错,说一直想念川菜的味道,日本这几年也陆续开了不少中国川菜馆,但尝起来总觉得缺了些神韵在里面。我接触过的日本人对中国文化和饮食都颇感兴趣,这次黑羽先生对成都味道的赞许,更让我民族自豪感油然而生,心里喜滋滋的。

黑羽先生的中文水平只停留在日常问候语的层面,他对菜品很感兴趣,认真地问每种菜都叫什么名字。中国的菜名向来就以难以翻译成外文著称,光是网上流传的那些千奇百怪的英文翻译,就足够中国人民笑一阵子了。

这几年,成都留意到日韩客人的增加,许多景点的指示牌上都添了日语和韩语标识,不过餐饮里鲜有日语的菜单,所以如何向黑羽先生解释清楚每道菜的名字和材料做法,实在不是一件简单的事情。就算是再精通两国语言,也难免会词不达意,我看中方和日方的翻译搜肠刮肚地用各种词汇表达,可是黑羽先生还是一脸茫然,那两个翻译急得汗都快流下来了。

我试探着开口,依次向黑羽先生介绍菜品,简单地讲一下做法和来历。其实川菜也分谱系,分为上河帮、下河帮和小河帮。上河帮是蓉派,以传统菜品为多,相对来说比较清淡,用料精细,味道温和,一般外国人喜欢的都是蓉派味道。我待业那阵子做兼职的时候,做过菜谱翻译,所以对这些事情也算颇有了解,樟茶鸭、回锅肉、宫爆鸡丁、夫妻肺片、麻婆豆腐、泉水豆花,只要叫得出名的川菜,我大致可以用日语来表达清楚它们的用料、做法和味道特色。

黑羽先生认真听着,我渐渐放松起来,越说越顺,穿插典故,最后,他忍不住竖起大拇指,说我的日语水平非常不错,对饮食文化也非常在行。黑羽先生还态度诚恳地请我教他各种菜的中文发音,然后鹦鹉学舌一般的重复,自己也觉得听起来怪腔怪调,忍不住哈哈大笑。

喝的是黑羽先生特地从日本带过来的清酒，清酒类似于中国的糯米酒，不过酒精度要略高一点，当然，再高也不会超过20°。平时，代叶也算是"酒"经沙场的人，现在却不敢多沾，只轻轻地抿一口就放下。

福田部长特意向黑羽先生介绍了我和代叶，说我们是业务部的两员大将，黑羽先生再次竖起大拇指，用不知道哪里学来的中文说了个成语，巾帼英雄。

散场之后，服部社长忽然走到我身边，说："丁桑，刚才表现得不错，明天继续加油。"

我谦虚地解释，因为平时会注意了解一些中日文化知识，这次派得上用场纯属巧合。

第二天，黑羽先生按照日程表安排来业务部，跟每个员工打了招呼，又象征性地翻看了我们准备好的材料。他说，对我们的工作都非常放心，这几年中国公司发展得非常不错。

他还特意提出参观我的办公室，这让我很意外。在我看来，我的办公室是完全没有任何参观价值的，空间不大，摆设简单，平时桌上堆满各种文件显得乱糟糟的，最近因为事先整理过，最多会整洁一点，并无不凡之处。黑羽先生却兴致盎然，踱着步子在我办公室里转了一圈，说从这个窗口看到的风景非常不错。

他在我的文件柜前站了一会，我忍不住心跳加速，那里面，不止有文件，还放了些我平时看的书，的确有不少跟工作有关的，但也有几本四处淘来的日本原版小说，还没来得及带回家。此时此刻，我感觉自己像高中课堂上被班主任发现在看跟学习无关的书一样，紧张不安。

黑羽先生却赞许地说："不错，阅读视野非常广泛，不论什么时候，我们都应该多读书。"我心里一块石头落了地，想，这位大老板，还真是名不虚传地没脾气，好相处。

中午,我们一起在SG的食堂里吃了顿便饭,下午黑羽先生要去厂房,说不用我们陪,派一个向导就可以了。向导的工作,我安排给了王向东,他脑子活络,处事也机灵,而且有他在场的话,气氛也能活跃许多。

下午,福田部长喊我到办公室,莫名其妙地问我跟代叶关系如何。我回答说:"工作上配合不错,生活上也相处愉快。"福田部长的下一个问题让我目瞪口呆,他问:"代叶怀孕的事情,你听说过吗?"

我一时间不知道要怎么回答,像截木头一般站着。福田部长说:"我也是刚刚听说了这个情况,这是好事,不过,代叶似乎有意想隐瞒这件事情啊。"

我只好说:"代叶应该也是刚发现自己的情况,还没来得及告诉大家,再说这毕竟是私人的事情,其实也没必要大肆宣扬。"

福田部长意味深长地说:"我最多一两年内就会回国了,目前来说,代叶和你可是下一任部长的热门人选呢,这样一来,局势可能多少都会受一些影响。"

离开福田部长办公室,我第一次觉得面前的走廊那么长,长到让我的脚步声听起来有点空洞。迎面走来一个人,我还没来得及抬头,就被硬生生撞了一下,那个人跟我擦肩而过。我回过头去,看到代叶的背影,正往福田部长办公室走去。

看样子,代叶已经听到秘密暴露的风声了,虽然看不到她的脸,我仍然能想象的到她的表情一定不好看。

最让我困惑的是,福田部长是通过怎样的途径获知了代叶的事情。而最让我担心的是,代叶会认为我是那个告密出卖她的人。

✳ 敲响了警钟的信任危机

果然,接下来的几天,代叶怀孕的事情就传得沸沸扬扬,连几个外地的销售代表都打电话来，拐弯抹角地向我打听这件事情。

我不知道福田部长跟代叶谈过什么，反正再没看到她的好脸色，一副冷冰冰的表情，冰冻三尺一般，让人看一眼就不寒而栗。与此同时，业务部的员工个个看我的眼神都是怪怪的，尊敬里面，还带着一丝欲盖弥彰的戒备。

中午吃饭的时候，我故意走去跟茉莉搭伙，想打探一点内情，可茉莉的话题扯东扯西，没有一句是我想听到的。我只好试探着问："代叶今天好像心情不好啊？"

茉莉见不能再装糊涂了，小声跟我说："她怀孕的事你已经知道了吧？人家隐婚，她隐孕，想再瞒一段时间，趁机活动一下，把升职的事先定下来，结果，不知道被谁给捅出去了。"

我说："这事从谁嘴里传出去的啊？"茉莉笑得贼兮兮的，说："不知道，反正你的呼声蛮高的，某些人私下里说，代叶遇到麻烦，第一个得利的人就是你。"

虽然我早已经预料到会有这种说法，不过当真有人把这种推测吐出来，我还是觉得阴森森的。我强颜欢笑地解释："怎么可能，福田部长最反感的就是这种内讧，我哪有胆量去挑战他老人家的道德准绳？"

茉莉不表明态度，倒是小心翼翼地说："现在时局太敏感，我不能跟你一起待太久的时间，否则会遭人怀疑的。"说完，她还没心没肺地笑了两声，摆明了就是要等着看热闹。

我的处境非常尴尬，真希望代叶能马上来跟我对峙，我也好作出解释。可是她什么都不说，我如果主动找上门去表明不是我告的密，倒像是此地无银的行径。

黑羽先生的成都之旅还剩下两天，有王向东鞍前马后地跑着，省下了我不少心力。我有意识地在福田部长面前夸奖王向东，说他是我的部下中上手最快的一位。福田部长说："王向东先前在行政部也是骨干，当初要调到业务部的时候,行政部原本还不打算放人呢。"

我问:"他为什么会调到我们业务部来?"福田部长表示是王向东听说业务部有空缺,自己提出的申请,据说还因此让行政部的主管略有不满,但还是尊重了他的选择。

黑羽先生走的时候,我们去送行,他特地跟代叶握了握手,恭喜她有了宝宝,还提醒她要注意身体,工作的时候讲究方法,不要太疲劳。代叶微笑的表情恰到好处,既传递了感谢和祝福,又洋溢着充分的自信,滴水不漏地说:"您放心,我有能力和信心处理好所有事情。"

黑羽先生又转向我,说:"丁桑,你也要多多努力,希望以后还有机会见面。"

回SG的路上,代叶,我,跟王向东坐在一辆车里。我跟代叶各怀心事,一言不发,只有王向东跟司机饶有趣味地侃大山,时不时声量适度地笑几声。快要到达的时候,副驾驶上的王向东忽然扭过头来,说:"代课长,您身体还好吧?"

代叶礼貌地回答:"很好,没什么不适。"

王向东自顾自地说:"前几天听行政部的同事说,在您办公室看到叶酸片,据说怀孕期间要一直补充叶酸,孩子才会聪明呢。"

坐在后排的我和代叶都愣了一下,气氛一时有点紧张,几秒钟之后,我听到代叶长长地舒了一口气,说:"是啊,叶酸是不敢断的,多谢你的提醒。不过,你一个未婚男青年,知道的还真不少。"

王向东哈哈大笑,说:"行政部是典型的男女失调部门,满屋子莺莺燕燕,从刚毕业的小妹妹到孩子都读大学的阿姨级,以前我在那边的时候,没少听她们闲聊八卦。"

到SG之后,我直接把王向东叫到办公室。他刚才的那些话,看似是寻常的问候,但暗里却藏了不少重要信息。几天前那位行政部的尖嗓子姑娘打翻代叶药盒的事情,不少人都听说过,我没想到,这居然可能是代叶怀孕消息走漏的关键。

王向东显然知道我要问什么，自己开了口："丁课长，我只是实话实说，是不是犯什么错了？"

他没犯什么错，还为我的尴尬处境解了围，化解了我一直担心的麻烦。我只是不知道，他为什么要这么做，按说这件事情跟他一点关系都没有。

王向东接下来的话，让我颇有感触。他说，我跟代叶之间若有矛盾，对他一点好处都没有，但如果他肯多说一句，也算帮了我一把，我会记他一个人情。而代叶，估计这几天心里也一直在琢磨是谁把消息传到了福田部长那里，她最害怕的答案，就是我。因为如果是我做了那个传消息的人，不仅说明我这个人信用度不佳，更说明我暗藏野心，企图对她下手。

他说，事情的真相其实很简单，但如果没有人挑破的话，就会在各自心里越演化越麻烦。

王向东都已经这么坦白，我想我也没必要再摆出严肃姿态，干脆就表示了赞赏和感谢，又点到为止地说了一句："你就不怕代课长会认为这些话都是我教给你，用来转移自己的嫌疑，顺便嫁祸给别人的？"

王向东说："这就是我在你和她都在场的时候说起这件事情的用意了。当时你脸上的惊讶表情，虽然比代课长晚了半秒，但还是挺明显的，我能注意到，她一定也能。代课长是个聪明人，我话已经说到那里，她不会理不明白个中因由的。"

行政部跟业务部没什么利害冲突，估计代叶也不会傻到去追根溯源打击报复，况且以讹传讹这种事情太复杂，也许最先发现状况的是尖嗓子姑娘，但福田部长的上线到底是哪一位，谁也说不清。

我吩咐王向东出去继续工作，说："这件事情，以后就不要再提了。"

他知趣地点了点头。王向东的心计，让我刮目相看，还好目前来说，他还是愿意跟我站在统一战线的位置，否则会是个麻烦的对手。而且我隐隐觉得，他要求调到业务部来，似乎有什么没有道明的理由。

希望那个理由，对我来说是无害的。

下班的时候，在楼下遇到代叶。她说她老公开车来接她，邀请我搭个便车，我没有推辞。车上，代叶有说有笑，心情不错的样子，我们都避谈那个话题，一路上谈笑风生，我揪了几天的心终于渐渐舒展开来。

晚上，跟朋友聊起这件事情，他跟我说了一段话：就算是believe中间还是有个lie，就算是friend最后还是免不了end，就算是lover最后还是会over，就算是forget也得先get才行，就算有wife心里也夹杂着if。

信任和谎言，友情和终止，爱人和结束，忘记和得到……这些条理分明又对比鲜明的排比句，一时间让我说不出话来。

PART 5

不是结束的结束

兜兜转转,回到原点

月初的时候,二雪给我和叶小苑打电话,末了的时候随口一提,说有可能要回成都。

话说二雪在上海已经待了接近一年,仍旧致力于广告文案,每天跟文字修辞作战,为每一个广告业务付出一百分的努力。但是,她跟师傅老王的沟通一直存在问题。

一般来说,广告行业的一个小团队分为创意、文案、美工、摄影等几个成员,二雪是文案,老王则负责创意,是这个小团队的领头羊。应该说,三十几岁的老王在工作上还是个挺有想法的男人,他在国内外拿过几次奖项,不少作品都被奉为经典,让人拍案叫绝。

可是,这个有想法的男人有个小毛病就是思维太活跃了,而且是发散型,没有一条贯穿的准绳。在某个创意上,他经常会有各种奇思妙想,兴奋地描述给二雪听,可那些全是停留在他脑海里的初步想象,压根还没成型。再加上老王的表达方式相当有问题,二雪听得云里雾里,根本无法弄清老王要表达的意思,等诉诸到纸面上,自然就跟老王的想法有出入,有时候甚至大相径庭。

于是,老王和二雪每天都在沟通与沟通不顺中度过,他觉得她做出来的文案总也无法把他丰富斑斓的创意展示出来,不停地让她修改再修改。他的创意往往是接踵而来,今天这样说了,明天忽然又添了点什么,到了后天,他又有新的想法加进去,所以二雪的文字永远跑不过老王的思维。

老王气急败坏的时候,经常毫不留情面地说二雪,说她不适合这个行业,让她的自信心下降至冰点。

一开始,二雪总隔三差五跟我哭诉,说自己拖了老王的后腿,说自己的文字表达和悟性灵性都欠缺。我旁观者清,婉转地说,让她从老王以及两人的沟通上找找问题。跟二雪认识那么多年，她的能力我是从未怀疑过的。她和老王之间的矛盾到上海之后才凸显出来，而且愈演愈烈，显然，不是她一个人的原因。

老王自我意识太强，容不得质疑，由不得二雪提出不同意见。二雪只好尽量避免与他争执，可是，要知道工作中的事情，执行者总是她，出了问题，所有人也都把矛头指向她。失掉一个单子一笔业务，老王不会觉得是自己创意有问题，而是会怪罪二雪没能准确地把他的思路表达出来，跳起来跟她说，你看，我跟你说过怎样怎样，你就是不怎样，结果又怎样怎样……

这就是文科艺术行业的悲哀，没有严密的准绳来筛选哪个创意好，哪个创意糟，也没有标准的尺度来证明谁对谁错，孰是孰非。如果是生产一个部件，会有长度宽度重量上的规格，严格地按照这些数字来进行加工，对成品一测量，哪些合格哪些不合格，一目了然。可是，广告行业就不一样了，听老王的话就可以略知一二，张口闭口都是感觉、态度、灵感、只可意会不可言传……全是些形而上的词汇，看不见摸不着，来无踪去无影。

就这样，二雪所在的小团队渐渐陷入困境。小团队里的所有人，都是老王直接带过去的，一个在成都土生土长的团队，忽然移植到了上海，嫁接到新的广告公司里，就跟水土不服一样，失去了勃勃生机。

插播：

不同的工作性质有不同的工作方式，但无论在什么工作上，上司必须给下属明确的指示和清晰的思路，如果只是含糊地表述，期待下属自己的领悟，会浪费许多宝贵的时间。

磨刀不误砍柴工，"沟通"二字，应该在下属开始执行工作之前就进行，这样他/她才能够有充分的了解和准备，进而展开工作，节约时间成本，而不至于做大量的无用功，再花大量的时间用于亡羊补牢。

二雪他们谁也没想到，老王这只领头羊，居然是首先想到离开的一个。他做好了回重庆创业的打算，暗地里把美工推荐到了另外一家公司，又开始试探着跟二雪提起，问她的打算。

二雪有点意外，她第一个想法是让老王推荐她到别的团队，可老王答应之后，却迟迟不付诸实践，估计是执行过程中出现了麻烦。那段时间，二雪的日子过得惶恐不安，知道马上就会失业，可下家却还没找好，焦虑得厉害。

后来的事情就有点传奇了，我想，这一点是二雪在职场生涯里遇到的最幸运的事，可以说，从此改变了她的人生轨迹。

这件事，还要从二雪的前老板潘佳明开始说起。潘佳明从半年前开始，就盯上一个郊区建设的项目。那个成都周边的一个县，规划在十五到二十年的时间里修建和发展成大型的工业集中发展园区，潘佳明绞尽脑汁想把广告宣传代理权拿下来，于是使劲浑身解数地跟县城管委会的人协调争取。

管委会的田主任跟潘佳明私交不错，有一次无意中提起，想招聘一个人专门负责这个项目的宣传工作。潘佳明想趁机推荐个合适的人给田主任，第一做个人情，第二，如果这个人是自己信得过的人，还可以趁机打听一点内幕消息，对自己拿下这个单子大有好处。他思来想去，实在找不到合适的人选，就想到了"叛逃"到上海的二雪。对潘佳明来说，二雪虽然有过"叛变史"，但能力毕竟不错，如果这次把她拉拢回来，白白送上这么好的一个工作机会，她一定会对自己感激涕零，以后就乖乖为他所用。

所以，潘佳明联系到二雪，问她是否愿意回成都来发展，二雪不知道他的用意，没直接表明立场，用迂回战术探出了他的口风和整个事情的来龙去脉。她仍然持保守态度，只说考虑一下，没有明确地回复潘佳明。

她征求了不少人的意见，绝大多数人都趋向于让她去当公务员，就连向来支持她留在上海的父母，也开始婉转地表示，那真的是一个不错的工作机会。

二雪进行了单枪匹马的最后抵抗,独自一人去上海最大的广告公司面试,成功地进入到第三轮面试。可是,面试官铁面无私地告诉她,公司规矩是有三个月的试用期,没有工资不说,食宿自理,三个月之后进入见习期,每个月提供1500块生活费。1500块,在上海只够付房租,连水电费都不包括在内。

当时,二雪还没有从原先的公司离职,趁周末的空,又请了两天假,飞回成都,去郊县管委会找田主任面试去了。田主任认真看了二雪在广告业的作品,又考察了一下谈吐思路,觉得是个可造之才,当即拍板,录用。

在二雪火速飞返上海之前,我、叶小苑和她在良木缘见了一面,三个人坐着相顾无言,感觉像在做梦一样。二雪穿衣打扮风格大改,从以前的休闲风,改变到了OL风,利落的短发,干练的气质,一举一动里都带着隐隐的霸气,看起来像个意气风发的女官员。

我忍不住说,看来是天意,二雪从此就步入公务员行列了。

广告行业还有一个特点,就是人员自由,二雪在上海的那家公司做了一年,居然没有劳动合同,属于编外人员。于是,辞职就变得形式化。她说,走出办公室大楼的时候回头望,觉得作别的不是办公楼,是广告行业。

外聘公务员的待遇,要略优于普通的公务员,回到成都的二雪,工资依然是3800元,跟在上海一样,不过在成都的3800元,含金量可就要高得多了。而且,五险一金等福利完备,吃住单位全包,每个月能拿到手的也有4000多元。

我们对她的"归去来兮"非常兴奋,她看着近一年没见的老房子,也免不了发思古之幽情,忆往昔峥嵘岁月稠。我们三个人拎了几瓶啤酒,各自做了自己的拿手菜,喝得恰当好处的时候,既想笑,又忍不住想抱头大哭。

职业方向,是每个人都应该慎重考虑的问题,不管是初入职场,还是在职业过程中,选对了方向,个人发展会省下很多力气。

职场测试： 测测你的职业方向

想象一幅画面：你乘坐时光机飞回到原始部落，天气炎热，你看到两男一女正在争执，用你听不懂的语言。请问，你觉得这三人"可能"在讲什么？

A. 伙食没有着落。　　　　　B. 天气炎热，食物容易腐烂。

C. 村子爆发流行病，苦无对策。　　D. 为了女人争风吃醋。

E. 为外族入侵而烦恼。

测试结果：

选 **A**，你可以是个很称职的专业人士。比如医生、律师、工程师，地位崇高，收入多也受人尊重。

选 **B**，你可以从事专业的业务员或类似工作，比如销售人员之类，你的经验值会是决胜的关键。

选 **C**，你适合从事管理工作。领导力极佳的你天生适合担任主管，不过，在此之前，需要脚踏实地，经过相当的努力。

选 **D**，你适合从事创意类工作，也习惯以一技之长来闯天下，广结善缘，积累人脉，借力使力你才能取得成功。

选 **E**，你希望生活平静，能够有个稳定的工作环境，所以朝九晚五的工作最适合你，你可以依照兴趣选择你想要的，也要让自己能够时时学习，才不会因为突发状况而失业。

✳ 办公室的爱情静悄悄

二雪回来之后，只有周末回市区，平时就住在郊县。每个周末，我们聚在一起大谈特谈，分享职场经验，也倾诉一些麻烦。

姑娘们对我嘴里的代叶都十分感兴趣，认为她是那种典型的女强人，等再过几年真正独当一面起来，就是穿普拉达的女王一般的人物。叶小苑坏笑着说："成程，你也努力一下，反正都失恋了，就朝着女强人方向发展，以后招一批男下属，供你呼来喝去，方能弥补感情上的创伤啊。"

我汗颜，我的段数跟代叶相比，还差得远呢。

代叶的怀孕风波，表面上渐渐平息下来，可谁都知道，不会那么容易就过去。一个女人的怀孕，是一件很私人的事情，但有时候也会牵扯众多，关键是要看这个女人所在的位置、所处的环境。对代叶而言，怀孕不单是一个人或者一个家庭的事，还直接影响到她的职业前程。

从代叶脸上，暂时倒也没看出什么风吹草动，照旧风风火火地工作，在例会上神采飞扬，在办公室里激扬文字。

福田部长在他现在的职位上，足足做了近八年。八年前他来到中国，除了年假，也只在公事的时候飞回日本，跟家人聚少离多。每年的中秋节，公司特地为不能回家的员工准备了晚会和各种优质月饼，我都能看到他一边四下挑选月饼，一边愁云惨淡的脸。

福田部长早就有了回国的计划，不过也是去年才正式提上日程，他看好的接班人便是代叶，当初林东课长离开的时候，就是他力荐代叶过来接班，代叶心高气傲，能够在这个课长的岗位上踏踏实实地干着，无非也就是为了部长的职位。

自从她接手项目管理课之后，所负责的日方独资产品的销售业绩就一直在平稳上升，不过，因为林东做下的底子不错，所以上升的空间毕竟有限。倒是我在的产品管理课，这一年来销售额增长得要更快一些。

当然，除了我们小团队的努力，也不排除外界有力的环境因素。西南地区的发展越来越迅速，众多的开发项目开展得如火如荼，我们积极抓住机会，产品管理课业绩比以前有了很大的改观。

这一年来的时间，我马不停蹄，几乎跑遍了全国各地，跟各地销售代表讨论营销态势，研究销售策略，努力跟他们搞好关系，互通有无，虽然辛苦，但也有收获的幸福。每次看到呈现在数字上的绩效，都觉得所有的汗水都得到了回报。

业务部的内部局势有了一点不小的变化，产品管理课不再像个受气的小媳妇一般，躲在项目管理课的光环背后。我的工资一年的涨幅已经是四位数，整个科室拿的绩效奖金也水涨船高。

另外，产管课小团队的合作越来越协调。周娟渐渐适应了工作流程，颇有独当一面的气势。我发现，她是那种厚积薄发的人，看着总觉得整个人闷闷的，不是很灵活，其实心里却算靠谱扎实，学习过程可能会比别人漫长，但效果却丝毫不会比别人差。我已经习惯了她略带憨厚的样子，不漂亮，身材普通，穿着打扮朴素到接近土气，但身上那股踏实的气质，却是容不得任何人小觑的。

王向东的加入让我感觉如虎添翼，从各方面来说，他都称得上是一个合格的助理，总能从各方面上给我好的提醒和建议。我庆幸的是他的小聪明大多用在工作上，并不是一个钻营的人，也不会恃才放旷。

有一次我掐着下班的点，从客户那里回到SG，看到行政部的苏玫正在大厅里徘徊，她微笑着跟我打了声招呼。经过之前不多的接触，我对苏玫的印象还不错，她挺适合做行政，整个人带着一股知性美。

我上楼回业务部，周娟、小杜她们已经各自回家，只有王向东还坐在办公桌前整理第二天开会用的材料。我说："先下班吧，明天提前一点过来就可以，任务不重。"

王向东为难地笑了一下，是想走又觉得不太合适的表情。我善意地提醒："楼下有人等你呢，不要让人家等太久。"

王向东表情僵了一下，不过马上心领神会。其实，经过这阵子的观察我也看出一些端倪，王向东和苏玫之间，有一些说不清的感觉。联想起来，王向东

职场知识：

办公室恋情的利与弊

办公室恋情是很招人议论的一种职场风景，又是一项高难度作业。因为身处在特殊的环境里，注定了两个人要考虑的不仅仅是感情上的东西，稍有不慎，可能会对双方的职业生涯都带来不小的冲击力。

利：可以与爱人朝夕相处，实现"零距离"；男女搭配，干活不累；节省汽油费或者打车费；双方知根知底；抬头不见低头见，减少相思之苦。

弊：容易在工作的时候心猿意马；白天黑夜都在一起，容易审美疲劳；与上司约会，容易被怀疑潜规则，与下属约会，容易被指责性骚扰；一旦分手，双方尴尬；即使有情人终成眷属，很可能其中一人就得为爱情卷铺盖走人。

支招：在办公室里尽量不要跟以下男人交往：

1 职位比你高的上司，尤其是已婚上司，可以有工作上的协作，却不能从感情上亲近。在世人眼里，你们的恋情是不道德的，不仅会伤害到其他人，你也会被认定为"贪恋权势并可以为之付出一切"的女人。

2 被人排斥的上司。他要找的，可能并不是恋人，而是一个陪伴。被人排斥的处境让他过得孤单，你若因为心软而混淆了怜悯和恋爱的界限，难免会为以后的发展埋下祸根。

3 风流的男人。招蜂引蝶是他的特长，寻花问柳是他的爱好，也许，在这间小小的办公室里，你都不会是他唯一的目标。

4 什么都是秘密的男人。他要求你像潜伏在敌方的间谍一样同他恋爱，要你无时无刻都必须以十二分的敏感来观察敌情，这样爱得很辛苦，而且很有可能，他是在以怕影响你的工作前途为借口，故意不肯承认你女朋友的身份。

5 "长舌妇"的男人。他会肆无忌惮地把什么都拿出去说，包括你跟他的情话，你只告诉亲近的人的小秘密，当整个办公室的人都知道你身体上有几颗痣的时候，能不能再在这个公司待下去，就很有问题了。

那么坚决地从行政部请调到业务部,兴许就是这个原因——他和苏玫,原本就是一对情愫暗生的恋人啊。

SG对办公室恋情的态度,虽然不像欧美企业那样视为洪水猛兽,但也是不赞成的,尤其是同一部门之中。刚才王向东的表情证实了我的推测,他的确与苏玫有情侣关系,他是为了保护这段感情,才选择了调入另一个部门。

王向东下班后的脚步是轻松的,看着他快速离去的背影,我几乎都能想象的到在楼下等到望眼欲穿的苏玫笑开了花的脸。忽然觉得,他们就像一对瞒着老师偷偷早恋了的少男少女,一边紧张,一边也幸福怡然。

✳ 祸起萧墙之内

我是在无意中发现王魏的异常的。那一次,我和代叶随福田部长去北京出差,临行前嘱咐王魏在我回来之前,把下一年的工作进度规划做出来,他拍着胸膛,难得幽默地说了一句:"首长放心,保证完成任务!"

到北京之后,那边的营销代表刘康培在机场接到我们,一起乘车回营销处。路上,代叶直喊晕车,脸色苍白,汗珠都一滴一滴落下来。她孕期已经接近三个月,到了妊娠反应的时候,按说这个时候是不应该再频繁出差的,可代叶却坚持要一起来,说不能因为身体的原因把自己特殊化。

车上的代叶接了个电话,有点神神秘秘的,她压低声音对电话那端说:"具体事情以后再联系。"

刘康培见代叶脸色越来越不好,就问需不需要去医院看一下,她婉言拒绝,说没多大问题。可是不一会,她就坚持不住,示意司机停车,冲出去在路边弯腰干呕起来。

我正要出去看看她的情况,一伸手按在了代叶的手机上。她平时谨慎得厉害,接电话从来都背着人,手机也从来不离身的,这次是身体状况太糟糕了,才会落在车座上。我正要帮她收起来,却发现手机还停留在通话记录那个界面上,最后一个来电,也就是刚才给代叶拨来电话的人,居然是王魏。

天气很热,我却觉得心里陡然凉了下去。据我平时的观察,代叶和王魏没什么私交,也就是见面打声招呼的关系,可是,他有什么事情,会明知道她人在北京,还把电话打过来呢?

我不动声色地把手机放回原处,下车问代叶怎么样了。她倒是没有大碍,喝了点水,休息几分钟,迅速恢复了气色,重新回到车里。

傍晚时候,我打电话回公司,问王魏工作进展得怎样,王魏语气诚恳地说,比较繁琐,但是他会一丝不苟地完成,交给我一份圆满的答卷。我说好,认真一点,有什么事情马上跟我联系。

挂了电话,我又拨给王向东,跟他说我不在的时候,让他暂时负责办公室的事务,各方面都盯紧一点,不要出什么岔子。王向东虽然不知道内情,也猜出应该是出了什么状况,回答得很谨慎,说自己一直在跟材料供应商们周旋,没怎么在办公室里,但会留意一下。

北京这边,代叶腆着她微微隆起的肚子,跟在福田部长后面把一切都做得滴水不漏,俨然一副接班人的姿态。相信她可能是下任业务部福田部长最有竞争力人选的消息,早就已经传到了大江南北的营销点,所以刘康培和他的手下对代叶可以说是恭敬、赞赏有加,我已经能从代叶的脸上,依稀看到了代部长的风采。

吃饭的时候,代叶的手机响了几次,前两次她低头看了一下,没有接,不知是挂断了还是取消响铃了,第三次,代叶站起来说:"对不起,家里有点事,出去接个电话。"

我心里像有成百上千只蚂蚁在爬,不知道应该怎么处理这样的情况,希望是自己多心,但又觉得,事情不会那么简单。

三天之后,回到成都。王魏在我进办公室十分钟之后,就把做好的报表送了过来,看不出什么异常。他走之后,我把王向东叫进来,问这三天公司里的状况,王向东也说没发现什么不一般的情况,只是有一次,见王魏从我办公室里匆匆忙忙地出来,说在资料柜里找一下做报表需要的数据文件。

我心里忍不住疑云暗生。下班后,我下楼的时候遇到茉莉,叫她陪我一起吃晚饭。我们沿着SG大楼外面的街边走边聊,等着过街的时候一回头,远远地看见代叶的老公来接她下班。我羡慕地说:"你们代课长太幸福了,自从有了小宝宝,连专人司机都有了。"

茉莉感慨道:"是啊,可是代叶身在福中不知福,非要一心向上爬,最近忙得人仰马翻,四处出差,也不知道张罗些什么。"

我随口问:"她都去了哪些地方啊?"

茉莉回答了几个城市,兰州、重庆、昆明、大连,等等,代叶几乎以三天一个城市的速度出差,待在办公室里也是电话不断。我忽然觉得有点不安。茉莉说:"人家怀孕了都是乖乖静养,一个人休两个人的假,她可倒好,一个人干两个人的活。"

我不得不承认,代叶果然开始行动了,积极地为上任做准备。我从社长那里还没听到任何风声,福田部长对自己调回日本的时间也没有任何明示,但按照代叶这步伐,估计半年左右,业务部就易主了。

第二天,周娟把销售月报文件整理出来呈交给我,我看了一下,这两个月我们负责的合资设备销售情况不容乐观,出现了前所未有的下滑,明显的下滑。尤其是兰州销售点,我打电话给兰州的营销代表孙红林,问他最近出了什么状况,孙红林还像以前那样,光是语调就让人觉得是个老谋深算的家伙。他避重就轻地说:"丁课长,销售就是这样啊,有淡季也有旺季,有时候上涨有时候下跌,市场不稳定,我们也控制不了啊。"

我让他做份市场调查给我,把最近两个月的客户情况都统计上来,包括他们都在使用哪里的机器,其中有多少种来自SG,孙红林满口答应,但一直拖拖拉拉，第五天才把文件传了过来，期间我还让王向东催了一次。

看不出什么端倪，但我总觉得，调查表做得相当含糊，数据不充分，资料不翔实，似乎是在隐藏什么。比如说，我记得有个老客户，每年的这个月份都会从SG引进一批合资设备，但是今年却没有任何动静，在孙红林发来的调查表里，也压根就没有这家客户的情况。

我让王向东想办法去调查一下，两天后，他神色凝重地告诉我，他跟那个老客户联系上了，知道两周之前代叶去过兰州，并且在孙红林的陪同下跟客户见过面，表示如果他们今后改用SG的独资设备，她可以请兰州销售中心给予对方更大的优惠和更优的售后条款。所以，客户接受了她的建议。

本来，SG有独资和合资两个厂房，但所有的销售工作全都由我们总部来开展进行，这是我跟代叶工作的唯一区别，她负责独资部分，我负责合资部分，我们算是井水不犯河水。独资产品和合资产品的种类大部分都没有重合，但也有一小部分是重合的，而SG在各地的销售代表只有一个，并没有分为独资产品代表和合资产品代表，所以，对于重合了的那些产品，选用独资产品还是合资产品，基本取决于客户自己的使用习惯和根据自己企业状况作出的性价比估算。

我按照从茉莉那里听来的代叶出差地查销售月报表，兰州、重庆、昆明、大连，这些城市的合资设备销售额都有了不同程度的下降。我终于明白在听茉莉说出这些地点的时候为什么会不安，这都是合资产品销售量远远高于独资产品的地方啊，每个月在全国销售记录里，向来都高高地排在榜首部分。

周一的例会上，代叶的销售报表成绩喜人，许多地方的销售业绩都有了不错的增长。看着她神采飞扬的表情，她面对福田部长表扬时低调而得意的脸，我心里乱成一团麻。

下午跟代叶一起去见一个供应商的时候，我故意把王向东留下，让王魏跟我一起去。一路上，一直是代叶在找话题跟我说说笑笑，王魏的发言充其量只是嗯嗯啊啊的附和。虽然他平时就少言寡语，但现在除了沉默，更多的是拘谨，小心得有些过分。

我初步确定，这两个人已经勾结在一起了。我不知道王魏透露过多少产品管理课的信息给代叶，更不知道代叶拿什么来换取情报。我忽然想起了《潜伏》，还有那一系列的谍战片，没想到，小小的办公室里居然也有四面埋伏，而我也会遇上这种被出卖的事情。

这个时候，我应该怎么办？像电视电影情节里那样，严刑逼供？或者向上级反映？目前我一点证据都没有，总不能说，我在代叶的手机上看到自己的下属王魏打来的电话，就怀疑两人串通一气，意图对产品管理课不利。

与对王魏的愤怒相比，更让我难过的，其实是对代叶的失望，强烈的失望。一直以来，我对她都有好感没戒心，觉得除去工作，还可以做一个生活上的朋友，却没想到，她居然开始拿我下手。

第二天，我把王魏叫到办公室，说，想把他派到地方营销中心工作一个月，跟踪和熟悉销售流程，以后会更利于我们工作的展开。王魏有点意外，小心翼翼地问："能不能时间短一点，我怕耽误了这里的工作。"

我态度坚决地说："这个你不用担心，你目前负责的工作，我已经都交代给周娟去做了，接下来的一个月，她和小杜会分担你的工作。"

他不死心地问，福田部长是不是也同意他去，我板起脸来回答："既然我是以通知形式来告诉你这件事，就是已经定下来了，当然，如果有意见可以去跟福田部长商议。"

王魏见没有转机，垂头丧气地出去了。我心想，这一个月的时间，我得好好想一下应该怎么处理他。

他离开成都之后，我让王向东向各地的营销中心发出通知，以后所有与产品管理课的联系必须通过我或王向东进行，不得向其他人提供任何内部资料。同时，我也嘱咐小杜和周娟她们，所有的数据整理、文件汇集，必须由她俩进行,注意保密,避免泄漏。

大家虽然都没问,但应该也猜到发生了什么事情,人人都规行矩步。

我对代叶的态度,也有意地转变了一些,淡淡地带着疏离感。她明显察觉到了,很友好地问我怎么了,我说最近工作不顺利,业绩下滑,所以心情不好。

代叶像模像样地安慰了我两句,大致意思是工作上要胜不骄败不馁,遇到任何事情都要以积极的心态来面对和承担,不能让坏情绪影响自己的做事效率和效果,形成恶性循环。

我听着,这话里已经有领导指教下属的味道了。以前,我总以为代叶对我略怀戒备是怕我对她这次升职造成威胁,怕我跟她竞争,所以觉得没有必要,因为论资历和经验,我毕竟还欠缺,总归是比不上她有分量。但现在才渐渐发觉,她似乎一开始就打算监控我和整个产品管理课的行动,也许,她对我们的内部情况早就了如指掌。

我正考虑要不要向福田部长提出自己的质疑时,他却找我谈话了,说听一些员工反映,我对代叶存在一些不满意见,问我有没有这样的事。我心里有点急,坚持说,对代叶本人没有任何意见。

福田部长话里有话地问:"你有没有把她当作竞争对手的关系?毕竟你们各自负责不同的产品销售。"

我不知道福田部长到底听说了什么,感觉像是在向我兴师问罪一样,就干脆心一横,说:"不管负责哪个方面,我们都是为公司工作,我会用实力来完成自己的职责,提高绩效,并没想过跟谁攀比,也不会像某人一样,用一些不正当的手段来压低别人,抬高自己。"

福田部长听了,显得有点意外,沉默了一会,没再继续刚才那个话题,只说先回去工作吧。

我走出门的一刻,停了一下,忽然觉得不能就这么走了,否则王魏那件事情,还不知道要拖到什么时候才能处理。我又转过身,对福田部长说想解

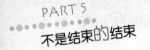

雇王魏。

这几天，我一直在暗暗调查王魏。我刚升任课长的时候去过兰州，之后兰州营销代表孙红林曾经拿着业务部内部的一些发货数据来试探过我，当时我就很诧异他是如何取得那些资料的，事后虽然没有追究，但也一直在留意。

我特意让王魏去了兰州，其实正是想找机会确定一下自己的怀疑是对是错。王向东跟兰州销售中心的一些员工私交不错，我就让他找人帮我观察王魏的行动。果不其然，传回来的消息说，他跟孙红林似乎是早就认识，而且关系很不错。单凭这些，自然不能定王魏的罪，我调出了公司的计费系统统计出来的电话清单，王魏桌上那台电话与兰州销售中心的通话频繁，时间不短。

我把自己的疑惑都说给了福田部长，包括对他和代叶私下有往来的质疑。福田部长紧锁着眉头，说："你手里掌握的这些情况，还不能成为正式的证据，王魏完全可以说他是因为工作才打那些电话，因为投缘才跟孙红林一见如故。"

我知道无法让福田部长相信我的推断，不过，他答应以后会多留意，这样，我此番汇报的目的也就达到了。

福田部长特意吩咐，让我不要把自己对代叶的怀疑透露给任何人，我懂事地说我知道轻重，没有证据的事情一定不会乱说。

✳ 生活的某种时刻

在职场上，不要妄图彻底了解你身边的每一个人。在这里有许多面孔，有善良的、沉默的，有张扬的、活跃的，但每一幅面孔之下，藏着一颗怎样的心，没有人能真正看懂。

以前我只觉得王魏身上存在一些小缺点，却没想过他会是潜伏在我身边的一颗地雷。他把内部消息透露给代叶也好，孙红林也好，虽然都是SG内部人员，但却对我们产品管理课的工作极为不利。一个优秀的团队，最忌讳的就是有人身在曹营心在汉,吃里爬外。不论在哪里,都是不应该被原谅的错误。

有一次,代叶漫不经心地问我:"怎么有阵子没看到王魏了?"

我心里窃喜,终于等到她开口问了,其实别说是她,整个业务部都知道王魏被我发配到兰州去了。她这样的试探,其实是露了马脚。

我故作神秘地告诉她:"王魏犯事了,涉嫌出卖产品管理课内部资料给各地营销代表,扰乱公司纪律,所以目前正处在被调查期。我把他派到了兰州,第一是要夺权,让他无法再接触到内部机密;第二是趁机彻底清查他的老底,看他到底背着我、背着公司做了多少见不得人的事情。"

我还喜滋滋地说:"这次利用王魏做饵,没准能吊到大鱼呢。"

代叶的表情稍稍有了些变化,很微妙,但被我尽收眼底。我心里盘算着,虽然我这样做很不厚道,可是,这也是我清除"奸党"的好机会,希望事态能沿着我设计的方向发展。

按照我的推断,以代叶的谨慎程度,她不会允许自己在这个风口浪尖上出现任何闪失。在以前来说,王魏可能是代叶私底下的帮手,但现在,却成了一颗不定时炸弹,不知道什么时候,就有可能会轰的一声,炸出些意想不到的意外来。

我把王魏目前的处境夸大之后告诉代叶,是想看她会如何应对,也许她会露出什么蛛丝马迹也说不定。

几天之后,我收到王魏从兰州传真回来的辞职申请。原来,这就是代叶的处理方式。按照我对她的了解,她一定会更夸大化地把我的话传达给王魏,劝他这个时候自动辞职还有可能全职而退,如果等着被调查,事情败露之后后果不堪设想,等等,晓之以情后,兴许还会动之以利。

王魏从来就是个经不起吓唬的人,胆子不大,做事不经过大脑,一路供人利用着怂恿着,一旦出事,不会有任何人站出来为他说话。既然他自己都开了口,我自然也不会跟他客气,立即把辞职申请呈交给了福田部长。

按公司规章，王魏的离职时间定在一个月后。他在电话里问我能不能回成都来，我心想，既然人都已经要走了，回就回吧，不过我让他在兰州待足半个月再回来，否则显得我当初让他过去的决定过于草率。

王魏回来之后很安分，也从来不提辞职的原因。其实，相信绝大多数领导者都像我一样，不喜欢炒人，因为每离开一个人，就代表团队又要准备迎接新的员工到来，又要重新磨合，重新等着新来的人融入这个环境，等着团队重新可以用新的搭配方式运作。

与此相比，我更希望跟已经熟悉的人一起合作，缩减了相互适应的时间，也省略了彼此了解的过程，才能够用最快的速度取得最好的绩效。

可是，外企永远是这样，日本企业内部构成已经是相对稳定的了，还是时不时有人来人往，今天还在你身边的同事，也许明天就已经不在了，又有更新鲜的面孔等着你，恭敬地叫一声前辈，其实心里卯足了劲要超越你。

王魏真正要走的时刻，到办公室跟我道别，我礼貌地跟他握手，又问他新的工作找好了没，王魏的表情有点不自然，嘴角微微地弯了一下，说："已经找到了，熟人给推荐的一家中日合资企业，一去就可以做系长，待遇还不错。"

我衷心祝愿他可以有好的前程，但也希望，他在任何时候都不要背离做人的基本规则。最后，我忽然很想向他透露我不愿意再用他的理由，当然，更希望他能够给我一个明确的解释和答案，一直以来，我跟他对于那些隐晦的事情，都避开不谈，从来没有开诚布公地谈过。

我在王魏正准备转身的时候喊住他，问他对从SG离职有什么看法。

王魏想了一下，说从我派他去兰州的时候，他就知道我要对他下手，已经有了心理准备，毕竟自己做过的事情自己心里有数。因为不想一直提心吊胆等别人来宣判，就干脆先开口辞职了。

我疑惑地问，既然心里有数，又为什么要去做呢？明知道可能会有惨痛的结局，还是要去尝试。王魏接下来的话让我无可奈何，他说，有些事情一旦开始就收不了尾，就像撒了一个谎，不得不用另一个谎去遮盖，久而久之，就成了一个走不出的怪圈。

后来，我听办公室里的人说，王魏的新工作是代叶给推荐过去的，心里立即像被人狠狠撒了一把砂子一般，疙疙瘩瘩的，很不平静。王魏的主动离职，保全了代叶和孙红林，没有人再去追究这件事情，因为如果追究起来，可能会牵扯出更多麻烦。

晚上回到家里，我义愤填膺地跟大家说这一系列的事，把代叶的人品质疑到尘埃里去，说自己错看了人，结果下属被策反，只能闹到不欢而散。

代叶的立场表现得很明显了，想尽一切办法抬高她自己，以及她带领的项目管理课，甚至不惜以牺牲他人的利益为代价。

我第一次，对她生出一种惧怕的心理来，想敬而远之。

> **警告**
>
> 失去领导的信任，就相当于宣布职业生命的结束。世上"没有不透风的墙"，在做任何事情的时候，不要只把眼光局限在利益上面，而是要慎重地考虑一下，这样做的最糟结果你能不能承受。这条规则，适用于应对职场以及生活中的任何诱惑。

✱ 生活中的美人心计

福田部长的调函下来了，他将于三个月之后回日本总部，实现自己盼了数年的归国梦。在国内的日本企业里，日本人的工资要比中国人高得多，除了这边的高薪高福利，日本总部还会每月给予补助，数额相当可观。

同样，这一现状也广泛存在于欧美企业里。普遍企业都觉得外国雇工更有国际经验和创新能力，这是企业最需要的。在国内的外企里，同样职责、同样工作经验的情况下，外国雇工的工资要比中国雇工高两三倍，虽然已经接受这种普遍情况了，我还是觉得有点不平衡。

有一次，我跟一个日本朋友闲谈的时候提起，他说，他在本国工作时的工资就比中国高，背井离乡来到这里，肯定不可能接受比本国还低的工资水平了，而且外国人在中国的工资要缴税，回国了还要缴税，又不能享受中国公民在退休、教育、医疗等方面的待遇，一切都得自理。在这样的"四面楚歌"下，如果领不到高薪，那他就巴不得"常回家看看"了。

他说的很有道理，我大学一个师兄毕业以后去了毛里求斯，年薪十几万，就是五年之内不准回国，跟包身工一样。去国外赚钱，回国内花，看来这是全球普遍存在的市场现象了。

自从接到调函，福田部长整天笑得像尊弥勒佛一般，见谁都亲切地说"撒呦那拉"，好像回程就订在了明天，马上就可以一家团聚了一样。

我和代叶两个人的关系很微妙，表面看不出什么异常，但中间却隔了重重层层的雾一般，已经看不出对方的表情了。我很怀念那个刚到业务部主动与我示好的她，那个经常发脾气但是教会我很多东西的她，那个曾经肯把秘密拿来与我分享的她。可是，现在的她只要靠近我，我就能感觉到一股逼迫的气息，不知道从什么时候开始，我们已经生了隔阂，各自猜忌，再也回不到从前了。

有一次，业务部为庆祝业绩更上一层楼聚餐，代叶怀着孩子，还是象征性地同福田部长碰杯，喝了一杯酒。五分钟之后，我看她脸上就渐渐起了红色的疱，她也开始发痒得难受。我陪她去附近的医院检查，只是简单的过敏，因为有孕在身，医生没敢给她开药，说皮肤药大多对身体有副作用，嘱咐她先观察一段时间，如果明天没消，再来医院检查。

走出医院，代叶忽然问我，是不是在为王魏的事情埋怨她。

这是她唯一一次跟我承认那件"潜伏"之事真的存在过。我对她的问题哑然，保持沉默。代叶冲我笑了笑，说看你工作的时候说话挺利索的，每次一到私底下，就变成一个不善言谈到甚至让人觉得有点木讷的人。

为了显示我不木讷,我就干脆开口问:"你为什么要那么做?"

代叶眼睛一直看着别处,说:"你这个人,工作能力还不错,也够上进,但是有一个致命的缺点就是感情用事。我所作所为的原因,相信你是猜到的,想方设法巩固提高自己的地位。最有效的方法,就是拿事实和业绩说话,我用非常手段稍稍牺牲了你们课室的利益,让自己的优势更明显,这对我来说是最快的捷径。你也知道,我怀着身孕,正是敏感时期,很怕被人质疑一个准妈妈有没有担负起一个部门职责的能力,我要证明给大家看。"

面前的代叶,稍稍胖了一点,依然装扮精致,表情平静地跟我说话。我也平静地看着她,心里却有众多情绪在翻滚,失望,愤怒,困惑,惊讶,像炒了一锅大杂烩一般,这就叫百感交集。

代叶还在继续,说:"如果我是你,发现端倪之后,我会迅速地从关键人物下手,就算是不择手段,也要找出幕后指使者,把确凿的证据呈现在相关者面前。我知道,你不会那么做,你觉得我做的不道德,但又拿不到证据,你不屑于用不道德来对付不道德,不屑于工于心计,可职场有时候就是这样,不要怪世界太奇怪,是你世面见得还少。其实,结果才是导向,怎么做并不重要,关键是做成什么样子,这个道理你总有一天会明白的。对所有的企业来说,员工都只是过程的执行者,而对企业高层来说,他们只关心结果。"

她的话越说越露骨,我听得越来越彻骨。已经不想再听了,我打断代叶,说:"你告诉我这些,就不怕我传达给部长吗?"

代叶说:"你去反映,大家首先会想到的是你试图打击我,觊觎部长的职位,然后才是你所说内容的真假,可是,你还是没有证据证明我说过这些话。"

我心里恨恨地想,早知道问做记者的朋友借支录音笔,我就跟谍战小说里的人似的,把敌人收拾得服服帖帖。

代叶又开口,说:"成程,我跟你坦白是因为我也知道,这件事情是我做得不好,你放心,等我就职之后,会尽量补偿你,我们还像以前那样。"

我说："你今天也累了，早点回家休息吧，你说过的话，该记住的我会记住，不该记住的，我就当没听过。"

代叶会心一笑，不再说话。我给她拦了辆车，让她先回家，自己又回了聚餐的酒店。

我告诉福田部长，代叶应该已经安全地回到家里，他拍拍我的肩膀，说："成程，以后要好好跟代叶合作，你们是老搭档了，希望你们能给业务部带来更好的成绩。"

我点了点头，说："部长大人请放心，我们一定不辜负您的期望！"

觥筹交错，谈笑风生，我们的宴席其乐融融，我的眼睛渐渐有点模糊，手脚也开始不听使唤，唯独头脑还是清醒的，还在小声地跟自己说，成程，不能醉啊，职场险恶着呢。

周一例会的时候，听福田部长传达服部社长的意思，他有意在我和代叶之间挑选继任部长，如果二者不能择其一的话，就会从其他部门调一位过来担任。

我有点欢喜，一抬头，却看到代叶冷着一张脸，马上就要结冰了一样，忍不住自己心里寒了一下。

✳ 回忆里有相同镜头

又到一年招聘时，有时候从人力资源部路过，看到许多正在排队面试的求职者，一张张青涩的面孔，有的志在必得，有的紧张不已，但每个人脸上都饱含着期冀。

当初我刚进入职场，在别人眼里应该也是这种样子吧？可是现在，看看镜子里的自己，早已经不见了那种就算什么都不懂，莽撞中也含着一股活力的表情。我慢慢适应了职场的生活，按部就班地工作，小心地揣摩上司的心理、协调下属的心态,对每个人都微笑,但从不交心。

至此,我已经在成都待了近十年。十年前我还是十七八岁的样子,现在,越来越接近而立之年了。远在家乡的母亲和姐姐曾经很无奈地跟我抗议,说十年前不许我早恋的时候,我非要做那不听话的孩子,十年之后,同龄姑娘早就已经结婚生子,孩子都看得懂哈利·波特了,可我还是孑然一人。

这几年,老同学们都各自婚娶,不少都有了接班人了。我算了一下,光每年给出去的红包,多的时候都数以万计,内心很希望有朝一日可以回收点回来。可是,缘分不是曹操,不会说到就到。职场上,我的确因为工作认识了不少异性,可看得上眼的都已经跟别人共筑围城去了,没有我的用武之地。

二雪也依然单身,我俩经常感慨,这世上罕有美学价值与商业价值并存的男人,而我们在职场混久了,对男人也像对工作一样,太过吹毛求疵。两个剩女,连每次吃圣女果(谐音剩女)的时候都忍不住感慨万千。叶小苑依然异地恋,但两人感情甚好,让我嫉妒不已——为什么当初我的异地恋就闹成了三人行?

插播

职场剩女级别划分:

1. "剩斗士":25—27岁为初级剩客,这个级别的人还有勇气为寻找伴侣而奋斗。

2. "必剩客":28—31岁的中级剩客,此时属于她们的几乎已经不多,又因为事业而无暇寻觅。

3. "斗战剩佛":32—36岁的高级剩客,在残酷的职场斗争中存活下来,依然单身。

4. "齐天大剩":36岁以上的特级剩客,事业有成,感情一事无成,且已无丝毫恋爱的迹象。

不得不说,我在心里还是感激虫子的,如果不是他的绝情,我可能要沉陷更久的时间,无法那么快的就从失恋的阴影里走出来。虽然已经过了很久,我还是记得那年他在机场抱着韦素迎,坚决地说要对她负责任的表情,我记得他纵容她对我所做的一切,亲手把我的不死心一刀一刀凌迟。所以,从那一刻起,我就只能自己为自己负责任了。

其实后来,因为工作原因我又去过几次柳州,每次从机场走出来,都觉得心里还会小小地悸动,想起受过的伤害。柳州,我试着不带任何感情色彩去看这个城市,它再普通不过,曾经住过我再熟悉不过的人,只是,都过去了。

同事们开始有意给我介绍对象,在他们看来,我是个不错的姑娘,相貌和身材是其次,主要是工作踏实,做人靠谱,生活上也洁身自爱,无任何不检点的污点记录。

我像模像样地相了几次亲,没有收获,但有一次很意外,我总觉得对面的人看着非常眼熟,一直也想不起来是谁,直到他把名片递过来,我拿着轻轻念,许晴朗……

猛然间想起,是我第一次来SG面试的时候,跟我同一组入会议室的人。我们还曾一起讨论过群面话题,后来一起吃过一顿饭。

我忍不住惊叹了一声。面前的许晴朗,比我记忆里模糊的印象成熟了很多,穿得休闲而得体,剪了平头,看起来清清爽爽。他笑着说,我们见过那一次之后,好像就没什么缘分似的,再也没见过了,因为忙,或者觉得唐突,也没打电话给我。

我大笑:"你也很意外今天我们居然因为相亲重逢吧?"

许晴朗摇摇头,说:"那倒不是,我在来之前就知道了相亲对象的名字,丁成程这三个字,还是挺好记的,我还没忘记。"

那年,许晴朗顺利通过面试,进了SG子公司的技术部,工作不足两年后就跳槽去了一家美国企业，现在已经坐上总经理职位了。我感叹一声，难怪从来没在SG遇到过他。

许晴朗说，他觉得自己跟SG之间的关系，就像一对不般配的情侣，总也适应不了它的工作模式和环境，于是当机立断地走了。印象里，他是一个低调沉稳的人，我以为他会更适合日企，可是他却说，日企从"气质"上讲，的确没有欧美企业那么张扬，但却让他觉得工作起来没有自由度，就像被人强行塞进了条条框框里，活动幅度太小。

他说话仍旧幽默，总能让人觉得新颖有趣。比如，他说现在的人都怕入错行，事业才是一个人的第二次投胎，在不适合自己的企业或者岗位上工作，就好比是一场宫外孕，如果不及时动手术，胎儿不会存活，还会给母体带来危险。不要舍不得，流掉这一个，留得青山在，以后还会有机会孕育健康的胎儿。

我不赞同地说："对大部分人来说，都是行业在选择人，而不是人在选择行业。拿我自己来说，一开始我只想安分做一个翻译，可我自来SG之后，就一直在偏离自己一开始设定的轨道。但我还是庆幸自己当时坚持下来，没有浅尝辄止就离开。"

就像开始时追的是一只蝴蝶，而找到的却是一座花园。为了那个目标我奋不顾身，终于还是发现，在这些奋不顾身的日子里，有一些初衷早就改变了，回不去，只好继续往前走。

许晴朗不置可否，说："你的确变了很多，跟我最初见你的样子相比，你很好地适应了所在的环境，这也是一种难得的品质，不过在适应的过程中，也会丢掉很多从前的东西，把自己完全融合在环境中的话，会渐渐失去自我。"

后来我们都沉默了，我看着窗外的车水马龙，他观察着店里的人来人往，这样的冷场，如果是真正的相亲场上，应该是大忌吧？

我倒是挺享受这片刻的宁静，平时工作起来，有时候觉得说话太多非常

消耗体力,所以我一有机会就缄口不言。

末了,许晴朗开车送我回家,我开玩笑地说:"不好意思,把你乘兴而来的相亲变成叙旧了,结果还败兴而归。"他的声音听起来还蛮愉快,说:"能遇到故人也是件幸事。"

我嘲笑他比以前圆滑,说话也世故了,他无所谓地说:"其实都是真心话呢。"

晚上,牵线的朋友打电话,问我相亲感觉如何,我说相亲场上遇故人,相谈甚欢。朋友说,人家男方可是对你相当满意,你也稍微放低点姿态,多给自己一点机会培养一下,没准就皆大欢喜了。

哈,没想到许晴朗居然对我"相当满意",我小小地得意了一番。不过,一想起他总是张口闭口地讲道理,我就觉得,我跟他是注定谈不起恋爱来。

看来,我还是要继续当我的剩女,每次看到圣女果都心里泛酸的剩女。

✳ 现实是不同出口

我跟许晴朗偶尔会通个电话,一起去看过两场电影。其实,我更多的是想让他给我一些职场上的建议,虽然有时候我对他的观点持保留态度,还是觉得受益匪浅。

那一次在电影院,我们居然在散场后看到了代叶。代叶跟一个老太太在一起,看样子应该是她的婆婆。她没看到我,搀着老太太目不斜视地从人群里走过。我拽拽许晴朗的衣袖,告诉他那就是我从前的上司、现在的平级、升职的竞争对手。

许晴朗扫了一眼,一语中的地说:"是个孕妇啊……"

我说:"孕妇怎么了,你可不要歧视SG最著名的女强人。"

许晴朗解释,代叶的名字他还是有所耳闻的,以果断干练闻名,做事雷厉风行,从不拖泥带水,外号是"穿裙子的男人"。

我没好气地说:"你这是在借抬高她的机会贬低我吧?同样是课长,我估计是以做事拖泥带水、优柔寡断著称的吧。"

许晴朗开心地说:"你这该不会是吃醋了吧?我怎么闻到一股酸味。"

我抬脚作势要踢他,他做了一个STOP的姿势,说:"打住,第一,你好歹是个课长;第二,你已经二八年华了,小女孩动作已经不适合你了。"

我气焰立即消下去不少,没错,我二八年华,不是二八一十六的二八,是货真价实的二十八岁了。后来我们去一家日本料理店坐了一会,许晴朗跟我讲起了代叶的事。代叶曾在SG东京总部待过三年,成绩显赫,深得人心,许多高层领导都记住了这个短发利落的中国女人。后来,她回到中国,老黑羽先生(黑羽先生是最近一年才继承父亲职位,担任SG总裁职位的)还特地打电话来,嘱咐服部社长要好好培养代叶这株可造之才,这就变相地给中国公司施加了压力,如果代叶升职太慢或者待遇过低,没准日方会来埋怨,说这边不能合理利用人才,发挥人才的带领作用。

以前就听说过代叶有一些背景,不过我也没放在心里,公司里以讹传讹的事情太多,懒得每句话都考究真假。我问许晴朗是怎么知道这些事情的,是不是可靠消息。许晴朗说他一个好朋友就是做猎头工作的,远的不说,成都这些重点企业里,只要是叫得出名字的人,他都可以如数家珍般把此人经历和背景说出来。

我一听乐了,原来许晴朗身边,还有这么一位值得利用的猎头人才,便说要他的电话,以备不时之需。许晴朗讪讪地交出号码,说:"搞了半天,你是把我当杠杆了啊,连句谢谢都没有。"

办公室的人事,又更换了一批,代叶那边,只剩下茉莉等两三个人是在SG超过五年的员工,其他都是较新的面孔。代叶对下属的苛刻有目共睹,经常见有人被她骂得狗血淋头。我们产品管理课,小杜、周娟、王向东是跟我时间比较久的,再加上新来的郑叶彤,一共五个人。

开会的时候,我跟他们说,不要小看五个人的力量,我们可是要协调SG产品在整个庞大的国内市场上的所有事务,从原材料选购到产品调运、销售,再到售后,如果没有我们,各地的营销代表处就像是一盘散沙,正因为有了我们,SG才能拧成一条绳,发挥它最大的力量。

虽然感觉自己这样有点像个传销贩正在给手下洗脑,不过,适当的激励的确可以鼓舞士气,调动大家的工作积极性,然后,就一同一鼓作气地投身工作中。

郑叶彤是个美女,唇红齿皓,身材姣好,自从她来之后,时不时就看到适龄男青年在业务部办公室门口探头探脑,企图一睹佳容。郑叶彤很明白,美貌是自己最突出的优势,也很会利用,我听过她用嗲如林志玲的声音,让王向东替她做一份材料,一声"东哥"叫得路过的我都有点心神荡漾。

王向东也不知道是看到我刚好路过所以装蒜,还是真的有柳下惠的品性,我听他态度坚决地说:"你有不会的地方可以来问我,我愿意教,但是我不能替你做,你有你的职责,我也有我的工作。"

这时候,郑叶彤也看到了我,不好意思地吐了吐舌头,乖乖回到属于她的格子间里去了。

我对郑叶彤谈不上反感,也谈不上喜欢。把她招进来,是因为人力资源课推荐说此人擅长交际,沟通能力强,协调合作出色。我没想到,她的善于交际会是这样一种表现形态,见谁都自来熟,带一股强买强卖的亲昵,让人不舒服。

许晴朗曾说,现在的面试场上,应聘者各个都在应试技巧上准备充足,市场上甚至有专门的面试培训班,教大家如何应对面试官各种刁难的问题,如何用最巧妙的办法回答各种常规问题。比如说,被问到缺点,他会说,我这个人的缺点就是有时候太较真,太顽固,总是希望把事情做到最完美。这些明贬实褒的说法,既得体又避重就轻,以缺点的角度说出了自己的优点。

所以说，我真的很佩服主持面试的人，要从那么多形形色色的回答，堆积如山的简历中筛选出最适合公司的人，既要考虑这个人的能力和品行，又要考虑他/她跟岗位、上司的匹配性，比选对象还困难。即使有这样严格的层层把关，招聘进公司的人也未必就能通过试用期考验，又长久地为公司效力。

擅长交际的郑叶彤，见谁都撒娇的做派，就让我颇有微词。我心里犯嘀咕，估计她对我这个女上司也不是很满意，女人对女人撒娇，毕竟得不到显著效果。福田部长就很吃她那一套，每次工作上有点小麻烦或者小岔子，郑叶彤就趁跟部长接触的时候发些小牢骚，什么工作太辛苦、任务太艰巨，弄得好像我一直在虐待她。部长和颜悦色地鼓励她，说："慢慢来，让丁课长多教教你，大家也会帮助你，SG对新人是很有耐心的。"

福田部长表示出来的"博大"胸怀让我忍不住想改编两句歌词：SG之门常打开，开放怀抱等你……有一次，我把郑叶彤工作上的错误一点一点指出来给她，希望她可以改正，可是她娇滴滴地来了一句：可是部长上次说了……

我有点火，说："你先过了我这一关，再去管部长怎么说。"郑叶彤扁了扁嘴巴，明显地不乐意了。我心想，这娇小姐也太难伺候了，简直让人头疼。我又不好直接用命令的口吻告诉她，以后禁止撒娇，干脆让她实习期跟着周娟学习，有什么不清楚不明白的地方就向她请教。

郑叶彤和周娟，从姿色打扮上来讲，一个是华美版一个是朴实版，从性能上来

警告

女性在职场上，适当的撒娇可以是策略上的示弱，使自己占据主动位置，也可以是技巧性上的回避矛盾，是解决问题的方式。但一定要注意尺度、技巧、时机、方式、语言上的综合运用，以求达到最佳效果。撒娇不是暧昧，也不是谄媚，如果撒得失了分寸，不但会令人反感，还可能会弄巧成拙。

讲,一个是观赏品一个是实用品,我希望郑叶彤可以从周娟身上学到一点踏实,收敛一下娇气。

似乎每个办公室都会有一个这样的"尤物",叶小苑说,她在的美术公司绝大多数是姑娘,除了老板,只有一个妖孽般的男人。此男处在女人堆里,就自认为是贾宝玉,每天走进办公室,总觉得几十双眼睛都盯着他一般,把每一步都走得优雅无比,把公司走廊走出了T型台的感觉。工作上,他对同事也是张口姐姐闭口妹妹,嘴巴像抹了蜜一样,捡最轻的活做,有便宜他先占着。

一开始,大家还都觉得是个奇景,没跟他认真计较,但是,再好的景色也有相看两厌的时候,他那一套渐渐就吃不开了。人在职场,没有人有权利一直撒娇要求优待,也没有人有义务对撒娇者一直妥协。

❋ 格子间里的争斗

我和代叶之间的争斗,开始白热化。表面看起来,我们还是关系良好的同事关系,在上级看来,是风格各异的两员虎将,但其实暗地里铆足了劲,要拼个高下。我知道,自己这样的做法多少有点不明智,但我只是一心想证明,我凭着我的做事方式,仍然可以到达我想去的高度。

争斗这回事,在职场是不可避免的,除非你站在最高的位置。有个故事说,一只兔子看到一只老鹰站在高高的树枝上,就说,我可以像你那样,站着什么都不干吗?老鹰说,可以。于是,兔子就站在树下,什么都不干。这时候,一只狐狸冲出来,把兔子给吃掉了。

如果想什么都不干就确保安全,唯有站在最高的位置上,这就是职场的生存法则。我渐渐意识到,工作就是工作,即使产生利益上的冲突,也只是为了工作。大家都是为了自己的利益而争取,这种对立并不是私人恩怨。

由于我跟代叶的较劲，业务部的业绩在新旧部长交替之际，没有任何低迷趋势，反而有了可喜的增长。现在，服部社长和福田部长担心的是代叶的身体状况，她怀孕已经接近三个月，他们担心代叶在这个节骨眼上能不能顺利地稳住业务部的局势，稳住全国营销代表处的局势。所以，有传言说部长这个职位，最终会落到我的头上。

听人力资源课的同事说，正在确定代理部长的最后人选，如果我和代叶都被否决，就会从其他部调任一位代理部长过来。福田部长让我们两个各自呈交一份述职报告，又在员工里开展调查评估。我认真地在述职报告里把自己五年以来在SG的成长历程整理出来，觉得这几年对我来说意义重大，不是以职位和薪金就可以衡量的。

服部社长找我谈话，问我对部长这个职位怎么看待，我直接坦白地说："我向往这个职位，也认为自己具备这个能力在这个职位上为公司取得更好的业绩，希望公司可以综合考虑。"

服部社长问："你认为，跟代叶相比，你的优势在哪里？"

我说："我比她年轻有冲劲，况且代叶现在身体也处于特殊状况中，以后会有家庭和孩子的压力，而我短时间之内还无结婚的打算。我和代叶是两种不同的工作风格，但能力上，我自认为与她各有千秋。另外，我觉得部长这个职位，不止需要工作能力，还需要包容力、平和心。"

我的潜台词，服部社长应该听得出，我暗指代叶性格过于激烈，不够沉静。沉静是我向往的一种气质，泰山崩于面前面不改色的沉静，我知道我有这样的优势，不论遇到什么事情，都可以冷静地处理。

我相信，服部社长应该也找代叶谈过一场，不知道她又会如何评价跟我她之间的功过高低。代叶说过，我的弱点在于较真到近乎执拗，恨不得把牛角尖钻穿。可是，这又何尝不是我的优点？

服部社长还问我："那你觉得，代叶的缺点是什么？"

　　我揣摩了一下，说："代课长的强势，可能会给团队合作带来一些困扰吧，不过也正因为强势，也使她对自己和工作要求严格，力求完美。"

　　我大概猜到他在担心什么，代叶作为一个下属来说，太不好管了，她就是那只功高盖主的孙猴子。代叶因为在东京总部待过，跟总部高层私交密切，她的背景向来连服部社长都忌惮几分。

　　末了，服部社长似有所指地说："自从你到了产管课，工作确实很突出啊，业绩也不错。代叶虽然资历深，能力也强，但现在毕竟有孕在身了，我们需要综合考虑评估。"

　　我心里有点窃喜，看服部社长的意思，对代叶还是颇有微词的，那我的胜算就会略大一些。

　　这个节骨眼上，代叶忽然请了几天假，有一周的时间没来公司。我觉得奇怪，可整个业务部的人都不知道她出了什么事情。一周之后代叶重新出现，脸色苍白，但精神还好，我看了她很大一会，忽然意识到，代叶瘦了，或者说，她是显得瘦了，因为刚刚开始隆起的肚子，平下去了。

　　代叶的孩子没有了，听说是因为工作劳累导致流产。那几天业务部里气氛怪异，谁都不敢开口提这个话题，她仍然一丝不苟地工作，表情平静，但谁都能看着她硬生生按捺下去的那股悲戚。

　　有一天，SG总部社长黑羽先生在邮件里问我是不是正在准备竞争业务部社长的职位。我说："是啊，没想到这件事情都已经翻山过海传到您那去了。"

　　黑羽先生说，他跟福田部长是旧交了，早就听他说了一些我和代叶的事情。我听他口气轻松，就试探着问："您觉得我把握大不大？"

　　黑羽先生没有正面回答，推辞说："中国公司方面的事，向来都是由服部决定，我还没问他是如何打算的呢。"

　　自从黑羽先生回国之后，我们偶尔保持私下的联系，他离开的时候，曾请我给他发过几份翻译后的中国菜谱,作为礼尚往来,他也曾寄了两本夏目漱石的原装小说给我。

其实,我曾经想过要不要向黑羽先生表示我希望接任部长一职,看他有什么表示,不过思来想去,如果此番行为让服部社长和福田部长知道,我不但会背上越层报告的罪名,还显得太急功近利,用心叵测。我跟黑羽先生只保持着私人的联系,并未涉及公事,最多,他会教给我一些管理知识,没熟到可以张口讨权的地步。

在职场打拼这么多年,我也知道,一个人的力量有限,没有谁能够靠自己的努力就能够达成目的。像我这样的主管位置,第一要搞得定上面,领导信任,才能把目前的位子坐稳,有加薪升职的机会;第二要搞得定下面,把自己的部门带好,让下属都服从和力挺,这是博得领导信任和赏识的基本。

掌握你升职与加薪这两项大权的,永远是你的领导,而不是你的下属。只有取得领导的肯定和信任,你才有机会爬得更高,下属对你的支持虽然也是一方面,不容忽视,但毕竟外企不需要民选领袖。

私下里,茉莉悄悄告诉我,代叶近日来跟总部联系密切,估计是在打点。她说,代叶原本以为自己会是不二人选,没想到半路杀出个"程"咬金,出了我这个竞争对手,所以现在铆足了劲要保全自己的优势。

茉莉暗示我,因为代叶有日本的老黑羽先生等强劲后台撑腰,现在又因为流产没了负担,现在竞争力大增,让我提防一下。

我无奈,有后台这件事真是防不胜防,只怪自己没那么深远的人脉。

职场知识：

寻找职场"大树"

在职场，寻找可以依靠的"大树"，占据有利地势尤为重要。雅芳CEO钟彬娴被《时代》杂志评选为全球最具影响力的25位商界领袖之一，她在职场的如鱼得水，关键就是沾了"大树"的光。

钟彬娴大学毕业后，一无背景二无后台，去了布鲁明岱百货公司做销售。在那里，有一位人人羡慕的女性成功者——布鲁明岱有史以来第一位女性副总裁法斯。钟彬娴一直将法斯作为寻求目标，开始想方设法接近她，经常以一个学生的态度向法斯请教工作上的经验方法。这不仅是一种接触，更是一种学习。她以真诚和热情得到法斯的好感，法斯视她为心腹，力排众议提拔她，钟彬娴在接下来的几年里一路高升。

可见，职场中我们应该把握机会，跟高层建交，如果这位上司肯为你出头，肯提拔你，你的职业生涯会顺利得多。借有限的接触机会，向高层请教工作问题，或者寻找在生活中的切合点，都是跟高层建立交际的有效途径。当然，这样的机会有时候可遇不可求，职场是努力和机遇并存的场所，所以，扎实地进行工作，抓住任何转瞬即逝的时机，才能所向披靡。

当昔日同事变成今日上司

部长的任用聘书下来，是代叶。

说不出什么感觉，我不算是个乐观的人，每次都会做好好坏两个方面的打算，但其实心里还是盼望能得到那个好的结果，现在，失落感让我忽然有点手足无措。

代叶走马上任，风光无限，操办的第一件事就是给福田部长的送行晚会。不得不说，代叶的确是一个职场里的佼佼者，无论她用什么手段，能在职场步步高升，不是任何一个人都能够做得到的。

代叶升为部长,新调来的项目管理课课长居然是个日本小伙子,叫户田佐和,27岁,中文虽然腔调有点怪怪的,倒还算流利。户田在日本总部工作过两年,而后交了个在日本留学的中国女朋友。女朋友回国后,他也申请来中国工作,又在设在上海的华东营销中心工作了两年,对SG产品的营销运营状况有充分的了解,这次转调来业务部做课长,是代叶大力举荐。想是两人在日本的时候就已经认识了。

福田部长临走的时候,又像往常那样拍着我的肩膀,跟我说:"丁桑,不要有情绪,公司的决定要考虑很多原因,你失去这次机会,并不代表你不优秀,而是还没有遇到适合你的时机。"

我点点头,说:"了解,我会继续努力,争取早点得到适合我的时机。"

服部社长单独找我和代叶谈过话,说的话跟福田部长大同小异:"你们两个都非常优秀,但代桑的工作时间要稍微久一点,经验多一点,所以这次先升代桑。丁桑你的进步一直很快,我们希望你能够继续保持,取得更大的成绩。"

在社长办公室,我认真地对代叶说恭喜。她的确有资格做到这个职位上,这一点我从来都是承认的。代叶的表情不见得有多开心,倒是隐约有一点疲惫,大概持续高度紧张的工作让本来就没有康复的身体有点吃不消了。

代叶流产之后,我就再也没见过她老公来公司接她,还觉得这样的丈夫有点不近人情,让刚刚失去胎儿的妻子自己开车赶高峰上下班。这大概也是代叶女强人的过人之处了,遭遇了那么大的变故,照旧面不改色地工作,争创业绩,除了那一周的假期,没给自己任何特殊化照顾。

回家之后,看到黑羽先生发来的日本邮件,内容让我吃了一惊。他说,他的父亲一直很赏识在总部工作过的代叶,这次社长的晋升,代叶曾找过他的父亲,表示自己为这个职位付出的努力,还把我和她的资料一起发给老黑羽先生查看。老黑羽先生是个很注重资历和企业"辈分"的人,在他看来,升职要尽量照顾为公司效力更久的员工,这样才可以激励员工对公司的忠诚度。再加上,他本来就对代叶的工作能力放心,所以,就委婉地向儿子表示,部长由代叶接替,并让他跟服部社长表明立场。

黑羽先生的邮件最后一段写:"丁桑,我并没想过插手这件事情,但还是作出了一些不得已的行为,或许对你的工作造成影响,望体谅。"

我回复:"感谢告知,公司决策自有道理,我资历不及代部,还需锻炼。"发送完毕,我不禁叹了口气,代叶果然为了当部长煞费苦心,各方各面都打点到了。就算在工作上,我跟她业绩持平,能力相当,她却有日本总部社长老爹来做后台,我输得简直"当之无愧"。

代部长走马上任之后,立即召集业务部开会,就职报告讲得有声有色,比演讲还有感染力。她介绍户田给大家认识,说他会是一个出色的领导者,希望大家积极配合。最后,代叶还特地肯定了我的工作成绩,说我一直以来为业务部作出了很大的贡献,让大家以我为榜样。

我心里说不出什么滋味,在我跟代叶的部长之争里,我毕竟是落败者,被她这么拎出来表扬,更显得她大度,也放大了我的落败。

我情绪低落,给许晴朗发短信,说感觉自己无比地失败。

几分钟之后,许晴朗回复说,你要感谢这次失败,职场上没有人一帆风顺,体验过失败的人才更可能趋近成功。

职场测试: **如何捉住升迁运?**

如果你是透明人,可以四处自由穿梭,无人能知道你在做什么,拥有这样无穷的力量,你会想做些什么事?

A. 偷窃贵重物品　　　　　　　B. 四处搞破坏,做一些变态的坏事

C. 接近倾慕的人　　　　　　　D. 恶作剧,开些无伤大雅的小玩笑

测试结果：

选择 **A** 的人：你有野心，不管是权位或利益你都不愿放过。这些企图也在主管的眼里，不过，只要你是个人才，老板自然不会亏待你。你必须先创造最大优势，尽力求表现，先拿到高分，才有机会与人谈判。可是也不能太过自满，以免招惹是非。

选择 **B** 的人：你自觉能力不错，绝不愿受任何委屈。如果有什么差别待遇，你马上就会大诉冤屈。你很会看人，会先观察主管属于什么样的角色，才决定该不该叫屈。有时候，你也知道该先闭上嘴，做出一些成果来，然后在适当时机，再争取到应得的利益。

选择 **C** 的人：你有点贪吃，不过只在可允许的范畴内，你才会动手动口。平常，你会克制欲望，即使受到不公平的待遇，还是会隐忍下来。你很尊敬上司的权威，不会僭越，相信只要一直努力，总会让人发现自己的价值与贡献。

选择 **D** 的人：你好像是隐士高人，办公室里的斗争不会掺和上一脚，你根本就志不在此。每当到了人事异动，你总是置身事外，因为不喜欢太复杂的人事斗争。你很怕被卷入争权夺利的漩涡中，宁可安安分分做个小职员。要升官的话，就得看你的上司有没有这种眼光了。

✳ 没有人会为你的错误买单

工作还得继续，我的情绪一直沉浸在持续的低落期，可以克制住不影响工作，但是却没有以前的积极。以前觉得工作是一种享受，现在却觉得渐渐变成了一种义务，我拿公司的薪水，占着现在的位置，所以要对公司付出足质足量的价值。

我开始有了跳槽的打算，陆续跟几个猎头接触。有个猎头说，你也在这里五年了，是该考虑换一换了。我心想，如果有好的机会，我自然不会放弃，就怕得不到实质性的提升。在职场，其实每个人都吃着碗里的看着锅里的，想着外面的花花世界该是如何精彩。

也许，世上真的没有绝对的稳定。

代叶的铁腕政策日益凸显，我手下的人她也喜欢直接去指挥，到处给大家布置工作，每次都是一堆，结果大家都完成不了，或者分不清轻重缓急，不敢去请示代叶，就又回头找我，搞得我非常被动。有时候，我急需人手，可人力都被她抽走，导致许多小事我也必须自己做，一下子有点心力交瘁。有些工作时间稍有拖延，代叶就会对我们整个部门的工作效率表示不满。我却认为是她自己的原因造成了人力资源和时间资源的浪费。

我记得以前代叶管人，还是挺给人自由度的，现在，却把权力紧紧抓在手里，好像生怕被谁谋权篡位了一般。每一次我出差或者跟客户商谈，代叶都要求我递交详细的出差或者商谈报告，我忽然觉得自己也像个初来乍到的小妹一般被她压制着。

下一次相谈，我自然提到这个问题，希望代叶可以给大家相对宽松的环境，尊重员工的个性。每个领导都有自己的做事方式，希望下属按照自己的方式去做事本来无可厚非，但也应该给员工留下自由发挥的空间。另外，我希望她明白，我的下属都有自己的岗位职责和流程，只有在完成本职工作的前提下，才能去处理她额外附加的工作。

代叶话里有话地说："护犊子可不是一件好事，作为他们的直接领导，你也希望他们可以迅速地成长起来，每个人都应该为自己在职场的成长付出血汗。"

关于领导方式上的问题，我跟代叶向来就是一讨论就不欢而散。她太强势，从来听不得别人意见。我经过这几年的磨炼，虽然做事风格也日益硬朗干练，但总还是有一定包容力的，别人的意见我会认真参考，下属的心声我也会认真听，每日三省吾身，找出自己应该加强改进的地方。

代叶很有大权独揽的架势，从供应商采购，到SG内部协调，再到营销中心管理，事事抓在手里。户田上任项目管理课课长之后，在我看来表现一般，是那种循规蹈矩的做事方式，代叶说往左走，他就往左走，代叶说向右转，他就向右转，而且姿势标准，动作利落，绝不拖泥带水。

我感慨，如果我也可以说服自己做个听话的下属就好了，只迎合，不发言。我还是在积极地配合代叶的步调，但总觉得心里憋屈地慌，是在委曲求全。也许，真的是离开的时候了，我心里已经开始动摇了。

有一次供应商认定，我跟王向东一起详细地比较了几家供应商样品的价格、性能、售后等多方面的原因，认定A供应商为最优选择，并把方案呈交给代叶。

代叶只看了一眼结果，并没有详细地看方案流程，就把文件拍在桌子上，说："A供应商的样品我看过，跟其他两家相比没有出色之处，但要价偏高。我不明白，你为什么要选择一家性价比低的供应商，作为员工，如果不能为公司赢利，至少也要为公司省钱，你做了几年课长，这个道理都不懂吗？"

我耐住性子，说："这些问题我都考虑过，在方案里也详细地对比过，B供应商虽然要价稍低，但离SG太远，光是运输也会耽搁不少时间，对方也表明不愿提供运费，这样折算下来，还是A家要合算一些。"

代叶坚持说："运费和时间问题，我相信你有办法解决，你不是总是强调细节吗，要从每一个细节、每一个流程都做到最节省。"

最后，代叶果然强势拍板选择了B供应商。我无可奈何，反正大局一定，就赶紧安排运输问题，SG自己有一支运输队，但现在抽不出时间来。我只好四处联系价格合理的车队，又跟供应商相谈，争取让他抽调一部分车队协助我们运输。B供应商气焰很嚣张，因为一开始他就私下找到我，委婉地表示如果我帮他拿到这份单子，会给我相应的答谢，我以同样的委婉拒绝了，坚持在方案单上把A家列为优选。可是，经过代叶的干涉，"绣球"还是落到了B家，他自然有点扬眉吐气的意思。

这就牵扯到一个比较敏感的话题：灰色收入。无论是采购也好，供应商认定也好，在别人看来都是一个比较"有油水"的差事，很多人都从中牟利，得到供应商的实惠，聪明的还知道为公司压一下价，降低成本，不聪明的，就把目光投放在个人实惠那一亩三分地上，把公司利益抛诸脑后了。"灰色收入"是个微妙的东西，如果供应商满足了公司的要求，你就算从中拿了一点什么，只要不张扬不过分，公司也就睁一只眼闭一只眼，不说什么。这是规则之外的"人情"。

工作几年，我也时不时遇到这样的情况，但坚持把公司的利益放在首位，选择各方面比较之后我认为质优价廉的供应商，自认为没做过什么损公肥私的事。在这个问题上，我的胆子是小的，抽取回扣这种事情，在你工作顺风顺水的时候，就像锦上添花，上司就算猜到或者听到风声，也不会多说什么；但若你有朝一日倒台了，墙倒众人推，它绝对会成为你的污点，公司上司都会指责你吃里扒外道德败坏，没有人会袒护你。

我始终认为，一件事情有好坏两种趋势，如果预料中的坏结果超过我的承受范围，那就不值得做。

看着B供应商得意洋洋的姿态，我忽然想，代叶，她有没有向这些"灰色收入"伸过手呢？这次坚决选择B供应商，是不是，他们向我发动的"糖衣炮弹"失效之后，又把代叶攻下来了呢？

那次的运输果然大费周折。四川盆地的天气向来潮湿多阴雨，近几年来更是怪异，给车队运程带来了很大的麻烦，原材料还在路上，厂房那边已经催翻了天，还告到了服部社长那里。

服部社长开会的时候，专门说了这个事情，虽然没有点名批评，但含蓄地指出以后工作要全方位考虑，不要因为疏忽给公司带来损失。

他说这话的时候，眼神瞥向我这里。我正想解释，代叶却已经迅速地把话接了过去,说:"这次的确是我们业务部的疏忽,我会专门开会研究,追究权责,为以后的工作总结教训。"

有时候,"忍"字确实是心头上的一把刀,我就觉得我对代叶的容忍已经快要濒临极限了。

散会以后,服部社长让我单独留一下,语重心长地说:"丁桑,智者千虑必有一失,不要因为这一次的事情影响心情,影响工作。"

我说:"社长,这次的事故事出有因,我向代部长的提案里是力荐A供应商的,但被驳回,最后定下来的是B供应商,我已经力所能及地安排最周详的运输计划,为了考虑厂房的需求紧迫,不顾天气问题上路。我认为,在我的能力范围之内,我把坏结果降低到最小了。"

服部社长低头想了几秒钟,说:"好吧,这件事情,你去跟代叶协调,力争以后工作的时候达成一致。"

走出会议室,我心情极度低落。这次的供应商认定是我负责的工作,虽然最后拍板的是代叶,但一旦过程中出现一点差池,所有人首先想到的事故承担者,必然是我。我说我也曾因为觉得B供应商不合适而跟代叶争论过,但这件事,只有天知,地知,我知,她知,她不说或者不承认,天地都沉默。就算服部社长信任我,站在他的位置,也不好为我说话。

这就是职场,没有人会为你的错误买单。这个"错误",有时候并不是你犯下的,你只是按照上司的指示去进行,操作过程中出现的所有大错小错,便全得由你承担。

事后,代叶并没有如她所说的,开会研究这个事情,估计是怕我被逼急了当众拆她台。她只是跟我单独讨论了一下,说:"以后工作的时候要按服部社长说的来,全方位考虑,把所有的情况都考虑到,包括天气等不确定的因素。"

我回答:"我一直是这么做的,以后当然也会,希望以后能跟部长协调一致,一起做最优决策。"

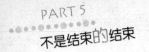

✳ 三角形的稳定性

我一直觉得在一个公司，或者往更细里说，一个部门、一个团队，最需要的未必是一致的声音、统一的步调，而是平衡，是有抗衡的稳定性。

打个比方说，历史上那些皇帝，比如乾隆，他就很善于利用大臣之间的相互抗衡和牵制，来巩固自己的江山地位。在职场上也是这样，所以每当我的下属之间在工作上有了矛盾，我并不是想方设法让他们和解，有时候还有点纵容这种无伤大雅也不会影响大局的小纠纷。

现在的业务部，却在渐渐地失衡。我跟户田之间，几乎没有任何力量牵制之说，他对代叶是绝对服从型，对我是井水不犯河水的态度，看起来没什么竞争力的一个人。

而我，跟代叶虽然谈不上针锋相对，却一直都是不合拍的，我尽量配合她的工作，尽量跟她保持步调一致，但我们俩却总是大小争纷不断。渐渐的，我就放弃刻意迎合的姿态了，有什么想法就直接说出来，跟她各抒己见地讨论，有时候她坚持自己的选择，有时候也顺从我的意见。

代叶的优越感向来都是她的资本，也是她的阻碍。有一句话叫高处不胜寒，站得太高，太与世隔绝，容易把自己孤立起来。

私下里，我仍在积极地跟猎头保持联系。有一两个职位还不错，其中一个中日合资企业，规模稍小一点，但过去就可以做到部长，有公司配车，薪水比我现在的薪水略高，只是，我担心发展空间会受到限制。另一个，职位是销售课长，虽然跟我现在的职位持平，但薪金却要高出许多。

做到现在的位置，我已经无法再放下身价，去跟那些刚毕业的新人们一起去面试，接受人事部盘问了。所以走猎头公司这条线路，确实显得要现实一点。

在服部社长看来,也许业务部目前的形式形成了"三角形的稳定性",有我跟代叶互相较劲,而户田在代叶的"庇护"下,虽未有大的成就,也不会有大的闪失。他是乐于坐山观虎斗的,就像《铁齿铜牙纪晓岚》里乾隆每次看到纪晓岚和和珅斗得不可开交就开怀大笑一样。

有一次,我跟他谈完公事,他礼貌性地问我最近工作状态如何,我说:"状态一般,可能是在同一个职位上工作了太久,多少有些倦怠了。"

他站起来,左臂抱住右肘,右手托着下巴,据说,这是典型的思考姿势。服部社长保持了一会思考者姿势,然后说:"听说有猎头公司找过你?"

我心里窃喜,之前,我曾经故意在业务部办公室里接猎头公司的电话,随便吐出几个"猎头"、"跳槽"之类的字眼,就是希望通过群众的喉舌传播到社长这里。

我装作为难地说:"是的,有猎头一直劝我换个工作环境,但我并没有表示什么。"

服部社长把抱在胸前的手臂放下去,说:"丁桑,你的确是个优秀的人,公司现在需要你,尤其是业务部,更不能没有你。有什么需求,可以跟公司提,公司会尽量满足你,SG向来就是以重视人才为传统。"

警告

任何时候都不要主动跟老板提有猎头联系你,否则,他会认为你是在威胁。即便你有非常强的核心竞争力和不可替代性,老板也会因为你的"威胁"而心怀不满。所以,就算对目前工作不满,也不可意气用事,要学会用迂回的战术让老板明白你的重要性。

当然,迂回战术之前,你得肯定自己对公司和老板来说是具有重要性的。如果你只是无足轻重的一枚棋子,他可能就会直接跟你说:"既然有更好的工作机会,就请你另谋高就吧,祝你有个好前途。"

规则永远是残酷的,如果你手上没有足够的筹码,就没有在谈判中取胜的可能性。

我笑着答谢,出门的时候便开始考虑加薪申请应该怎么写。

跳槽不是简简单单就可以做下的决定,没有人可以保证跳槽之后的工作就一定比现在称心如意,当务之急,还是想办法多赚点薪水犒劳一下自己最实际。

这几年的职场生活,给了我许多生活的提示。职场上,所谓的成熟,其实就是随着阅历的增长,知道什么时候应该做什么样的事、说什么样的话,也就是when和what;又要知道这些事应该怎么做最合理,这些话又应该怎么说最有益,也就是how;同时,还要知道这样做、这样说的原因,也就是why;最后,还得知道不同的事都应该做给谁看,不同的话又应该都说给谁听,也就是who。

搞不清这些状况,你只能是一个在规则门外徘徊的菜鸟——你身在职场,职场却不可能留下你的传说,因为,你还不够格。

✳ 总有一个人先打破僵局

世上没有不透风的墙,更别说办公室只是没有墙壁的格子间。

代叶的感情生活似乎不是很顺利,有人听到她在走廊里压着嗓子打电话吵架,话里有"离婚"的字眼。

能让代叶如此失态的,也就只有婚姻问题了。我听说的时候,想起很久之前她告诉我,丈夫和公婆一直希望她能回归家庭相夫教子。代叶好不容易决心生育,又意外流产,相信对那个家庭来说是个不小的打击。于是,在她殚精竭虑忙碌于工作的时候,家庭终于亮起了红灯。

我最佩服代叶的一点,就是她总能非常明确地把公私分开来,从来不会让个人的情绪影响到工作。开会的时候,见供销商的时候,给营销代表下命令的时候,看到的还是那个雷厉风行甚至独断专行的代叶,脸上没有丝毫晦暗神色。

其实，我心里也想过，有代叶在部长这个位置上，我在SG要过多久才能得到自己的升迁机会，我的升迁机会又会以什么样的形式到来。是她继续升职之后把部长位置让出来？还是她调职到别的部门，或者终于要回归家庭？

看着代叶干劲十足的样子，我觉得这会是一场非常漫长的等待。不对，我不能等待，在职场，一味地等待，就等于把自己的前途交给运气。事实证明，天上不会掉馅饼，况且，从小到大，我从来就不是个运气好的人，就连中学时候抽考都是每次都被抽到的那种倒霉学生，抽奖倒是一次都没中过。

我藏了一肚子的困惑，不知道应该找谁倾吐。许晴朗的意思是让我釜底抽薪，干脆利落地从SG跳出来。他详尽地摆事实讲道理，说："职场达人都是在频繁跳槽中修炼而成的，如果拘谨在一个地方，就如同井底之蛙，看不到井口之外的世界。你所以为的大场面，其实不过是方寸之地。"

我问他："我出国发展好不好？"

许晴朗有点惊讶，说："怎么突然想到要出国？"

我说："你不是一直说让我跳出井口嘛，我想干脆就跳出国门，趁着还没到30，还有力气折腾。"

他沉默了一会，说："你再好好考虑一下，自己的职业发展当然由你自己做主。"

这阵子，我跟许晴朗保持着友好的往来。他不说，我也看得出他有进一步发展的打算，但我仍下不了这个决心。感情不像工作，在按部就班的发展之后，还需要一点电光火石的感觉，我暂时，还没找到那种感觉。

晚上，我在MSN上跟黑羽先生请教自己的职业发展规划。他不是我的直属上司，我们一直是一种朋友之间的关系，所以有些事情对他说起来反而更轻松一点。我说到自己目前在SG的境况，如果继续待，可能两三年之内都不会有什么新的发展，所以一度觉得困惑，不知道应该何去何从。

他问我,是不是因为代叶的关系感觉到压力。我承认我跟代叶的合作不算愉快,但也谈不上到了两者只能留其一的地步,只是,是我自己想改变一下目前的状况。

黑羽先生说:"看来你是有跳槽的打算了。"

我并不否认:"如果有更好的机会,我当然不会错过,我得对自己的前途负责。"

公司聘请你,直接和间接目的都是为了让你为公司创造效益,除了你自己,没有人会为你个人的发展负责。公司送你去培训、让你去锻炼,说白了,也不过是通过提高你的工作能力来带动公司发展。而其实,个人也是不亏的,在为公司卖力的同时,你得到维系自己生活的薪金,得到令人艳羡的地位,也在职场生活中提高了自己的附加值。

黑羽先生问我:"你有没有想过,有机会可以来东京总部锻炼一下?"

我心里一动,如果有那样的机会,可是很难得的。于是试探着问黑羽,这样的机会多不多,又应该如何把握。

黑羽先生简单地给我介绍,其实东京总部每年都有几个职位,可以接受各国分部的优秀员工前来任职,只是因为考核严格,而且各分部其实都不愿意把自己辛苦培养起来的"中流砥柱"放出去,所以已经几年没有出现这种情况。

的确,在SG,我还从来没听谁说起过这件事情,这倒真的是一次好机会。

我正在为自己的未来规划细心打算的时候,代叶的麻烦忽然接踵而至。代叶这个人,向来是强势惯了,做事能力强但有时候没个深浅。服部社长曾经几次因为她每次发送工作邮件的时候,都会同时CC一份给日本总部而颇有微词,让他觉得代叶像总部派来监视他的一般。

服部社长自然不能直接告诉代叶,以后有事只告诉国内领导层就好了,不需要麻烦总部,于是一口气憋着总也吐不出来。

这些"情报",是服部社长的助理告诉我的,我暗想,代叶这样的做事方式,可以说很危险。上司眼里的好下属,无非是具备两个特质,能干而忠诚。

能干,是说你可以为他取得效益,忠诚,是说你对他不构成威胁,或者说,不被他发现你对他存在威胁。代叶的错误在于,在积极表现能力的时候,忘记了上司就是上司,而下属的生杀大权,完全掌握在上司手里。

✳ 去留的选择

半年之后,我拿出自己的积蓄,在二环附近买了一套房子,70余平,首付付了18万,两年后交房。在这半年的时间里,业务部的情况发生了一些变化。

最让人跌破眼镜的是,代叶忽然提交了辞职报告,不知道是真心,还是只是虚晃一枪地向管理层示威。大家都以为服部社长会挽留,可是没想到,他痛快地说:"既然这是你自己的决定,我们也不会为难你,祝你有个好前程。"

服部社长让代叶做到下一位部长人选确定之后再离职,而代叶向他推荐了我。

这让我觉得太意外,我私下找代叶谈,她早就预料到我会来找她,不需我问,就自己开口为我解惑。

她告诉我一件让我惊讶了良久的事情,当初她肚子里的孩子,是自己选择的人工流产,在怀孕近三个月的时候。代叶说,她刚发现自己怀孕的时候,就不确定是留还是不留,所以选择对外隐瞒。但是后来,她渐渐发觉,一个孩子会给她当时的职业发展造成的影响,可能会远远超乎她的想象。

所以,她思量一番,没有跟家人商量,独自去做了手术。为这件事情,她的丈夫选择了分居,公婆到现在也拒绝再见到她。

付出的代价太大了,因此,代叶对职场可以说是爱之深、恨之切,她说这半年的时间,她一直在想:我牺牲掉自己十年的青春和一个孩子,难道不应该得到更多吗？于是，事事都希望冲在前面，事事都希望自己会是NO.1，就这样，在争强好胜中，渐渐迷失了自己。

代叶说，这次离开，是深思熟虑之后的结果，她觉得自己在职场的这些年过得太辛苦，为了工作忽略了身边人的感受，总体来说失去大于得到，所以，要给自己几年时间，去挽回那些失去的东西。

代叶决心离职的直接原因，是丈夫的疾病。他忽然染上一场顽症，久治不愈，不得不长期修养在家，这件事情，一开始是瞒着代叶的，但她还是知道了，并为他，作出了放弃工作这个决定。

我明白代叶的心思。这半年以来她站在自己争取了很久的职位上，身上却不带一点幸福的迹象。女人就算再强势，也不能失去家庭的温暖，每个女人都应该被疼爱，不是因为她是个女强人，不是因为她能干会赚钱，而是因为，她是个女人。这个理由很简单，也很深刻。

服部社长找我谈话，说："丁桑，我们一直都觉得你最适合部长这个职位，不知你对担负起整个业务部的担子可有异议？"

我说："社长，之前我提过的去总部的事情怎么样了？"

服部社长又摆出他经典的思考的造型，说："丁桑，你要考虑好，目前继任部长，对你来说才是最好的选择。"

我回答："这半年以来，我一直在为这个机会努力，就是已经做好了打算，希望社长能谅解并且支持我。"

其实，自从听黑羽先生提起有去东京总部工作的机会之后，我就一直留心。先向服部社长要了详细的申请表，他一开始不想给，我说是黑羽先生让我来您这里领取申请表的，他又磨叽了一会儿，还是不得不给了我。

之后，要通过严格的初试复审，三个月前，我请假去过一次日本，见了黑羽先生和严格的东京面试官们。日本的面试跟中国有点不同，他们更重视团队意识，并不要求一个人锋芒太露，而是希望他/她能够把自己融合在一个团队里，能够充当这个团队的灵魂，带领团队向前。

日企文化，跟中国文化还是有类似的地方，有一种含蓄的内敛，但这内敛并不是指没有竞争力，而是用温和的方式表达出来的一种竞争力。

在面试的过程中，我把自己在SG中国公司充任课长期间，对团队合作和上下级协调的领悟娓娓道来，面试官都听得很认真。

后来获知，我的分数还不错，不过，还需要等待东京总部最后通知，以及服部社长的批准。这一等，又是近两个月，东京的调函已经下来，而服部社长却迟迟不肯签字，我只好隔三差五提醒一番，表示我去意已决。

服部社长无奈，终于点头，在我的调函上签上了他的名字。其实他写中国字挺难看的，可这一次在我看起来，却比任何一位书法家的墨宝都有魅力。

就这样，在SG中国公司工作近六年之后，我拿到了去总部工作的机会，签约三年，职务没变，月薪涨幅为50%，由公司提供住房和配车。当然，三年以后，如果总部有意向续约，我可以自由选择留，还是回国。

有人问我，为什么不安心留在成都，接受业务部部长的职位。我说，在一个地方待久了，会渐渐失去新鲜感和好奇心，严重的话，还会失去闯劲和上进心，部长这个职务对我而言，吸引力远远不及到更广阔的天地里去尝试新的体验。

许晴朗对我的决定没有发表意见，只是做出失望的表情说："还想跟你好好相处一下，看有没有机会谈恋爱呢，没想到你直接飞跃太平洋去了……"

我哈哈大笑，说："开玩笑一点都不适合你，你还是板起面孔讲道理吧！"

他脸上忽然有一点怅然若失，我知道，他的话未必全然是玩笑，只是，爱情需要一鼓作气，否则会再而衰三而竭，我们都没有让对方鼓起一鼓作气的勇气，可能，缘分还是欠缺了那么一点，还需要各自再费一点周折吧。

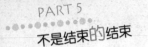

✳ 想到达明天，现在就要启程

我记得，很久以前曾经看到狄更斯《双城记》的开篇词，很喜欢，所以一直记得，现在觉得，拿来形容现代人的职场刚好合适：

"这是最好的时代，这是最坏的时代；这是智慧的时代，这是愚蠢的时代；这是信仰的时代，这是怀疑的时代；这是光明的季节，这是黑暗的季节；这是希望之春，这是失望之冬；人们面前有着各种事物，人们面前一无所有；人们正在直登天堂，人们正在直下地狱。"

职场是个复杂的地方，没有绝对的对错是非，也没有绝对的朋友敌人，有人名利双收，有人碌碌无为，只有深入其中才能够了解个中滋味。我用几年的光阴，来品尝这些酸甜苦辣，而之后，还有更丰富的味道将等待我。

离开前夕，朋友们为我饯行，吃完饭唱完歌，力所能及地喝完叫来的酒，各自醉得脚步凌乱，我觉得连灵魂都在东倒西歪。深夜，二雪和叶小苑左边一个，右边一个，把我扛回家里扔到床上。

我一直睡得迷迷糊糊，这些年经历过的事情像走马灯一样在我脑海里转来转去。没有波澜壮阔，也不风平浪静，我在一路的摸爬滚打里寻索适合自己的路，并且坚持走下去，有过灰心，但从不气馁。我还想起在公司送行宴散场的时候，代叶跟我说的话，她说："现在的人太过浮躁，你身上有难得的踏实，一路顺风。"

关于将来，也只好这样一步一个脚印走下去，这是最好的结束，也是我给自己的新开篇。

叶小苑的房子已经拿到，户型很好，正筹钱装修。二雪的新恋情正在萌芽期，是从前的师兄，为人踏实，工作靠谱。

早上，我很早就醒过来，看见微微的阳光斜照进屋子里，回忆着第一次踏入这个房间的时候，一半是憧憬，一半是忐忑，对生活充满了期待和不安。

再看一眼这一套房子，我想起这里陆续地住过的几个在成都讨生活的姑娘，我们各有各的性格和职业，各有各的遭遇和抉择，但都有一颗不屈不挠的心，简单地活着，努力着，我们一直在这么做，我们都是蒸不烂、煮不熟、锤不扁、炒不爆、响当当的铜豌豆，也许看起来很渺小，但是有自己的分量，掷地有声，演绎自己的人生。

想起昨天晚上，最后大家一起唱的那首歌：

想到达明天现在就要启程，
只有你能带我走向未来的旅程；
想到达明天现在就要启程，
你能让我看见黑夜过去天开始亮的过程。

记得刚到SG，就赶上一年一度的职工文艺晚会，我毛遂自荐报名唱的就是这首《启程》。要自己提供伴奏唱碟，可是由于我的粗心，竟带了原唱版过去，站在台上我和着音乐刚开口，就意识到不对：范玮琪清澈的嗓音飘荡在会堂里。于是我万分窘迫地对口型，完成一次尴尬的假唱。当时，看着台下或愤怒或惊讶或困惑的众多表情，我自嘲地想，没想到我会以这样的方式打响知名度。

当时我更没想到，我会迎来这样的收鞘。从现在一刻开始，我将拖着勇气的行李，固执一满箱，拿着理想的地图，满世界闯荡。

旧日子的窗户缓缓关上，新生活的幕布却徐徐打开。我知道，在成都或者在东京，又有新的故事即将上演，会更加精彩。

图书在版编目（CIP）数据

格子间里的宫心计：80后女生职场36计/张漫著.
—杭州：浙江大学出版社，2010.9
ISBN 978-7-308-07962-4

Ⅰ．①格… Ⅱ．①张… Ⅲ．①女性—成功心理学—青
年读物 Ⅳ．①B848.4－49

中国版本图书馆 CIP 数据核字（2010）第 177828 号

格子间里的宫心计
——80后女生职场36计

张　漫　著

策　　划	海派工坊
责任编辑	王　萍
封面设计	陶然书装
出版发行	浙江大学出版社
	（杭州市天目山路 148 号　邮政编码 310007）
	（网址：http://www.zjupress.com）
排　　版	杭州大漠照排印刷有限公司
印　　刷	杭州杭新印务有限公司
开　　本	710mm×960mm　1/16
印　　张	16.5
字　　数	212 千
版 印 次	2010 年 9 月第 1 版　2010 年 9 月第 1 次印刷
书　　号	ISBN 978-7-308-07962-4
定　　价	28.00 元